行走北美

东 霞 著

知识产权出版社

全国百佳图书出版单位

图书在版编目（CIP）数据

行走北美/东霞著. —北京：知识产权出版社，2016.1

ISBN 978 - 7 - 5130 - 3993 - 2

Ⅰ.①行… Ⅱ.①东… Ⅲ.①中国文学—当代文学—作品综合集 Ⅳ.①I217.2

中国版本图书馆 CIP 数据核字（2015）第 321120 号

责任编辑：石红华　　　　　　　　责任校对：董志英

封面设计：刘　伟　　　　　　　　责任出版：刘译文

行走北美

东　霞　著

出版发行：知识产权出版社有限责任公司	网　　　址：http：//www.ipph.cn
社　　址：北京市海淀区马甸南村 1 号	天猫旗舰店：http：//zscqcbs.tmall.com
责编电话：010 - 82000860 转 8130	责 编 邮 箱：shihonghua@sina.com
发行电话：010 - 82000860 转 8101/8102	发 行 传 真：010 - 82000893/82005070/82000270
印　　刷：北京嘉恒彩色印刷有限责任公司	经　　销：各大网上书店、新华书店及相关专业书店
开　　本：787mm×1092mm　1/16	印　　张：19
版　　次：2016 年 1 月第 1 版	印　　次：2016 年 1 月第 1 次印刷
字　　数：310 千字	定　　价：55.00 元

ISBN 978 - 7 - 5130 - 3993 - 2

作者小传

　　李东霞，女，美籍华人。1958 年出生于四川成都。1965 年进入成都市劳动路小学念书，一年后逢文革，停课闹革命，在家和小姐妹们一起绣花做饭唱红歌。复课后继续在劳动路小学念书，学工学农学军至毕业。1972 年升入成都市第 12 中学念初中，1974 年继续在 12 中念高中。1976 年高中毕业，旋即参加工作，进入四川省计量局，之后被委以"重任"，派到四川省委基本路线教育团下驻德阳县农村，半年后逢文革后的第一次高考机会，恶补数理化，得以考上四川大学化学系 77 级。1981 年大学毕业后考入四川大学化学系有机化学专业硕士研究生班，师从赵华明教授，1984 年获得有机化学硕士学位。1986 年 8 月赴美继续求学，进入美国西雅图华盛顿大学（University of Washington）化学系攻读博士学位，1992 年在外·帕克尔（Y. Pocker）教授的指导下获得有机化学博士学位。1993 年，经华盛顿大学化学系几位教授的强力推荐进入华盛顿大学药理系，有幸在诺贝尔生理学医学奖获得者埃德文·克雷布斯（Edwin G Krebs）教授的指导下做生物化学的博士后研究工作，发表多篇论文。1998 年博士后研究工作结束，随即定居美国旧金山，就职于旧金山的一所生物制药公司做药物研发工作至今。目前在这家生物制药公司任首席科学家。业余时间喜欢读杂书，信笔涂鸦，徒步，旅游。

春天的文学梦

（自序）

　　很多年前的一个傍晚，有位女孩望着天上铅灰色的暮云，喃喃地诵道："落霞与孤鹜齐飞，秋水共长天一色。"女孩的外公，一位博学的老人，在一旁歪着头，微笑地望着女孩说道："这天气，像吗？"

　　那女孩就是我。那时的我，正处于求知欲很强的时期，除了被科学世界诱惑，也迷醉于诗词歌赋，动情于远山远水，在人生的春天做着花影飘飞的文学梦，文字的色彩远比现实更绚丽。天上的阴云算得了什么，心中有落霞孤鹜就足够了。

　　后来的我，却收拾起文学心情，在文理两条路中挑选了科学，义无反顾地走入化学的殿堂，埋进生物的实验室，甚至远离了有着抑扬顿挫、铿锵美妙的声韵的中文，努力地融入异乡文化，不分日夜地啃着大堆的科技文献，在科学世界里耕耘。旧时的文学梦，被繁忙的工作和生活掩埋得了无痕迹。

　　多少年后，生活这条船把我载到了风清月朗的旧金山。工作之余，开始探索北美的奇山异水。屋前桐叶绿了又黄，西窗明月来了还去，海边潮水涨起退落，在大自然的呼唤下，在北美山水的行走中，在与同窗相聚的网络里，春天里的梦又奇迹般地回来了。那些曾经多彩的梦，酝酿了这么些日子，从生活之海汲取了养分，终于在网络的空间发了芽，在我人生的秋天开出了星星点点的小花，才有了这本文集。

　　文集分为三部分，诗词、散文杂文和北美游记，包括在大学同窗网班的文字和我的博客文章。这些文字是我十多年来的积累，每个字都是从心底流淌出来的，无论好坏。

　　十分感激同窗好友段震文先生对我的巨大帮助，从文字整理到联系出版，花费了老段不少时间和精力，没有老段的鼎力相助和鼓励督促，不会有这本小书。也非常感谢许从理和何毓玲二位挚友，从理最早提议和鼓励我将文章集结成书，毓玲为此书的出版奔走联系。朋友们的无私相助让我深感幸运！

　　谢谢父母和妹妹，从小到大无论我做什么，他们都是我的坚强后盾。虽然这本集子没有收入与父母妹妹出游的大部分文字，妹妹在全家外出时驾车的辛劳是我非常感念的。谢谢儿子，儿子对中文的热爱和努力，做翻译的勇敢和毅力为我做出了榜样。最后，最要感谢的是我的先生，行走北美有先生携手，是我的福气，先生的爱和他为我们每次旅行的付出，才让我有了这些诗文。正是由于亲人和朋友们的爱和支持，我终于能够圆了年少时的文学梦。

目 录

诗词歌赋篇

散文杂文篇

行走北美篇

诗词歌赋篇

一、旧体诗词

七绝　春天露营二首

一　海边

姹紫嫣红碧草花，轻鸥数点浪淘沙。

多情最是他乡客，海涛声中看落霞。

二　露营地

绿是野杉蓝是花，丛林深处暂为家。

夜来枕上清溪曲，一任情思到天涯。

二〇〇四年

七言　题阿拉斯加海上浮冰二首

一

仙居荒岭数千年，卧看星移与斗旋。

谁使一毫凡心动？争相入海逐远帆。

二

曾是冻瀑挂山川，冰雪为质玉为颜。

借得蓝天九分色，不羡红尘万点烟。

岂因寂寞萌归意，难耐暖风去旧寒。

可怜分崩入海去，两两相对泪斑斑！

二〇〇四年

清平乐　网上花会

为大学同学的网络花会而题

飞红叠翠，处处吐香蕊。北往南来花相会，春雨秋风同醉。

晓霜难侵竹篱，露湿不染人衣，君若及时撷采，芬芳日日如昔。

二〇〇五年

摊破浣溪沙　与同窗相聚网络有感

浣水溪旁步履忙，青衣蓝褂布包黄。邻座同窗几相悉？怯春光！

人过四旬来醉网，酣歌犹胜少年狂。怅惘浮生流电也，叹斜阳！

二○○六年

七律　自述

我本书斋一蠹虫，妆容懒饰不描红。

茶楼展卷闺中趣，星海泛舟思绪浓。

廿五漂游追梦旅，半生冷暖苦读中。

幸得明月常相伴，万里江天万里风！

二○○六年

诗经体　锡安小忆

处女河兮，清且涟漪，

凿彼锡安，绵延逶迤。

处女河兮，以阴以凉，

我持木棍，溯流而上。

高山巍巍，河水洋洋，

扶我木棍，涉水而上！

二○○六年

离骚体　死谷行吟

大漠何浩渺兮，无际无边，
峰峦如波涛兮，起伏连绵。
苍天如冠盖兮，日月其里，
驱车而上下兮，大海行船。

群山聚五色兮，日夜变幻，
补天之遗石兮，尚留人间。
朝揽日之光兮，夕戴霞冠，
风裁而火浴兮，形态万千。

登高而临风兮，四顾茫然，
疑身在环宇兮，外星流连。
恍篁而交错兮，狮身人面，
正邪不两立兮，拔剑倚天！

云淡而风轻兮，星斗灿烂，
猎户卧东门兮，仙后俯瞰。
北斗渐上升兮，银河西垂，
随河汉遨游兮，知向谁边？

屈子作天问兮，柳公以答，
穷宇宙起源兮，万古疑难。
地球何渺渺兮，人生苦短，
天地为逆旅兮，吾为过客。

闻邻女作歌兮，吉他婉转，
生命何绚丽兮，离合悲欢。
心曲以相和兮，诗涌如泉，
今夜之星光兮，永驻心间！

注：

（1）第三节里讲述的是电影《星球大战》里的景致。

（2）猎户、仙后，均为星座名称。此节描绘的是12月底日落后加州的星空。不同地域在不同季节和时间各星座的位置不同。

（3）邻女：指露营地的邻居。

二〇〇六年

七言　赠闺中女友

别时容易见时难，回眸竟然已秋天。

依旧清扬如朝露？可添霜雪染发尖？

曾经花径共倩影，几回台前舞翩跹。

北美西蜀千万里，万千思念到梅园！

二〇〇六年

蝶恋花　观潮

万水千山随梦过，此处流连，贪看潮升落。

似雪波峰沙上卧，高吟低唱浑自乐。

何处渔人衣似火，听水听风，孤影海天阔。

且与夕阳相对坐，忘却尘世须臾我。

二〇〇七年

七绝　马来西亚槟城谢公司

偶入槟城老谢家，亭台楼宇似中华。

乌衣巷口昔年月，却照南洋海上花。

二〇一一年二月

长相思　题杰佛瑞松树

杰佛松，形似弓，诗意千千对半穹，独吟明月中。

曲已终，昨如风，残木依然旧时松，情归夕照红。

二〇一一年八月

五律　金牛道怀古

迢迢古驿道，壮士凿山峦。

牧犊终得蜀，主衰空守关。

诗人细雨过，红袖泣春鹃。

欲觅旧踪迹，剑溪水潺潺。

二〇一一年十一月

七绝　题姜维神像

一缕英魂驻剑关，感天撼地幻岩颜。

东风终是难呼返，千载唏嘘叹失川。

二〇一一年十一月

五古　剑门关感怀

幼习蜀道难，今上剑门关。

剑山如巨屏，崔嵬入云端。

谁假造化功？劈斩峭壁间。

一夫倚长剑，百万堕征鞍！

兵家必争地，骚客遗诗篇。

分分又合合，生灵枉涂炭。

秋风袭古道，翠云笼轻寒。

关楼此登临，往事阅千年。

当今蜀道异，天险未必难。

人心倘无隘，跨越九重天！

二〇一一年十一月

七绝　优山美地二首

一

早春二月来寻冬，野旷林疏无雪踪；

水碧沙明景正好，半轮明月出半穹。

注:

半个月亮爬上半穹顶（Half Dome）。

二

潋滟金波画影红，惊鸿照水山空濛。

褰裳涉涧因何故？春在梅溪浅浪中。

二〇一二年三月

清平乐　国庆划船观焰火

兰舟轻泛，水暖斜阳远。桂棹牵行相顾盼，情动沿湖柳岸。

银瓶乍破云空，流辉波蘸蓝红。最是惊奇归路，一轮明月御风！

二〇一二年三月

菩萨蛮　中秋二首

题记：中秋邀朋友来家小聚，晚饭后聊天，没能外出赏月。十六日补

上（十五的月亮十六圆），赶到旧金山金门大桥旁边的山顶上赏月。适逢

旧金山难得的晴朗天气，从高处远望，一轮明月冉冉东升，似一盏天灯光
照海湾，美极！作菩萨蛮二首。第一首是中秋节的感怀，第二首记录十六
日晚赏月经历。

一　中秋感怀

旧时明月旧时梦，海天渺渺风吹送。又是一年秋，鬓花添缀头。

川椒新鲊肉，半盏米浊酒。今日且贪杯，莫谈归不归。

注：

鲊肉是四川话，就是粉蒸肉。

二　旧金山金门桥旁山顶赏月

彤云暮霭飘奇彩，金桥闪烁分湾海。橙月渐东升，光欺桥上灯。

何人声切切？低数流星曳。凝目向西瞻，娘亲水那边。

月亮照在金门大桥的引桥上

写于二〇一二年十月二日

七律　李夫人墓感怀

佳人掩面别君王，泉下承恩日月长。

胡马嘶嘶鸣大苑，香魂冉冉入昭阳。

乡思暗递常青冢，义气萦回古阎桑。

玉蜀萧萧千载后，犹为汉帝饰花黄。

注:

（1）第五句指张飞墓，上面的树无主干。

（2）我们于秋天访茂陵时，陵墓周围是一片玉米地，唯李夫人墓上有黄色野菊盛开，别处没有。

二○一二年十一月

七绝　聚散如梦二首

一

分飞劳燕旧鸳鸯，聚散从来梦一场。
缘定三生终叹浅，前尘回首断肝肠。

二

七夕私语声犹在，难抵油盐酱醋柴。
情似漏沙逐粒少，人如陌路空嗟怀！

二○一二年十二月

采桑子　圣诞纪实

天河连日波翻涌，梦也滴答，醒也滴答，惊见廊厅溅水花。
一帘轻挂驱窗雨，暂且由它，只且由它，卷里乾坤掌上茶。

二○一二年十二月

清平乐　春·梧桐

题记： 家门口有棵梧桐，春来一日一变，令人感叹不已。

鹅黄千点，怯怯枝头绽。难耐春风日日唤，忙把翠衣新展。
西窗明月相依，何需有凤来仪，最是殷勤阔叶，护得芳草萋萋。

二○一三年三月

五绝 访梅

夜半入柴扉，幽香一树梅。

苍枝明月下，熠熠吐银辉。

二〇一三年三月

绝句 樱花三首

一 五绝 叹

红粉戴霞冠，春来抱信还。

痴痴无限意，空待二十天。

注：

院子里的红色樱花只开花，不结果，且花期很短，一般两周，至多三周。

二 七绝 幻

似锦繁华梦大唐，春风拂苑舞霓裳。

伊人含笑扑光影，花落眉间作美妆。

三 七绝 忆

病中独卧意阑珊，睡眼时开日若年。

忽见樱红窗外起，春光一束到床前。

二〇一三年三月

清平乐 春游杂感

迷蒙年少，辜负花开好。岁岁而今寻碧草，哪管春催人老。

前尘后事谁知？烟波远涉栖迟。天意终高难问，临风来赋新词。

注：

栖迟，安居。诗经《陈风·衡门》："衡门之下，可以栖迟。"

二〇一三年四月

七律　乾陵

（步杜少陵秋兴八首第七首韵）

梁山突兀高台筑，俯视三秦渺汉中。

日月当空居二圣，阴阳永抱赖淳风。

有碑功过何须述，无颈蕃臣拜袖红。

总是西风吹渭水，帝王过眼若渔翁。

注：

（1）乾陵是唐高宗李治和武则天的合葬墓，位于陕西省乾县城以北6公里的梁山上，在长安西北方向，即八卦的乾位，故称乾陵。

（2）传说乾陵的地理位置是唐朝著名相士李淳风所选，风水绝好，是唐十八陵中唯一未被盗掘的陵墓。

秋兴八首·其七

杜甫

昆明池水汉时功，武帝旌旗在眼中。

织女机丝虚夜月，石鲸鳞甲动秋风。

波漂菰米沉云黑，露冷莲房坠粉红。

关塞极天惟鸟道，江湖满地一渔翁。

二〇一三年四月

附诗友赏析文章

评诗论词：老冬兄大作七律《乾陵》赏析

曹雪葵

三个星期之前，俺冒昧给诗坛的好友们留了个"跟着杜老学骑驴"的作业，步杜甫秋兴八首韵，试写怀古的题材。七律步韵本就很难，再加上限制在怀古的题目里，更挑战作者的文笔功力。所以一开始俺就担心逃课的肯定少不了。谁知，全都积极地交了作业，让俺第一次领略了挑战对人的诱惑。要不咋有那么多人喜欢探险呢。而且颇有几位作业写得极好，远胜俺的笔力。俺寻常好评论诗友的大作，这次因为指定了专职评论员，竟有多篇作业俺迄未赏析，颇觉得对不住诗友的捧场，决定从即日起，陆续补上。今天就先从诗友老冬兄的大作七律乾陵开始。先附上老冬儿兄的大作。

七律　乾陵

老冬儿

（步杜少陵秋兴八首第七首韵）

梁山突兀高台筑，俯视三秦渺汉中。

日月当空居二圣，阴阳永抱赖淳风。

有碑功过何须述，无颈蕃臣拜袖红。

总是西风吹渭水，帝王过眼若渔翁。

俺的赏析从这儿开始。

不得不说，"乾陵"这个题目并不好写：武则天时代，虽时间不长，但事情不少；有功有过，功过难了，所以才留下了一块"无字碑"。"无字"的举措无非出于如下几个原因：

一是武则天的机智，因她自己终究是在张柬之"神龙革命"中被迫退位的，若辄论自己的功过，反怕遭来议论，预后不佳，干脆留下遗嘱，啥也不让说；

二也可能因她儿子中宗李显有苦衷：说他自己的妈妈坏吧，不成人子，说她好吧，又对不起祖宗，干脆一个字都不说。

需要说明的是，武则天毕竟是个聪明人，被迫退位之后她深知死后处境尴尬，于是要求死后与丈夫高宗合葬，自请去帝号，称自己为"则天大圣皇后"。也就是说向大唐屈服，避免报复，以妻子名义跟丈夫埋在一起总不至于尸首无存。

武则天的功很大：打击权贵，发展经济，加强国防，弘扬文化。尤其是首创国家公务员考核制度，开了世界先河。但过也不少：利用特务组织，牵连无辜，篡夺国家最高领导权，还想把国家公器作为私有，转送给娘家……

其实写乾陵就是写武则天，功过是非，多姿多彩；而比较之下，她丈夫李治就平淡了。可要写武则天是件容易的事儿么？武则天自己都不敢评说自己的是非，她儿子李显也不想说，这才留下了个无字碑，咱们一首56个字的七律又能咋写？所以最聪明、最实际的办法就是：也不"实写"她的是非，干脆剑出偏锋……老冬儿兄大作立意恰恰如此，非常高明。

梁山突兀高台筑，俯视三秦渺汉中。

顶联写景，意境宏远，用词古朴，烘托乾陵的气势，与下联的"赖淳风"呼应。

日月当空居二圣，阴阳永抱赖淳风。

"日月当空"是个"曌"字，是武则天给自己的名字造出来的字，但这一联里的"日月"指的应该是高宗李治和武则天二人。章法上，这一联"承"接上联，天衣无缝，渲染了武则天曾与李治一同临朝问政的作为。

有碑功过何须述，无颈蕃臣拜袖红。

这一联最妙：避过功过不谈，谁想知道的话，就去看无字碑好了。呵呵。"无颈蕃臣"则烘托了唐代的强盛。至于这些蕃臣为啥没有头了，传说很多，地震震下去的不可信；蕃臣的后代到中国访问，觉得他们的祖先给大唐当臣不光彩，于是把他们祖先石像的头给打断了的说法，更不可信。还是看看这些头像是否在国外文物拍卖会上出现过为好。（"何须述"和"拜袖红"对仗稍弱。）

总是西风吹渭水，帝王过眼若渔翁。

"帝王过眼若渔翁"这句若解释成"一个个帝王看下来都像渔翁似的"肯定不通，而通的解释则应为：一切都成了历史，而帝王们也都成了渭水渔翁们闲聊的话题。这个尾联给读者留下了感叹。

纵观全篇，估计广大读者应该同意俺的看法："乾陵"这个题目并不好写，单纯咏景，中华好山好水，胜过乾陵的可有的是；而咏史涅，那无字碑的填空也颇难。由此观之，作者这首七律是颇下了功夫的，四联中内在笔意不断：由景而知二圣，问功过则碑无字，只剩西风渭水，景物依然，江山帝王，不过渔翁酒后笑谈。全篇品味中，略含对武则天的赞赏，恰到好处，属成功之作。

现代人咏乾陵的也顺便读了几首比较，凡属强言功过者，多不给力。引一首郭沫若的：

七律：咏乾陵

郭沫若

岿然没字碑犹在，六十王宾立露天。

冠冕李唐文物盛，权衡女帝智能全。

黄巢沟在陵无恙，述德纪残世不传。

待到幽宫重启日，还期翻案续新篇。

也赏析几句来比较：

岿然没字碑犹在，六十王宾立露天。

"王宾"不准确，"宾"是来宾，其实他们都是"臣"。

冠冕李唐文物盛，权衡女帝智能全。

郭总要抬高武则天，却来了个"智能全"，这叫啥词么？

黄巢沟在陵无恙，述德纪残世不传。

待到幽宫重启日，还期翻案续新篇。

郭注定是等不到挖掘乾陵，估计现在一时半会儿也排不上议事日程。看全篇，郭这首笔意很散，无感染力。

七律　薛涛

（步杜少陵秋兴八首第二首韵）

锦江流水荡云斜，才子扫眉拥翠华。

笔墨玲珑分凤彩，粉笺柔意散浮槎。

往来飞鸟诗成谶，空老芙蓉暮伴笳。

后世王孙凭吊处，望江楼下玉蝉花。

注：

（1）元稹诗句："言语巧偷鹦鹉舌，文章分得凤凰毛。"

（2）据《名媛诗归》："涛八九岁知音律，其父一日坐庭中，指井梧示之曰'庭除一古桐，耸干入云中'，令涛续之，即应声曰'枝迎南北鸟，叶送往来风'，父愀然久之。"

（3）玉蝉花即菖蒲花，薛涛喜种菖蒲。成都望江楼公园里有薛涛墓和薛涛井。

秋兴八首·其二

杜甫

夔府孤城落日斜，每依南斗望京华。

听猿实下三声泪，奉使虚随八月槎。

画省香炉违伏枕，山楼粉堞隐悲笳。

请看石上藤萝月，已映洲前芦荻花。

二〇一三年四月

附诗友赏析文章：

评诗论词：老冬兄大作七律《薛涛》赏析

曹雪葵

老冬兄原玉如下：

七律薛涛

（步杜少陵秋兴八首第二首韵）

锦江流水荡云斜，才子扫眉拥翠华。

笔墨玲珑分凤彩，粉笺柔意散浮槎。

往来飞鸟诗成谶，空老芙蓉暮伴笳。

后世王孙凭吊处，望江楼下玉蝉花。

在赏析老冬兄大作之前，让俺先闲侃几句薛涛这位誉满唐朝名传后世的美貌大才女。俺查了下资料：薛涛和李冶、鱼玄机、刘采春并称"唐朝四大女诗人"。李冶和刘采春俺没听说过，但鱼玄机也是非常有名的。如果跨越朝代的话，薛涛还能与卓文君、花蕊夫人、黄娥并称"蜀中四大才女"。卓文君的才貌中华学人中不知道的极少。由此可见薛涛才貌绝非虚传。

唐代历任治蜀的节度使都对薛涛青睐有加，有诗文往来为证。（唐代节度使类似当今的军区司令，但权力则更大，同时还是辖区内的行政长官，区域大的节度使则管理几个省的行政，有生杀之权。）最"露骨的"

是韦皋，他任蜀地节度使时，竟然奏请当时的唐德宗授薛涛以秘书省校书郎的官衔，但因当时对女性的歧视，未能实现。谁知"女校书"这个名号居然流传下来了：后代人把精通琴棋书画，卖艺不卖身的歌妓称为"女校书"就是从她开始的。"校书"竟然这么被人看重吗？这得从头说起：

唐代的"秘书省"也称作"兰台"，其性质相当于为国家主席专设的图书档案室，自然也有机要的性质。虽然人员编制极少，但官衔并不低，领头的是从三品，应该算司局级的干部。因这个部门常有被主席本人当面咨询的机会，故在这儿工作的都得有相当的文采方可。最著名的"校书"莫过于大诗人李商隐，他中进士后被分配的工作就是这个秘书省的"校书郎"，正九品，大约是副处级或正科级的干部。李商隐的骈文功力在唐代堪称第一，骈文是当时唐代官场书函的通用文体，可见这个"校书郎"职位不可小觑呀！后来李商隐受宰相令狐绹的排挤被迫到地方工作，升迁的希望太少了，好不容易又钻营回到秘书省，可职务却更低了，成了"正字"，副科级或正组长。"校书"大约可对草稿提出建议，而"正字"则只能纠正印刷排版错误了。前面说的节度使韦皋，居然举荐薛涛为女校书，可见他对薛涛才华的器重。

有才有貌的薛涛自然也是文人们的梦中情人，跟薛涛同时的唐代诗人多与她为文字交，其中有白居易、刘禹锡、王建，还有元稹。正如诸位诗友所知，元稹是个情种，跟他的发妻情义很深，曾为她写过"曾经沧海难为水，除却巫山不是云"的悼亡诗句，但这并不妨碍他在外面泡妞，其最著名的泡妞经历应是与崔莺莺的那段儿感情，始乱终弃，为古今泡妞之最。然而他对薛涛是动了真情的，他比薛涛小了十岁，典型的姐弟恋，竟持续了十多年。元稹对薛涛的崇拜可见上面老冬兄作的小注，他曾写给薛涛赞扬的诗句："言语巧偷鹦鹉舌，文章分得凤凰毛。"

侃完了薛涛其人，现在咱们来欣赏一下，老冬兄是如何在诗里描述这位著名的蜀中大才女的：

首联：锦江流水荡云斜，才子扫眉拥翠华。

出句用"锦江"点出薛涛的生活地点成都，对句用人们对薛涛的赞誉"扫眉才子"来概括其才华。"扫眉"就是"描眉"，参见"淡扫蛾眉朝至尊"这句诗即知，说的是杨贵妃的三姐虢国夫人骑马入宫见唐明皇的情形：她居然不按礼仪的规定打扮，却"淡扫蛾眉"，是暗讥其举止随便，与唐明皇有染。不得不说，唐代淑女描眉化妆绝对比现代女性玩儿得要"疯狂"，花样之多令人晕倒，碍于篇幅，略去不谈。"翠华"则应该是轩车顶部的装饰，属于达官贵人乘坐的车辆。出句"锦江流水荡云斜"用笔自然，带出对句；而对句"才子扫眉拥翠华"则进一步渲染薛涛因才华出名后的情景。

颔联：笔墨玲珑分凤彩，粉笺柔意散浮槎。

这一联虚写，出句活用了元稹的诗句"文章分得凤凰毛"，但用笔偏向于婉约文雅，其中还暗衬出"薛涛笔，薛涛笺"的寓意。对句因受杜甫《秋兴》韵的限制，必须用"槎"字。步韵难就在于限制韵脚，须既不得脱离韵脚，又无雕琢之痕。那么"散浮槎"和"粉笺柔意"配伍读来的感觉如何呢？像出句的"笔墨玲珑＋分凤彩"一样，一是写近写细微，另则写得抽象，非常贴切，令人联想。（"笔墨玲珑"和"粉笺柔意"对仗，按严对则稍弱，因前者是两两并列，后者是偏正并列。然而若按宽对则毫无问题。）

颈联：往来飞鸟诗成谶，空老芙蓉暮伴筇。

此联应属写实，以概括薛涛一生。"枝迎南北鸟，叶送往来风"是薛涛小时候出口吟出的诗句，他父亲是要用她的诗来卜她的一生，而吟出的"南北鸟"和"往来风"都是不定之物，而且她还在前面冠以"迎送"二字，这其实就是薛涛一生的写照，所以说是"诗成谶"。对句之"空老芙蓉暮伴筇"很见炼字的笔力。

尾联：后世王孙凭吊处，望江楼下玉蝉花。

结尾用"望江楼"回照"锦江"，楼在人空之感顿浓，使全篇的内在联系一气贯通，很妙！因为都是地名，所以两个"江"字，不算重复。

全篇的意象也很有感染力，楼江槎筇，由近及远，牵惹情怀；笔笺凤羽，芙蓉玉蝉，观物思人。首尾两联对比，锦江才见翠华簇拥，江楼已是王孙凭吊。兴衰对比虽是古诗最常用的构思，但用笔清新自然还是非常感人的。

老冬兄这首大作运笔流畅，格调古雅，读来很有韵味，惹人感叹，实为成功之作！再赞。

七律 游落基山国家公园

（步杜少陵秋兴八首第五首韵）

琼峰引我入蓬山，狂喜此身云雾间。

荒岭莽苍奔镜下，飙风凌厉啸重关。

冰湖摇梦波含翠，飞鹿腾崖雪映颜。

一路攀援嗟草瘦，更怜伏地小花斑。

注：

（1）落基山公园（Rocky Mountain National Park）里有一高山湖泊叫作"梦湖"（Dream Lake），湖水是冰川所化而来，清澈翠绿。

（2）落基山高处（tundra）因气候苛刻，植物生长困难，花开得很小，且伏地。

杜少陵秋兴八首第五首

蓬莱宫阙对南山，承露金茎霄汉间。

西望瑶池降王母，东来紫气满函关。

云移雉尾开宫扇，日绕龙鳞识圣颜。

一卧沧江惊岁晚，几回青琐点朝班。

二〇一三年五月

五古 李白故里

题记：参观四川江油李白故居（李白25岁以前在四川的居所），瞻仰诗仙，作古风一首。

长庚入青莲，飘然下谪仙，

陇西驻云彩，华光射昊天。

十岁观百家，临风吟玉蟾。

塘荷坠清露，粉竹藏月圆。

十五习剑术，夜夜舞龙泉。

作歌循大雅，拟赋追江淹。

大匡寻紫气，剑阁越古关。

矢志定环宇，心高峨眉颠。

三峡轻舟下，挥别荆门船，

长鲸归大海，俯仰天地宽。

绣口吐盛唐，酒渴思吞渊。

才笔横九州，余风激万年。

涪江流日夜，匡麓情倍牵。

采石矶上月，携尔再回川?

注：

(1)《唐才子传》："白，字太白，山东人。母梦长庚星而诞，因以命之。"

(2) 陇西院：李白居住的老屋。李白十岁作诗《初月》，十五岁作《拟别赋》《拟恨赋》，模拟南朝文学家江淹著名的《别赋》《恨赋》。有胞妹名李月圆，住粉竹楼。

(3) 李白："大雅久不作，吾衰竟谁陈?"

(4) 大匡：即匡山，李白隐居读书处，在那里也访道。

(5) 传说李白酒醉后在采石矶逐水中之月堕水而亡。

(6) 涪江：嘉陵江支流，流经江油。匡麓即匡山。杜甫："匡山读书处，头白好归来。"

二〇一三年七月

临江仙　成都锦江

玉带粼粼轻绕过，万千秀媚添增。兴衰旧事水无痕。芙蓉开又谢，绿霭散还生。

梦里江楼人伫立，醉听慵懒涛声。渐行渐远顺流灯。谁吟《廊桥赋》?几个打牌人。

注：

(1) 锦江，是岷江流经成都市区的两条主要河流，府河、府南河的合称，发源于贵州省梵净山南麓。

(2) 芙蓉花为成都市市花，有着悠久的栽培历史。五代时后蜀王孟昶其夫人费妃，后被誉为花蕊夫人，喜爱芙蓉花，倡导在成都遍种芙蓉，故成都被誉为蓉城。

（3）《廊桥赋》是 2003 年巴蜀鬼才魏明伦为锦江上重修的安顺古桥（廊桥）所作，文采风流，一时间成都人争相诵读。

二〇一三年七月

七绝　壁炉二首

题记： 我家的壁炉是个摆设，常年置绿植花草于其上，故戏吟两首。

一

徒有外观无焰红，南柯一梦又年中。

绿荫环绕君休笑，只怨三蕃鲜酷冬。

二

今生不做涅槃宫，尽日逍遥对郁葱。

天地长存其翼在，花开胜似火临风。

二〇一三年七月

浣溪沙　旧金山海湾

光逐流波绿幻蓝，草依风韵舞纤纤，翩飞鸥鹭自悠闲。

浅水洋洋盛万象，秋光冉冉系悲欢，芦花飘絮又一年。

二〇一三年九月

五绝　赏月归去

一步三回首，忍别飞镜圆。

人归情未已，随梦到东山。

二〇一三年九月

七绝　露营小记：美丽的清晨

泼雾晨光斜半空，金针飒洒坠松风。

轻摇小帐阿谁是？花鼠滴溜忙储冬。

二〇一三年九月

七律　秋

嚼句依灯对晚阴，朦胧秋色纵秋心。

枫红胜火昔年事，橡坠如歌天外音。

雾里远帆无去意，梅边落叶作离吟。

愿得一夜风兼雨，点点敲窗似旧霖。

二〇一三年十一月

卜算子　赏梅

原本忒多情，偏作无情剪。裁下明黄数朵新，聊慰家山远。

插置蕙兰旁，与我晨宵伴。清冽袭人静夜中，箫管谁家院？

二〇一三年十二月

浪淘沙　夜梦外婆

题记：外婆辞世已五年了，一直惦记着写篇纪念外婆的文章，无奈笔太沉重，怕写不好。近日又梦见外婆，遂作此小词，略记心意。

温语絮家常，咫尺身旁。迷濛烟树旧荷塘。煦煦南风拂面过，穿越阴阳。

五载两茫茫，忌日尤伤。千钧笔重苦掂量。最痛临行含硕泪，带往何方？

二〇一三年十二月

七律　生日感怀

题记： 写于回国的飞机上，那天正逢生日，飞机上一时无事，感怀一首。

生日凌虚游太空，嘻声绕座尽孩童。

且随长翼追霞远，难化飞蝶入梦中。

几度沙鸥来去去，一泓碧浪阻重重。

遥知翘首凝情处，暗数层云秋到冬。

二〇一四年一月

捣练子　悼马航

空盼影，影成空，瀚海烟波化泪峰。一夜遁飞无再见，人生随处有悲风。

二〇一四年三月

行香子　追花千里　加州金罂粟

曾为野花，行访天涯。只拾得，岁月尘沙。姚黄魏紫，梦里笙笳。幸昨宵憾，今偿补，更无嗟。

彩虹垂地，微浪芳华。金杯颤，娇艳无邪。冤屈总怪，罂粟人家。作晨光舞，月光隐，暮光霞。

注：

加州金罂粟（California GoldenPoppi）是加州的州花。这花虽然叫作罂粟，在植物学分类里和毒物罂粟同属一个家族，却不是产生鸦片的植物，把它当成毒物罂粟是冤枉了它。南加州洛杉矶北边一个叫做兰卡斯特（Lancaster, CA）的地方有个羚羊谷金罂粟保留区（Antelope Valley California Poppy Reserve），春天常有漫山遍野的加州金罂粟怒放，十分壮观。过去几年由于天旱，花开甚少。今春好几场及时雨，催开金罂粟。一月来我们一直跟踪保留区的网站，并和那里的工作人员通话，得知花开得不错，达

加州金罂粟花

最好年景的 50%，决定追花南下。

和朋友夫妇开车 300 多英里去看花，自以为很疯狂，哪知有更疯狂的人，专程从佐治亚州去拍花（万里）。到那儿后发现保留区的花远不如我们预想的好，不过，失之东隅，收之桑榆，在保留区之外却看见了只能在梦中看见的野花和大片的金罂粟。这是我今生看见的最美的铺满野花的原野，黄、橙、紫、蓝各色交错，层层套套，如彩虹般绚丽。曾经为了目睹想象中漫山遍野的野花，照着旅游书籍的指点，顶着海风走了一条又一条的山路，可惜从未如愿，最多也只看见稀疏的野花。这样密集、色彩如此丰厚浓郁的野花，还是第一次见识（冰花除外）。

野花中最耀眼的还是金罂粟。金罂粟外形妖冶高贵，性格却内敛。这花朝开夜合，一定要有阳光才开放，白天若阴云密布，花儿也立刻合上，是另类的向日葵。风大了也不开。

二〇一四年四月

五律　访华工旧城乐居

曾载金山梦，循江筑乐居。
春风拂寂巷，先圣立孤墟。
谈笑翁犹在，入出猫野栖。
萦思前辈业，对此欲躬鞠。

注：

加州首府萨克拉门托（Sacramento）城南约 30 英里处有一历史小城叫做 Locke Town，此地为上世纪华人居住的小城，中文名字为"乐居"。1915 年，附近的 Walnut Grove 发生大火后，华人决定修建自己的城市，便找到了一位叫 George Locke 的人，买下他的地，修建了以 Locke 名字命名的小城。这是一座曾经几乎是百分之百华人的城市，它的鼎盛时期是上世纪 20 年代到 40 年代，最多的时候有 600 个居民，加上在附近农场打短工的工人，多达 1500 人。这里有面包房、餐厅、中药铺、鱼市、赌场、妓院、杂货店、商店、剧院，还有一所学校。1971 年乐居被美国政府列入国家历史古迹。

4 月初，我们来到加州德儿塔（California Delta），这是一片很大的农田。从前是沼泽地，华人来此后，采用祖辈们传承下来的方法挖沟排水，修堤防洪，把这片地改造成了良田。早期华人对美国社会有三大贡献：淘金、修建铁路、农业。其中农业便指加州德儿塔这个地区，华人小城乐居便位于此。

一路田园风光，草色青青菜花儿黄，顺着加州最长河流萨克拉门托河便到了乐居。这里一切都是旧痕迹，暖日下面是空旷的城，几乎不见人。城口有个博物馆，是从前的客栈改造而成的，里面有城市的介绍。城很小，就一条主街，窄窄的巷子。主街口是曾经的中文学校，空荡荡的教室门口立着两尊塑像，左边是孔夫子，右边是孙中山。艺术品商店的门口坐着一位老人，在那里绘画，告诉我们他已经在这里居住了30多年。他刚来时这里还有不少人，都是老人，现在都死了，只剩64个居民（其中12位华人）。接着他又问我们认不认识一位上海来这里住了30多年的有名画家林浩（音），我告诉他不是所有的中国人都互相认识，"哦，不是？"他狡黠地眨着眼睛笑着问。

走到主街背后，见花树繁盛，高过屋顶的橙树上挂着橙子，无人摘采。屋前野猫成群，都懒懒地聚在一起晒太阳。距小城不远处是大片的梨树果园，梨花已经飘尽。梨花谢了还会再开，这个城市的使命却彻底结束了。如今的乐居作为历史遗迹屹立，见证着近百年来的进步。

二〇一四年四月

七绝　荷叶粥

朝市沽来青几片，添加新粳欲熟时。
清风玉露一锅烩，夜雨红楼味自知。

注：

粳字的读音尚有争议，若出律，任之。

二〇一四年七月

七律　阿拉斯加的夏夜

白色精灵降小窗，三更犹似沐斜阳。
星河归隐千灯暗，火草飞扬万壑苍。
欲枕轻云空辗转，乍思尘事几萦肠。
从来黑夜由人咒，未解仙乡是梦乡。

注：

火草，fireweed，一种开红色花朵的杂草。此诗初写于 Denali 国家公园住的小木屋里。

二○一四年八月

荷叶杯　秋

又见车窗凝露，秋驻。懒去恨西风，南华一卷悟穷通，空么空，空么空。

二○一四年八月

荷叶杯　旧金山地震

题记： 戏作于旧金山湾区 6 级地震之日。被地震惊醒，一时间竟呆坐床上，不知当跑不当跑，直至地震结束方回过神来。

疑是猫咪嬉戏，惊起。无浪也滔滔，遑遑不定可当逃？摇么摇，摇么摇。

写于二○一四年八月二十四日

采桑子　菊径

绵绵小径山菊绽，紫缀秋茅，馨间芳椒，难辨香依哪朵娇。
凝神对镜机轻举，怕影摇摇，心自陶陶，海浪劈空正涨潮。

二○一四年九月

七律　吾家有菊

题记： 诗坛咏菊活动，七律，题目任选。禁用字：不得出现"秋愁楼舟月梦花蕊苞瓣芯黄香韵魂"这几字，必须在诗中任意处嵌入自己的笔名，笔名不得分开。韵脚：要依任何一首红楼菊花诗的韵（这里用七阳）。

遥遥长自云深处，不意迁居在闹乡。

夜色溶溶怀旧圃，丰姿曳曳对斜阳。

朝虹暮雨冬儿顾，雅志高风陶令扬。

待等孤芳霜露里，欣然载我到青羊。

注：

（1）青羊指成都青羊宫，从前看菊展的地方。

（2）冬儿即老冬儿，作者笔名。

二○一四年九月

七律　纪念戴安澜将军

倭寇硝烟犯缅滇，王师远赴怒江沿。

将军鞭指花开地，大汉威扬雾瘴间。

同古血书生死共，茅邦星陨战魂还。

男儿国难当革裹，华夏悠悠正气酣。

注：

（1）戴安澜，国军名将，原名戴炳阳，字衍功，自号海鸥。1926 年黄埔军校三期毕业。曾血战古北口，后立下台儿庄战役部分战功，击败瑞阳公路日军第九师团主力、击退艾山阵地日军进攻，攻克昆仑关、击毙中村正雄少将等战功，因昆仑关一役获得蒋中正"当代之标准青年将领"之赞誉。是"二战"中第一位获得美国勋章的中国军人。1942 年，率第二○○师作为中国远征军的先头部队赴缅参战。取得同古会战收复棠吉等战功。1942 年 5 月 18 日在郎科地区指挥突围战斗中负重伤，26 日下午 5 时 40 分在缅北茅邦村殉国。1939 年 6 月 17 日，授陆军少将。1942 年 10 月 16 日，追赠陆军中将，抗战胜利后被追认为革命烈士。史迪威评价"立功异域扬大汉声威的第一人"。

（2）戴安澜有诗：远征（七绝二首）：（一）万里旌旗耀眼开，王师出境岛夷催。扬鞭遥指花如许，诸葛前身今又来。（二）策马奔车走八荒，远征功业迈秦皇。澄清宇宙安黎庶，先挽长弓射夕阳。

（3）同古会战时戴安澜向蒋中正立下军令状，战至一兵一卒，与同古共存亡。

（4）戴安澜在缅北茅邦村殉国后，二○○师的残部将士把他的遗体抬回国。

二○一四年九月

五律　秋韵三首　步骆宾王九秋韵

秋菊

身居墙角下，心在六合中。
翠叶沾新露，红颜助飒风。
无霜添冷艳，有月话圆通，
莫道花相似，年年韵不同。

骆宾王原玉：　　　　### 五律　秋菊

擢秀三秋晚，开芳十步中。
分黄俱笑日，含翠共摇风。
碎影涵流动，浮香隔岸通。
金翘徒可泛，玉斝竟谁同。

秋风

萧萧逢落木，卷卷叶飘浮。
可自青萍末？还归万壑流。
雌雄谁解意？今古客登楼。
嘱母临屏上，添衣莫忘秋！

骆宾王原玉：　　　　### 五律　秋风

紫陌炎氛歇，青蘋晚吹浮。
乱竹摇疏影，萦池织细流。
飘香曳舞袖，带粉泛妆楼。
不分君恩绝，纨扇曲中秋。

秋水

淅沥从天落，尘心顿涤清。
车轻腾雾远，云重碍山明。
秋苑逢霖喜，寒波涌浪惊。
此乡居日久，草木也关情。

注：

旧金山久旱无雨，上班途中逢甘霖，喜出望外。看高速路上车灯成行，水花四溅，车行如腾云驾雾，路旁海浪翻涌，好一曲天然的《秋水》，遂即兴步韵一首。

骆宾王原玉：　　　　　　　五律　秋水

　　　　　　贝阙寒流彻，玉轮秋浪清。

　　　　　　图云锦色净，写月练花明。

　　　　　　泛曲鹍弦动，随轩凤辖惊。

　　　　　　唯当御沟上，凄断送归情。

　　　　　　　　　　　　　　二〇一四年十月

七绝　加州秋色也夺魂

　　莫羡枫城红似火，加州秋色也夺魂。

　　醉杨轻颤金波起，荒漠霞飞共晓昏。

　　　　　　　　　　　　二〇一四年十月

五言排律　阿拉斯加乘小船出海

　　题记：限韵下平15咸，一韵到底，韵字"咸函缄岩谗衔帆衫杉监凡馋芟挽喃嵌掺巉"。

　　　　　　北疆寻海趣，意在不平凡。

　　　　　　朝霭添豪兴，鸣笛催启帆。

　　　　　　雾寒嘘冻手，风啸鼓红衫。

　　　　　　骏马无缰曳，蛟龙脱禁监。

　　　　　　我今潇洒去，尘事淡然芟。

　　　　　　绿岛迎舟驶，纤云环岸衔。

　　　　　　但看鲸吐浪，又睹豹栖岩。

鸥鸟难休憩，纷忙为解馋。

众生多苦孽，野物亦相谗？

积雪妆蓝彩，冰川态崭巉。

轰隆雷电响，闪烁琼瑶嵌。

峰裂凌空坠，山倾四下掺。

大宗如玉璧，小块似珍函。

扑面晶光耀，顺流碧浪咸。

游人舱外聚，老幼柱旁搀，

恍置昆仑顶，尽皆言语缄。

平生耽峻岭，壮岁逐松杉，

造化奇如此，对之唯自喃！

注："豹"指海豹，"轰隆雷电响"指冰川崩裂，听起来如雷声轰鸣。

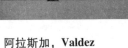

阿拉斯加，Valdez　　　阿拉斯加，哥伦比亚冰川（作者全家于 2014 年）

二〇一四年十二月

清平乐　旧金山暴风雨

昨宵风啸，狂雨今来到。躲进楼中千种好，水漫金山一笑。

经年恶旱常祈，荒原当绿柔丝。遥念云峰深处，寻梅踏雪心期。

注：

湾区有雨之时，山里一般就会有雪。

二〇一四年十二月二十一日

七律　春节再近感怀

梅去樱来春已动，惊心最是又逢年。

毫端意气随人少，镜里秋光逐岁妍。

鸿影频飘休语倦，浮云淡赏岂无眠。

庭前月色稠如玉，恍忆飞熊钓渭川。

二〇一五年二月

七绝　回国三首

一　返蓉途中有感

欣喜离鸥奔故土，一年一度一痴心。

临乡却怕还折柳，万里长空作苦吟。

二　全家自驾出行

大道通达车若风，春郊浅霭绿无穷。

归家总爱出行好，不尽亲情絮语中。

三　洪安拉拉渡

拉拉渡口且登舟，三省烟波纵目收。

翠翠已随流水去，船歌月夜入江楼？

注：

洪安拉拉渡是沈从文小说"边城"里渡口的原型，翠翠是小说中的女主角。此处是川、湘、黔三省交界。

作者姊妹俩在洪安（摄于 2015 年）

二〇一五年四月

西江月　张家界武陵源雨天

窗外雨丝垂挂，楼前柳叶新裁。围炉添暖话聊斋，忘却芸芸世界。
老父三分茶醉，阿娘半日书呆。花花双目慧光开，此刻光阴最爱。

注：花花是母亲的宝贝狗狗。

作者和父母在武陵源溪步街客栈茶室

二〇一五年四月

望海潮　都江堰

飞沙落堰，鱼堤分水，千年绝唱都江。杜宇拓山，李冰驭浪，梳理浩
瀚洪荒。蜀郡筑粮仓，遂锦官城内，鲜少饥殍，巷陌芙蓉，深秋银杏，洒
浑黄！

依然玉垒苍苍，有廊亭画卷，古庙斜阳。桥索荡波，游人醉步，何妨片刻轻狂。休叹太匆忙，待又逢归日，再阅宏章。不改乡心如故，眸里动秋光。

二〇一五年八月

诗词歌赋篇

二、新诗

月夜大烟山

我们的车，
颠簸在崎岖的山峦，
驶向东边。
一轮满月，
明晃晃地，
悬挂在车前。
那清亮的脸，
如美人的芳颜，
写满了亘古的哀怨，
浸泡在盈盈的泪水里，
不忍看！

车拐了弯，
月儿溜到路边，
在树丛中若隐若现，
快速旋转，
像土星带着光环，
飘来，把我们追赶，
银铃般的笑声，成串。
凄美的月儿，
一瞬间变得调皮捣蛋。

今夜，圆月如幻，
让我永远也走不出，大烟山。

注：

写于 2004 年 12 月 26 日大烟山（Great Smoky Mountains），修改于 2013 年 1 月 27 日。

给中年人

脚步，急急促促，
把光阴追赶。
你可愿为路旁的新绿，
稍作流连？

眉尖，穿行着秋天，
眼底，是沉沉的波澜，
请千万珍重那嘴角上的，
笑意一弯。

心儿，被裁成了一片片，
零落飘散。
可曾给自己留下了，
鲜红的一瓣。

身体，焕发出光热，
把他人温暖。
别忘了让阳光，
充满自己的每一寸空间。

二〇〇五年

重聚　为班级首次聚会而作

江楼婷婷，翠竹青青。
留存着我们，青春的身影。
同窗的岁月，诚挚的友谊，
是长驻在梦里的温馨。

蜀山依依，锦水潾潾。

呼唤着我们，重逢的心情。

多彩的人生，永恒的友谊，

歌声荡漾着相聚的欢欣。

二〇〇五年

梦

少年时的梦，

从书本里来。

心心念念的，

是芳草夕阳外。

中年的梦，

都托给了大海，

一年复一年，

是悠悠的期待！

老年还会有梦吗？

我想不明白。

只希望我会是个，

快乐的老太太。

二〇〇五年

九月的大苏尔

题记：大苏尔（BIG SUR）是旧金山与洛杉矶之间的一段约 90 英里长的海岸线。此地依山傍水，非常漂亮。除了有很好的海滩外，山上是成片的红木林，喜欢登山者也有地方可去，被美国国家地理杂志列为一生中值得去的 50 个地方之一。

九月的大苏尔，
蓝色是你的眷恋。
当山花不再绚烂，
风儿托起了归雁，
水和天，
仍痴痴地守候着，
这永恒的浪漫！

九月的大苏尔，
红色是你的装点。
秋叶于岩间匍匐，
夕阳在天际涂染，
将天水之间，
抹上殷红的界面。

九月的大苏尔，
黄色是你的明艳。
摇曳的金黄，
和灯塔山上，
那飘动的黄衫，［注］
是成熟，更是奉献！

去沙滩上奔跑吧，
看波光粼粼，听惊涛拍岸。
来这里登高吧，
用忘忧草编成巨大的花环，
把你和我快乐地圈在里边。
原来人生的秋天，
如同九月的大苏尔，
仍然可以有数不清的梦想，
像海水般地湛蓝，湛蓝！

注：

指在大苏尔的灯塔山上做义工的导游。她们的敬业精神和激情以及对背景知识的了解，都让人很受感动。

二〇〇七年

附诗友和诗　　　　　　　**梦里的大苏尔**

段震文 （2007 年）

梦里的大苏尔
我曾悄悄地靠近你
只因为那点罗布丝 ［注］
已经让我流连
在漫漫的黄花里
陶醉得近乎疯癫

梦里的大苏尔
我分明看见了你
蓝宝石一样的海水
泛起了相见恨晚的涟漪
在柔黑的水草上
是海豹在慵懒地午眠

梦里的大苏尔
我多想走近你
荡漾在山水之间
像一个活神仙
沿着那柔美的弧线溜达
便到了红春的后院

梦里的大苏尔
我必须离开你

虽然你纤尘不染

虽然你大爱无言

因为你在美利坚的边界

因为我有自家的花园

注：

点罗布丝是大苏尔里一处公园的名字，英文名是 Point Lobos。

兰花

在古老的东方，

你曾是三闾大夫

长剑旁的一袭幽香。

高标遗世，淡雅清芳。

因着诗人的眷顾，

从荒崖步入殿堂。

从此，你的每一片弯叶，

都载满了整个民族的景仰！

而今，我才知详，

原来你竟可以，

开得这般张扬。

灿若丹霞，形态万状。

在这个彰显自我的世界里，

耀眼地绽放！

无须孤芳自赏，

无须谦逊忍让，

拼尽全力，让爱美的人儿，

为你倾情解囊。

二〇〇七年

家乡

朋友问我："地震，在中国什么地方？"
我悲伤地答道：
"就在我的家乡。"
我的父老乡亲，正在生死线上，
书写着人世间最惨痛的篇章。

同事问我："地震，在中国什么地方？"
我吃力地答道：
"就在我的家乡。"
我的亲人们，用爱的力量，
从废墟里崛起中国的脊梁！

家乡，让我和你一同哀悼，
家乡，让我和你一起哭叫。
让我隔着宽阔的太平洋，
为遇难的婴儿，把摇篮曲哼唱。
让我在暮色里，为被掩埋的孩子，
送上母亲的翘望。
魂兮，归来，不要四处流浪！

让我为逝去的人祭起一瓣心香，
祈祷他们在天国里福寿绵长。
让我为幸存者效些微薄之力，
祝福他们苦难不再，一路顺当。
让我鞠躬再鞠躬，
献上对救灾志愿者的敬仰，

让我敲动滞重的键盘，记下 5·12

也记下这古老的民族闪耀的光芒！

啊，家乡！

二〇〇八年五月

漂泊的感动

漂泊，我喜欢你带给我的感动。
我从大洋的那一侧漂到这里，
继续在这广袤的大陆，
做着我的漂泊之梦。
车轮在飞驶，车里有帐篷，
我和我的伴，用旅程
来捕捉那漂泊的感动。

或许在那一世曾经流浪，
今生的漂泊让我情归故乡。
一路行走，一路颠狂，
把尘世的风，完完全全地
抛掷在车轮的后方。
让我的泪，对着那
接天牧草，大漠荒凉，
不争气地打湿我的眼眶。
来吧，闪电凌空；
来吧，雨后双虹；
还有山鹿，在朝露里，
无邪的双瞳；
和那穿过马路的白牛，

甩着尾巴，露出睡眼惺忪。

漂泊，我珍视你带给我的感动。

我的生命，因你而更加厚重。

当天边一座座山峦凸显，

当对面的云色正浓，

当衣襟飘动在夜空中，

当清晨的薄雾朦胧，

我的灵魂，在漂泊中

享受那孤独的梦……

注：

作于2010年8月11日从蒙特纳州驶往犹他州途中。

瑰丽的雨后双虹

附诗友和诗：　　　　　　　　**行吟诗人赞**

段震文（2010年）

漂泊是你的天性，

平庸是你的敌人。

人生是宇宙的一瞬，

足迹记录着你的生平。

从蒙特纳到犹他州，

柏油路在戈壁上延伸。

荒草凄凄亘古一景，
风云变幻雁过无痕。
若是在泥泞中印上你的身影，
亿万年后也许会惊艳另一个文明。

两个人的圣诞

"圣诞快乐！"
你冲我微微一笑。
"圣诞快乐！"
我回你个轻轻拥抱。
没有喧闹，没有奔跑，
没有音乐，没有礼包。
那颗相伴多年的圣诞树，
还静静地躺在箱底，
打着哈欠，伸着懒腰。
五颜六色的彩灯，
也躺在一旁，多无聊。
今年的圣诞，静悄悄！

"要不"，你大声说道：
"咱们去海边听潮？"

二〇一一年十二月

在春光里老去

年年春天都在海边流连，
玫瑰色的冰花织锦般的绚烂，
小道上有我深深浅浅的脚印，
来来去去，一年又一年。

春光里时间缓缓流走，
春光里渐渐丢失了红颜，
总有一天会蓦然发现，
已经老去在美丽的春天。

老去在那美丽的春天，
融入花开花落的浪漫。
在这完美的旋律里，
为何有我的一声轻叹？
是少年壮志风清云淡？
还是远方父母的背影蹒跚？
花絮飘飞，散去华年，
伤春的古调且让我新弹。

对他乡早已有了家乡般的情感，
也不再询问哪一片云是我的天，
可冰花盛开的时候还是想吟唱：
"我把生命，遗落在北美的春天！"

二〇一二年五月

为网友叶子离去而作

从此后，我不会
跟任何博友说再见。
"再见"，是个痛心的字眼。
你的离别，我的愕然，
接下来，是无边的伤感！

你说过要陪伴我诗香淡淡，
为何会一掉头，决然地

消失在秋叶飘落之前？
你和我曾一起吟唱山高水远，
为何却一挥手，拉断了
那根清亮的琴弦？

从此后，我不会
跟任何博友说再见。
"再见"，会让我想起
那个词，"情何以堪"。
说什么欢声响，笑声高，
到头来都是昙花一现。
该走的走，该来的来，
在这个喧闹的世界上，
留不住的，是曾经的绚烂。
孤单，是博路上的永远！

从此后，我不会
跟任何博友说再见……

二〇一二年八月

诗歌与她

一

当诗歌走近她的时候，
是个惆怅的春天。
她扎着双辫，穿着青衫。
探头仰望窗外的天。

轻轻地，诗歌带着她旋转，
把她托到遥远的云天。

身边的世界小了，
诗里的世界大了，
原来，春光可以如此明艳！

轻旋，在流动的诗韵里，
她寻找成长的震颤。
轻旋，在旷远的诗境中，
见落日熔金，大漠孤烟。

听一曲古调吧，胡笳幽怨，
折一枝杨柳吧，作别阳关，
然后再故作深沉地，
挥动手臂，把栏杆拍遍！

二

当诗歌再次走近她的时候，
是个南瓜色的秋天。
诗影如金蛇狂舞，闪动在
夕阳入海的一瞬间，
原来，诗歌从来没有真正走远。

于是，她用生疏了的笔，
把星斗穿成珠串，挂在胸前，
早也抚摸，晚也缱绻；
再在海风吹过的时候，
打开心灵的调色板，
画出落霞孤鹜，外公的笑脸。

"别走"！她抓住跳荡的诗魂，
悄悄地许了一个愿：

"请你陪伴我，
到海尽头，山那边。"

二〇一二年十月

星夜

漫天的星斗，都毫不犹豫地，
跟着我们的车走，
也不询问，把它们带到，
哪条壑沟？

车里的我，如星辰般地
与你同行，又一个春秋。

注：
2012 年 11 月记于约书亚树国家公园附近。

当你还能爱的时候

当你还能爱的时候，
要珍惜！
因为它是上天的赐予。

当你还能痛的时候，
要珍惜！
因为它是别样的美丽。

当你还能因爱生痛的时候，
要珍惜！
因为它是青春的印记。

谁说时间，
只是一剂良药；
在疗伤的同时，
它麻痹着我们的神志。

二〇一二年十二月

峨眉云海

那年我带着 18 岁的双眼，来到崖边，
渴望能为它留下，一页诗签。
可面对它的大气磅礴和典雅温婉，
我沸腾的血，都化为了
轻声的呢喃："哦，天！"
很想知道，一千年后，
那翻滚的泡沫上，浮起的，
是骑着大象的普贤？
还是阿佛罗狄忒的美艳？
或者，是外星人的飞船？
还会不会有位年轻的女子，
痴痴地站在悬崖岸？

二〇一三年七月

那一晚

那一晚，沉沉的天幕上，
缀满亮亮的眼。
我穿行春烟，来到沙滩，
跃入星海的浩瀚。

在银色的涟漪里，

情迷那遥远的温暖，

倾听那灵性的呼唤，

我的世界，产生于怎样的偶然？

那一晚，红色的砂石间，

帐篷在狂风中摇转。

雨声哗哗，忐忑入眠，

枕着地老天荒的奇幻，

直到夜半，硕大的圆月，

忽地撩开了我的双眼，

让我忘情于月光下的旷野山峦。

想念昨天，想念那晚，

想念野风中的腾腾篝火，

想念山林里的碧雾柔曼，

还有小山顶上分割海天的

一弯蓝色弧线。

生活日复一日如水潺潺，

怎能忘记曾经有过的斑斓。

再扛上那跟随多年的帐篷吧，

老 Camper，你可还会是一如当年？

注：

距离上一次外出露营已经两年多了，有些怀念，过几日准备再去一次。

二〇一三年八月

大海日出

一圈，再一圈……
只是为了贪图，
在甲板上多兜一圈，
错过了那一瞬，海日，
便腾地脱出了浪尖。
一个声音在嘲笑着：
"哈，这个笨蛋"！

嘿，我和太阳的约会
还没有完，看那流波里
长长的金链，忽闪，
还有云彩下荡漾着的
羞红的脸。

索性，搬来躺椅，
闭上双眼。
风在啸，水在喊：
"哗啦，哗啦，哗啦……"
天堂，原来如此简单！

二〇一三年十二月

重生

猛力地拉开深红的门，
一树的桐芽都舞着春。
微绿的早风中好个趔趄，

嘘，我重生！

呆看着满院的落英缤纷，
韶光里挽袖剪去残藤。
走吧你这一冬的狼藉，
呼，我重生！

轻盈地踏上苍翠的丘陵，
步履亲吻着丝丝泥温。
太平洋的潮水把岁月遗忘，
荒野却又一次涌动着新生，
耶，我们重生！

二〇一四年二月

缘

缘，
是荒野的月，
在失意的夜，
和我脸对脸。

缘，
是猛烈的风，
卷四月梨花，
打翻我的碗。
缘，
是远山的约，
青涩的诺，
一世的伴。

缘，
　是雨中的虹，
　神的救恩，
　我的双眼。

二〇一四年五月

我的笔

我不是投枪，
也不是匕首，
我只愿为山间的溪流，
低头！

我不是麻木，
更不是冷酷，
这世界有太多的苦难，
我不忍直面！

太平洋的水，是我的墨泉，
野罂粟的金焰，装饰我的身段。
冷冽的风，吹醒我的性灵，
我歌，我唱，我边走边弹。

天和地，在我的轨迹里，
驶近，又驶远。
我的思绪，在天地间，
自由地穿梭于宁静与震撼。

二〇一四年五月

旅途归来

旅途奔跑，
让现实的棱角，
变成车前的灯，
车后的道。

只想知晓，哪家驿馆，
可以卸下背包？
哪处溪流，
能一洗尘嚣？
晚餐是 Salmon，
or Chicken？
米饭，或者面包？

归来后，当朋友说，
我的面容，
看上去放松了，
文字，就开始
在肚里发酵，
然后再滋长，
密密如春草……

二〇一四年十月

附1：诗友为菩萨蛮–中秋谱的曲

（作曲 Queen，2012 年）

菩萨蛮–中秋

中秋小聚–金门大桥赏月

作词：老冬儿

1=F 4/4

```
6·        5 4 3 1 5 | 6   -    -    -   |
旧        时 明 月 旧 时 梦，

彤        云 暮 霭 飘 奇 彩，


1·        2 4 4 6 5 | 5   |
海        天 渺 渺 风 吹 送，

金        桥 闪 烁 分 湾 海，


3 4  5 6  5   -   | 3·     4 5 3  2  |
又 是 一 年 秋，        鬓    花 添 缀

橙 月 渐 东 升，        光    欺 桥 上


1   -    -    -   | 6 1  2 1 6  4  |
头。                     川 椒 新 酢 肉，

灯。                     何 人 声 切 切？


4   -    2 1  6  | 6 5 6   -   |
    半 盏 米     浊 酒。

    低 数 流     星 曳。


1·       2 3·       5 | 6·     5 3   -   |
今       日 且       贪    杯，

凝       目 向       西    瞻，


6·       4 2 5  2  | 1   -    -    -   ‖
莫       谈 归 不 归。

娘       亲 水 那 边。
```

附2：老许为《重聚 为班级首次聚会而作》谱的曲

重　聚

1=♭E　4/4

东霞 词
老许 曲

舒缓 深情地

（23‖: 5·3 5 6 | 70 60 50 30 | 2· 3 2 1 6 | 1 - - -）|

3·2 1 7 6 5 | 5 - - 5 3 | 6 5 3 5 2 | 1 - - 2 3 | 5·3 6 5 4 |

1.江楼婷　婷，　翠竹青　青，　留存着我
2.蜀山依　依，　锦水粼　粼，　呼唤着我

（2 6 5 6 | 4 3 2 -）
3 - 2 2 6 | 4 3 2 - | 2 - 0 0 | 3 3 6 1 2 | 3·2 3 - - | 5 5 3 5 6 7 |

们 青春的身　影。　同窗的岁　月，　诚挚的友
们 重逢的心　情。　多彩的人　生，　永恒的友

6 - - 2 3 | 5·3 5 6 | 7 7 2 6 3 | 5 - - 0 3 | 5 2 3 2 1 6 |

谊，　是 长 驻在 梦里的温　馨，　梦里的温
谊，　歌声荡 漾着 相聚的欢　欣，

1. —

1 - - (2 3 :‖ 5 2 3 2 1 6 | 1 - - 2 3 | 5 5 - 6 | 2 1 - 1 6 |

2. —　　　　渐慢

馨。　　相聚的欢　欣，　相聚的欢

1 - - - ‖

欣。

散文杂文篇

梦里故乡：重访西雅图

离开西雅图那天，车里来回播放着罗大佑的《海上花》，此时这缠绵的歌声不知怎么的却让我感到很伤感，今日何日，下一次再来又不知当是何年。记得几天前刚回到西雅图时，是个雨天。葱茏的树木，绵绵的细雨，熟悉的景物，无一不让我感到亲切，心里竟然是一阵激动，眼眶发潮。没想到自己竟会对这个客居多年的城市有这样的感情。"客舍并州已十霜，归心日夜忆咸阳。无端更渡桑干水，却望并州是故乡"。21 世纪的我，竟和古人是这般的心意相通，情感相投。只是今天的客舍，较古人而言，范围更大而已。

从小到大，除故乡的城市外，西雅图是我住得最久的地方，算得上第二故乡，我在那里打拼了十多年，耗去了生命中的最好年华。于是这个城市便成了我生命中的又一份牵挂。让人感叹的是，现在回国反而有些茫然，因为一切的一切都改变了。家依旧还在，因为父母亲人即是家；可是故乡却好像没有了。父母家搬了几次，儿时生活的旧居早已不复存在，一出家门我就四顾茫然，不知路在何方，常常要年迈的父母陪伴。虽说新房越盖越多，城市越变越现代化，可对我来说是越来越陌生，越来越失落，我再也寻不回那睡梦中的故乡了。

西雅图则不一样。像美国其他城市一样，多少年来几乎没有变化，绿树红墙，景色依旧，一切都那么熟悉，连那淅淅沥沥的小雨，都一如既往地迎接着我们，让我不清楚是从不曾离开过，还是又回来了。在西雅图逗留的那几天，我们住在相交多年的好友家里，很是放松，每晚都睡得很沉，真的是"梦里不知身是客"。醒来后自嘲，再想想多年在海外的生活，何尝又不是梦一样。梦兮，现实兮，梦幻之间，我惶惑了：究竟我属于哪里，家在何方？

"该换一支曲子了吧？"丈夫的话把我从思绪中拉了出来。"……梦幻成真，转身浪影汹涌没红尘"，光盘里果然还在放着同一首歌。我赶紧换了一个碟子，于是，车里响起了小女孩脆脆的声音："我听过你的歌我的大哥哥。"随着这欢快的曲子，车渐渐地远离了这个城市。

写于二〇〇四年

闲话中秋

中秋节是我最喜欢的传统节日。对我而言，具体的就意味着三件事：一是亲人团聚；二是吃月饼；三是赏月。身在国外，与父母海天相隔，绝大多数情形下"亲人团聚"也就只限于与朋友相聚。由于中秋多半不在周末，朋友之间便在节日前后的周末聚会庆祝，把盏共叙，其乐融融。

早些年间，月饼在国外是稀罕物。记得刚到美国的第一个中秋，系里的中国学生搞庆祝活动，购买月饼是一大任务，因为得开车跑到中国城去买，而当时有车的同学不多。那时月饼的价格对穷学生而言也是不菲的，买回来后切成小块，大家分而食之，应景而已。1988年第一次回国探亲，返美时正值中秋前后，买了几盒月饼准备带给系里的中国同学分尝。过海关时，海关官员询问有没有带任何"Food"。本人素不喜撒谎，但情急之下也只好硬着头皮说"No"，生怕带的月饼被扔掉。不料这位先生偏偏认真得可以，伸手到我们包里去摸，结果真还让他给摸出了一盒月饼。这下我狼狈透了。还好，他看了一眼问道："Moon cake（月饼）？"我点点头。没想到他说"It's OK"。于是乎我如释重负，心里好感激他的"不扔月饼之恩"，回校后才得以给系里给中国同学分发了月饼。此是旧话了。而今住在旧金山地区，什么样的月饼都能买到，也就不再稀奇了。

过中秋最开心的莫过于赏月。此事听起来蛮做作的，好像是在附庸风雅，其实不然。如果你喜欢大自然，中秋赏月就是最自然不过的事了，自然得如同春访桃花、冬寻腊梅。搬来旧金山以前，我居住过的地方都是常年阴云密布，中秋也很少见到月亮。而在加州几乎年年都可以见到美轮美奂的中秋之月，怎不叫人开心！

赏月是件雅事。虽没有雅到要像古人那样焚香操琴，却也大有讲究。地点、时间、运气和心情，缺一不可。我们最喜欢的地点是海湾边，最佳的时间是明月初升之时，而最好的运气则是逢上晴朗的天、涨潮的夜。对着一湾海潮，等待那"海上生明月"的一刻，心里除了期盼，还有感动。初升的月亮硕大无比，呈金黄色，绝不像淡黄色的中天之月。它透着温暖，也不是大多数诗人笔下的清冷之月。对着这样的月亮，所有前人的咏月诗句似乎统统不适用。我突发奇想，觉得它挺像这里"万圣节"小孩子们点的南瓜灯。于是乎斗胆将大诗人的句子改为"少时不识月，呼作南瓜灯"。随着"南瓜灯"渐渐升起，水波盈盈处出现了它的倒影。这水中之月随波上下浮动，与天上的月亮交相辉映，为中秋之夜演出了最华美的一幕。

今年中秋，不知将会有怎样的月色。

写于二〇〇四年

我所知道的美国同志

大概从 20 世纪 90 年代初开始，"同志"成了同性恋的代名词。既为同志，自然有男女之分，前者英文里称为 Gay，后者则称为 Lesbian。同志现象，古来有之。记载中所谓的有"断袖之癖"的人，指的即是同性恋。近年来随着社会的开放，国人对同志现象就更不陌生了。然而，在来美国之前（80 年代），我真的是孤陋寡闻，不知同性恋为何物。到了美国以后，由于一直生活在西海岸，耳闻目睹，对同志现象由无知到知之，便见怪不怪了。美国的东西海岸与中部很不相同，中部很保守传统，而东西海岸则很开放。尤其是西海岸，非常自由化，便成了同性恋人居住的大本营，我也因而有机会结识了不少同性恋的朋友，所以我可能比一般人对他们的了解要多一些，故而汇集我所知，炮制了这篇短文。

初进"大观园"

第一次让我大开眼界的是十多年前在西雅图的一个同性恋公园（gay park）。那是一个夏日，我带着来探亲的母亲和 5 岁的儿子，驱车去了住家附近的一个公园。西雅图是著名的雨城，一年四季有三季都细雨蒙蒙，只有夏季才是最好的时节。由于雨水充足，那里的植物都生长得郁郁苍苍，夏日公园里更显得天蓝，树绿，让人心旷神怡。由于我携老带小，一进了公园，就赶快找草坪坐下，好欣赏这四处花开的景致，也可趁机放松一周来的疲劳。哪知四下一望，发现情况不妙，我们身处一个"浪漫地带"。只见花丛中，草坪上，一对对的"情侣"在卿卿我我，耳鬓厮磨，如处无人之境。更让我合不上嘴的是，这些情侣却均非寻常之辈，是男配男，女配女，阴阳分隔。他们和谐地共处一园，互不影响，互不干涉。倒是我们这一家子，在这个环境里显得那么不合时宜，一时间浑身上下都不自在，心里暗暗喊天。于是拉着母亲，抱起儿子，赶快逃离，朝人多的地方而去。没走多远，便走到一个挤满了人的广场。心里纳闷今天是什么日子，居然公园里在开大会。抬头四望，才发现不少人手举标语牌，还有人拿着话筒喊话，一听，喊话的内容是呼吁同性恋权利。这才知道我们算是撞上了一个同性恋的盛大集会。第二天，问了同事，方才搞清楚我们去了西雅图有名的同性恋公园。当时的感觉，我真像进入大观园的刘姥姥。实际上，后来才知道，这样的地方，好些大城市里都有。那样的集会，和旧金山每年一度的同性恋大游行相比，绝对是小巫见大巫。

庐山真面目

对同志现象的更多了解则在我进了生化系做博士后研究工作以后。在化学系念书时，系里同学中没听说有同性恋的。到生化系后，情况就很不一样了，周围有了不少的同志朋友。我做研究的实验室里仅有 10 个人，却有两位女同事均为 Lesbian。搬到旧金山以后，这样的人我就结识得更多了。在我工作的公司里就有不少男女同志，其中包括我过去的顶头上司和下属。似乎学习生物的人中同性恋的比例要高一些。由于现在普遍认为同性恋起源于基因而非后天教养，我很好奇同性恋基因是否会对人的专业取向有一定作用，可惜没有统计数字报道。

与两类同志接触多了以后，慢慢地能总结出同志们的一些特点。就我个人的观察，我所认识的 Lesbian 的性格都比较强，有男人特质，但人往往都很正直，富于正义感，而且大多喜好体育运动。而男同性恋人则往往有些女人气质。这些人一般都个头修长，衣着整洁。曾经有人说过同性恋的标志是一只耳朵穿耳环，其实不尽然，虽然有人的确如此，但更多的 Gay 是没有标志的。多数同性恋人对他们自己的身份都保持低调，不会主动告诉别人他们的性向，只有和他们熟了后才会向你讲述。这也难怪，尽管现代社会对他们已比从前宽容，但内心深处，他们毕竟还是能感受到社会的歧视，有着或多或少的自卑。用我一个朋友的话来说，她是一个外星人。所以他们不愿让他们的性取向影响他们的职业生涯。

当然也有例外，我认识的朋友中也有非常开放的人。芭芭拉是我刚进公司时的顶头上司。我刚去的第二天她和我讨论工作时就告诉我过几天她不会来上班，因为她在 expecting（意为她在等待分娩），产期快到了。我望了望她那扁平的肚子，一头雾水，十分纳闷。大概我的诧异提醒了她，她马上向我解释，她是 Lesbian。等待分娩是她的同志爱人而不是她。惊得我一时无话。现在我总结出来的是，在旧金山这种地方，凡是从不明确说明自己配偶性别的人（只称配偶为 partner），极有可能是同志。

情为何物

大凡世上男女，都敌不过一个情字。难免为情所苦，为情所困，故而痴男怨女，比比皆是。殊不知情之于同性恋人，亦如普通男女。西汉时，汉哀帝不忍叫醒枕着他衣袖而熟睡的同志恋人董贤，宁肯断其衣袖。这一故事最终衍生出了"断袖之癖"这个有十足贬义的词。

我个人对同志之情的了解，是从我对那些朋友的观察得来的。罗切曾是我的助手，与我一起工作了两年。他是一个 Gay。在感情问题上他可谓历尽坎坷，但却痴心不改。多年来他换过几个恋人，每一段感情他都非常投入，而每一次的分手又让他伤心欲绝。最惨的是他在与前任男友分手很久后还在替他付欠款，那人用罗切的信用卡花了一大笔钱。由于信用卡贷款利息高，利滚利的结果害得他以后很久每月都要交 800 美元来支付那笔本不属于他的欠款。罗切最近的一个恋人和他同居了三年，他对他真的是柔情万种，常听见他在公司里十分温柔地和他的爱人通电话。二人一旦闹矛盾，罗切的情绪马上就溢于言表，以至于影响他的工作。曾经有一次他爱人决定和他分手，他几乎完全垮掉了，根本无法正常工作，一连几天几乎每天都做错实验。当时我们做的是细胞生物学方面的研究，实验周期较长。公司与学校不同，课题都有时间限制，他接二连三地出错让我非常冒火，但当我看到他那一张惨白的面孔和那恍恍惚惚的神情，实在下不了狠心苛责他，只好自认倒霉，替他收拾烂摊子。还好他和他的同志爱人最终和好了。

一个让人好奇的问题是同性恋人如何能在人海中找到属于自己的那一半。其实，答案很简单，"甜蜜爱情从哪里来，是从那眼睛里到心怀"。正如男女相恋，同性恋人也能从眼神里分辨出自己的同志。记得曾经看过这样一部电影。男主人公押解一个女犯人，路途中在一家酒吧休息，遇到另一男人。四目相对，短短一瞬间，道尽千言万语。女犯人在一旁洞察秋毫，于是悠悠地问："你可是充分地享受了刚才那一瞬间?"一语道破了男主人公的同志身份。当然除了眼神以外，还有其他的方式。一个同性恋朋友曾告诉过我他们之间有一定的手势，只是这手势不能随便乱打，万一打错了对象，而对方又懂得此手势，则有可能会有生命之虞。随着社会的开放，各大城市里都有同性恋人聚集的地方，如前面提到的 Gay Park 或同性恋人酒吧（Gay Bar），在这些地方应该容易找到自己的同志。

金星家庭与火星家庭

多年前，两性关系学专家 John Gray 出了一本畅销书，名为《男人来自火星，女人来自金星》（*Men are from Mars，Women are from Venus*）。这本书探讨了男人和女人与生俱来的差异，把他们比之为从不同星球来的人。这种差异，使男人和女人永远不可能完全沟通，也就造成了普通夫妻之间的基本矛盾。有趣的是，这种矛盾在同志家庭里却不存在。从这个角度上讲，同性所构成的家庭倒还有它的独特之处。当然这不等于同性恋人的家庭就没有问题了。据统计，Lesbian 的家庭要比 Gay 的家庭稳定性高，主要缘于男人的见异思迁。男人对爱情的专注本来就不如女人，而两个男人在一起时，不稳定的因素自然就更高了。相反的是，Lesbian 的家庭就要稳定得多。除了女人对爱情的专注外，还有一个更重要的因素是她们中很多人都养育了孩子（而 Gay 的家庭大多没有孩子）。母性对孩子的责任，增进了家庭的稳定性。前面提到的芭芭拉，她的配偶艾丽丝即生了两个孩子，一儿一女。当然这些孩子都不是艾丽丝同其他男人生的，而是人工授精的产物。我的朋友萝拉曾半开玩笑半认真地对我说，作为女人，她比我幸运，因为她可以和她的配偶商量谁生孩子的问题，而我则别无选择。这话倒是很幽默。其实这种方法生养孩子的另外一个"特别之处"是可以选择生什么样的孩子。精子库里有着完整的捐精人的资料，购买者可以根据自己的愿望挑选自己想要的基因以决定小孩的长相、头发、肤色等。我个人对她们养育孩子的事持保留态度，总担心对小孩的心理成长不好。女人有想做母亲的天性，生养孩子也是她们的权利，本无可厚非，然而对于无权挑选自己出生的孩子们来说，似乎不太公平。这种有两个妈妈（孩子们称呼她们皆为妈妈）的家庭出来的小孩难免在学校里不被其他孩子笑话。再者小孩从小没有父亲，对他们的心智成长恐怕也不好。

路在何方

近年来，同性恋家庭的合法权益问题，一直是媒体关注的中心。同性恋希望他们的关系能够合法化，一方面有助于提高他们的社会地位；另一方面，他们的配偶也能够享受一些合法权益，如家庭医疗保险，等等。有不少同性恋家庭得到了父母的理解。一位朋友曾给我看了她的结婚照片。她的婚礼办得像其他人的传统婚礼一样堂皇。在碧绿的草地上，她身着美丽白色婚纱，她的女配偶则打扮成男人模样，身着白色西装，两边家庭的父母都来给她们贺喜。这一对人无疑是幸运的，更多的同性恋则没有这么幸运。但不管怎样，与从前相比，社会对他们越来越宽松，同性恋人至少可以选择他们自己愿意的生活方式，而不会像他们的前辈那样委屈自己。一个让我不解的问题是当真有这么多人是生就的同志，还是媒体对此负有责任？是否因为媒体的过分渲染使有些人对自己的性向发生质疑，便选择了同性家庭。从今年2月12日开始，旧金山市新上任的市长同意给同性恋发放结婚证书，这一举动在世界上引起轩然大波。到目前为止，已有三千多对同性伴侣来旧金山领取结婚证书，其中很多人是从世界各地赶来的。各界人士对此议论纷纷。此事发生后，布什总统即明确表态支持宪法修改案里加进一条禁止同性婚姻合法化。根据统计数据，尽管大多数人士认为婚姻只应该是男女之间，然而，却并非个个赞同将此事写入宪法修改案。何去何从，尚未可知。

写于二〇〇四年

散文杂文篇

朋友嘉西的故事　婚姻如鞋

　　嘉西终于离开旧金山回到了她喜爱的西雅图。临行之前，我们再一次去饮广式早茶，然后互道珍重。在人口流动频繁的美国居住了这么些年，早已习惯了朋友之间的聚散离合，也学会了不再为此伤感，但这次嘉西的离开，却让我从心底涌出一份不舍之情。我和嘉西相识于很多年前，我们同年同校读博毕业后同时进入一个研究室工作。奇怪的是我和她几乎是一见如故，更奇妙的是，第一天见面后，晚上做梦时居然喊出了她的名字，醒来后自己都惊了一跳，不敢相信自己竟会梦见一个刚认识的人，真不知是何时结下的缘分。之后我们果然成了很好的朋友。在同一个研究室朝夕相处了几年后，我们又先后来到旧金山湾区，进入生物技术公司。巧的是我们二人就职的公司相距很近，于是我们又常常相约共进午餐，以分享生活和工作中的喜怒哀乐。日子就这样在不经意中流走，转眼之间竟是离别之时了。

　　嘉西是那种让人见过一面后就极难忘却的人。高高的个儿，大大的眼睛，端正而又富有活力的面庞。像大多数美国人一样，身上有好几种不同的血统。也不知她的个性来自于哪一种血统，非常特殊，真还没办法用简单的词来形容。第一个词应该是热情如火。因为与她交往时，总能感觉到她浑身上下透出的热度。她性格幽默风趣，极富感染力，什么时候往人堆里一站都是中心，所以她身边总是围绕着一大堆朋友。她最初给我的深刻印象是她对食物的喜好。相识后不久，她就要我教她做地道的川菜，因为烹调是她最大的业余爱好。在她看来，大多数的美国人品味太差，居然会认为麦当劳是美食，简直是美国人的耻辱。所以她拼命地学各种菜式，除了西餐外，她烧得一手很好的印度菜和泰国菜，我品尝过的最好的印度菜是她烧的。和其他美国女孩一样，嘉西也很喜欢饮酒，兴致来了的时候，会和其他一些同事一块儿去泡酒吧，不醉不归。有一次她和组里另一女孩居然在酒吧关门之后一家一家地去泡另外的酒吧，直到快天亮才相扶着摇摇晃晃地回家。这样做后果当然很严重，回家后在床上躺了两天。

除了会吃善饮，嘉西工作起来也很拼命，搞科学研究是她的激情所在。如果说我选择做科学更多的是出于理性思考的结果，她选择学科学却是出于发自内心的对科学的热爱，任何时候，只要一谈起与课题有关的话题，她立即变得眉飞色舞，兴致盎然，在电话里长时间地与人讨论科学问题更是家常便饭。和组里其他人相比，她阅读的文献量极大，知识面非常宽，大家有问题都爱找她咨询。嘉西的一句名言是："若要在数据和与男朋友约会之间作一选择，当然是数据更重要。"不过说完此话之后她也自嘲道："有这种生活态度的人太可怜了，真值得人同情。"到底有没有过为了数据而不去约会的事我不清楚，但什么叫废寝忘食，我算是见识了。对于我们这些搞实验科学的人来说，在实验室里干到半夜是常有之事，但忘记吃饭就实在是太少见了。好几次嘉西轻描淡写地告诉我她头一天太忙，忘记了吃饭，见我一脸的惊讶，便马上解释说："没关系，已服用了维他命。"这点我可是无论如何都不能理解的。我自己再忙碌，也不可能忘记吃饭，因为肚里一旦饥肠辘辘会提醒大脑。真的是只有做到痴迷的人才会这样。

嘉西最与众不同的地方是她有一个蓝领的丈夫，狄克。让许多人不解的是，以嘉西的才貌怎么会找上那么奇怪的丈夫。组里其他的女同事就曾经压低着嗓门，挤眉弄眼地对我说"She can do better than that"，意思是说她可以找到条件更好的丈夫。狄克连大学学历都没有，以装修房屋和木匠工作为职业。他们夫妇是自小就相识的朋友，可以说是青梅竹马。虽是如此，他们的罗曼史却是嘉西念大学时开始的。据说有一次在朋友家里，在大学念书的嘉西与她小时候就认识的狄克不期而遇，这时狄克已长成了面貌英俊、个头高大的小伙子。在众目睽睽之下狄克居然麻利地爬上了光溜溜的棕榈树，顿时让嘉西觉得他酷毙了，于是芳心大动，成就了这段姻缘。此后嘉西一直往上念书，她大学毕业后，工作了一阵，又去读博士学位，而狄克却始终只是个工人。他们俩的差别非常大，这种差别，谁都能一眼看出。西方文化里，婚姻最讲究的是两人的匹配性，他们俩可是怎么看怎么不相配。嘉西聪明漂亮，生活品位极高，喜欢美食美酒、音乐芭蕾，还会讲一口流利的法语，而狄克却是典型的工人阶级，喜欢过廉价的生活，唯一的嗜好就是出海打鱼。狄克手很巧，什么都能修，由于常干粗活，一身常是脏兮兮的，沾满了泥土和油。跟他们夫妇在一起，常把我们逗得不行。比如一起在餐馆吃饭时，狄克会做出些一般人认为没教养的举动，他会亮开嗓门，在饭馆里高声说话，并把骨头之类的东西乱放。每每在这种时候，嘉西就很不好意思地哄他，一边柔柔地提醒他"Honey，这东西不该放这儿"，一边替他把乱放的东西放到该放的地方。狄克虽然文化不高，却有很强的赚钱意识，据说他6岁就开始买股票投资了。听说我儿子读大学了，狄克很不解，告诉我们应该让儿子出去挣钱而不是读书，我无语，只好一笑置之。

当然他们夫妇也有不少相投之处，都喜欢交友，喜欢烹饪，热爱大自然。西雅图靠山面海，是自然爱好者的洞天福地，一有空，他们就去登山露营。狄克捕鱼手段十分高强，每年蟹肥之时都要在他家举办一次很大的海鲜聚餐会。每到这天，狄克一早就驾木船出海，捕来很多新鲜螃蟹和鱼。这些活物用桶装着，泡在海水里用面粉喂养几个小时，待肠胃清理干净了再下锅。当煮熟了的红红的螃蟹和烤好了的热气腾腾的鱼端上桌时，往往已是黄昏时分，这时，忙碌了一整天的狄克才得空坐在壁炉旁，就着啤酒开始给大家讲一个又一个的与捕鱼有关的故事。最让我听得目瞪口呆的一个故事是有一次他们钓到了一条大鱼，这条大鱼并没有直接咬钩，咬钩的是一条小鱼，大鱼贪嘴，咬住了这条小鱼，居然在小鱼被钓了上来后也舍不得放弃，还死死地咬住小鱼，于是大鱼也跟着被拖了上来，如此贪小利而丢命，真不愧为鱼（愚）中之冠。印象很深的是，每当狄克讲这些故事的时候，平时那个神采飞扬、讲话滔滔不绝的嘉西一反常态，安安静静地靠着狄克，听他大着嗓门胡侃，一副小鸟依人的模样，让人啧啧称奇。看着他们这样，总让我生出几分感动，不得不相信人的姻缘真的像是前世注定。我猜想他们二人各方面相差那么大，还能如此相爱，一个重要的原因是生性简单而又善良的狄克能让嘉西从紧张的工作中放松下来。嘉西的性格起落较大，对科学研究又如此投入，如果她的丈夫也有一份压力大的工作，两人相处可能会是一个问题。可见对于婚姻，这世上真没有统一的模型，自己觉得合适就是最好的，外人怎么看都不相干，要不然怎么会有婚姻如鞋的说法。

作为知识女性，嘉西也有她的苦恼，那就是事业与家庭孰轻孰重。同中国妇女一样，女人在事业上追求太多，会在生活上有所失。嘉西很喜欢孩子，多年来却一直没能找到合适的时间生养小孩，故而常常愤愤不平地对我说这世界上的事情真不公平。与我们的男同事相比，他们可以既有事业，也有家庭，女性却必须有所舍弃。每当她这样说，我都深为理解，因为这是一个普遍的社会问题，中国存在，美国也存在。可喜的是，来旧金山后，公司里的工作在时间上较学校的工作要有规律得多，较易安排自己的生活。她终于在40岁的高龄生下了一对漂亮的双胞胎女孩。刚生完小孩不久，她所就职的公司被一家大公司买去，大公司其实只买了她们公司的课题，却关闭了她们公司。除少数课题负责人外，所有的人都被裁了。嘉西是课题负责人之一，只要她愿意迁到东海岸就可以留下，但她不愿意，只好离开公司。丢了工作后，嘉西决定搬回西雅图，那是他们夫妇最喜欢的地方。嘉西打算在家当一段时间的全职妈妈，充分享受做母亲的快乐，也让孩子成长得更好。至于以后怎么样，她还没打算太多，也可能半日工作，也可能找个轻松点的全职工作。有一点是肯定的，这对千金的到来将会改变她的生活轨迹，不管她做出什么样的决定，我都会为她祝福，祝福她生活幸福。

写于二○○五年

散文杂文篇

身边的歌星

初次见到 W 君，是很多年前的一个国庆节。当时我们这个地区的华人举办了一场盛大的文艺表演，其中一位男高音，一曲"在那桃花盛开的地方"赢得满堂喝彩。他的嗓音高亢嘹亮，很像蒋大为，赚得我使劲鼓掌，也留下了很深的印象。

不久，一位朋友邀请我们去他家唱卡拉 OK，并得意洋洋地告诉我，他请到了一位当地卡拉 OK 比赛的冠军来助兴。去了后一看，真巧，请来的冠军就是这位 W 君。那晚在朋友家唱得非常尽兴，也近距离地见识了冠军是怎么练成的。W 君有两个孩子，老二才几个月。Party 开到一半时小家伙困了，大人正唱在兴头上，怎么办？简单，W 君把小婴孩往背上一放，继续唱歌。他边唱边来回走动，随着歌声的节拍，一颠一颠的小孩就在他背上安然入睡了，真叫人惊讶，从来没有见过歌瘾这么大的人。

见我们如此惊奇，W 夫人便告诉我们，她先生常常在家里背着孩子唱歌，所以小孩也就睡惯不惊了。W 夫人是川妹子，精干利索，但似乎对唱歌不感冒，连听也不听。只见她忙着招呼孩子，又在厨房里进进出出，帮主人的忙，完全不跟我们这帮唱卡拉 OK 的人搅和。我们都有些好奇她怎么不来夫唱妇随，W 君才解释道他夫人唱歌不行，从来不唱，他在家里唱歌夫人还嫌太闹。

一晃两年过去了，在同一个朋友家里又遇上了 W 先生全家，彼此都还有些印象。朋友喜好音乐，家里新安装了高级音响，晚饭后照例又招呼大家唱歌。W 君便兴奋地告诉我们，新近发现他太太原来嗓子很好，不但可以唱歌，而且起点很高。大家开玩笑问他这位伯乐是如何发现千里马的，结果故事很浪漫。这年他过生日，夫人忘了准备礼物，临时决定唱支歌给他贺生。一亮开嗓子，才发现她的嗓音本钱不在夫君之下。听 W 君这么一讲，我们都很好奇，定要他太太秀一秀。在我们的坚持下，W 太太只好拿起话筒试唱。她试了好几次，唱不出来，因为不习惯朋友家的卡拉 OK 机。

再一晃又是几年，第三次在同一个朋友家见到了 W 君全家。当年那个在父亲背上听歌睡觉的婴儿已经长成一个清秀的小姑娘。一见到我们，W 君就喜气洋洋地说，他们要准备出光碟了。我还以为是他本人要出光碟，再一问，是他夫人，差点以为听错了。虽说上次听他讲起他太太可以唱歌了，但没有听过她唱，也就没什么印象。这猛然一说起出光碟，太意外了。为了让我们见识一下，他们马上就播放了一盘刻好的碟子。W 太太走的是流行歌曲的路子，唱的歌有邓丽君的、杨钰莹的，还有其他的，唱得真是好，嗓音甜润，吐词清楚，韵味十足，照我看完全不比那些歌星差，怎么也想象不出这是一位几年前完全不唱歌的人唱的。太有戏剧性了！

细细和 W 太太聊了一阵，才知道她这三年来一直苦练唱歌，现已是这附近小有名气的歌唱家了，常被邀请去演出。身为职业妇女，两个孩子的妈妈，能有今日的水平，付出的努力可想而知。我们听的那盘是他们自己配音录的。他们的朋友同事听后都非常喜欢，连讲英文的老美同事也都纷纷向她索要光碟，这才激起了她出正式光盘的打算。除了让自己有成就感外，她出光盘也是为了帮助癌症协会筹款，卖出的钱捐给癌症协会，所以也是慈善事业。

看着穿着入时打扮时尚的 W 太太，有些不敢相信这和多年前第一次见到的那位忙碌的妈妈是同一位女士。人的潜力真是很大，很多时候我们对自身潜在的能力并不知晓，如何能够提高我们对自身能力的了解真还是个学问。这个故事对我的另一个启示是自我完善是人一生中一直可以进行的，不管是什么年龄，以什么形式。

写于二〇〇五年

感恩节　那些做甜点的日子

感恩节到了，又到了做烘烤食品的季节。走进超市，一眼就看到各种做甜点的原料，像面粉、糖、黄油、乳品、各式干果、雪白的椰丝、棕色的巧克力豆、大红的鲜草莓等被摆放到了最显眼的位置，它们价格低廉，琳琅满目，非常诱惑人。前些年，这样的日子特别能刺激我，让我所有的感官立即兴奋起来。

甜点说来只是吃喝小事，但却是西方文化的一个重要部分。西餐里正式晚餐的最后一道菜是甜点。对大多数西方人来说，甜点也是他们最喜欢的一道食品；没有甜点的晚餐像是没有结束的晚餐。甜点制作是最有创意的，它的质量反映了餐馆的好坏和主妇烹饪技术的高低，因此也就有了"甜点文化"，由甜点引出了不少极其聪明的比喻。比如像电影《阿甘正传》里那句名言："人生的际遇就像一盒巧克力，不知道会拿到哪一颗"。还有一句充满哲理的话是：人生无常，还是先品尝甜点吧（Life is full of uncertainties，eat your dessert first）！因为感慨人生无常，才会想到应该先吃最好的一道食物——甜点。换句话说，人生需及时行乐，享受生命中的美好。此话虽然有些消极，但对于进入生命之秋的人也不乏道理。

我历来偏爱甜食，到了美国后，见到品种繁多的甜品，颇有些如鱼得水的感觉，开心极了。决心学烤蛋糕是受了白人朋友的影响。来美不久，就听见一位朋友说，最好的甜点是自己家里制作的。后来，一位犹太女同事对我讲："在以色列，每一个称职的主妇都会烘烤蛋糕。"她用的词是"every decent woman"，听她这么一说，做蛋糕是非学不可的了，除了自己可以吃，还可以跨入 decent woman 的行列。

最初做蛋糕用的是配好的蛋糕粉，只需加入菜油、水和鸡蛋，搅拌均匀后放入烤箱烤半小时左右即成。记得第一次从烤箱里取出烤好的蛋糕时，非常兴奋，我也会烤蛋糕啦。后来发现用蛋糕粉做蛋糕太简单，不过瘾，蛋糕的口感也差了点，且品种太少，就开始用面粉照菜谱制作。后来又得知我们最要好的一个朋友有做水果派的家传绝技，于是让她手把手地教我。再后来就延伸到其他不同类别的甜点。那时儿子还小，每次做甜点他都特别喜欢参与，嚷着要来帮忙。有时候嫌他碍手碍脚的，胡乱发给他一块面皮了事。

尽管做烘焙没少出废品，也从来没达到我期望的上乘技艺，却乐在其中。有时候都闹不清是喜欢烘烤出来的产品还是喜欢烘烤过程营造的气氛。电影《黑客帝国》（*The Matrix*）里有个片段给我印象非常深刻，那位具有预知能力的神秘妇人 Oracle 烘烤 Cookie。这个细节在那部紧张快速的影片里无疑是极为神秘而又温馨的一笔。在寒冷的冬天，叫上几个朋友，一边闲聊，一边等着快要出炉的点心，整个屋子都弥漫着甜味和奶油味，特别温暖可心。白乐天的"绿蚁新醅酒，红泥小火炉"，描写的是雪天邀友人来饮酒的境界，依我看来，冬日与友人一块饮茶、烤甜点与此有异曲同工之妙。

时光流转，甜点，我现在是不敢多吃了，怕血糖高。加之家里没有小孩子，几乎好些年都不做甜点了。尽管如此，看见好的方子总是会下意识地去收集，有时候自己都觉得好笑。每到金红色的烘烤季节，就会回忆起烤点心曾经带给我的乐趣，有些怀旧，真希望能再听到儿子对我说："妈妈，我想帮忙。"唉，那一章已经翻过去了。岁月的流逝让我们不断地收获，也不断地失去。所幸的是这种收获与失去并非简单的化学平衡，每一次新的过程都会为我们的生命注入更深的内涵。

写于二〇〇五年

迷迷糊糊的童年

童年玩伴

学龄前很长一段时间都是在外公外婆家度过的，直到上小学才回到父母身边。这辈子最调皮、最无拘无束的时光就是在外婆家的日子。小时候的事情我已记不清了，一切好像都是迷迷糊糊的，有些事不知是大人讲述给我听的，还是我真的记得。记忆中外婆家所在的地方有马路，有狭小的锅炉房和放满了水壶的炉子，还有夏夜在凉椅上睡觉的人。住家大院的门口有一个澡堂，兼卖烤红薯。记忆最深的事情是一天我正在街上津津有味地吃一块饼干，一个衣衫褴褛的小男孩飞快地跑过来，一把抢走了我的饼干，我顿时急得哇哇大哭。

更多的记忆则是无比美好的。记得外婆家住处的院子很大，我和几个小女孩经常在院子里翻筋斗、跳舞。邻居有一帮调皮孩子，我常常伙同他们疯玩。我最好的一个玩伴是个比我大一岁的男孩，名叫刁蛋。刁蛋总是

作者童年在外婆家的时候

穿得一身破破烂烂的，鼻子上永远挂着两条鼻涕。我跟着他翻墙、爬窗户，总是要搞得一身土一身泥才回家。外婆酷爱干净，我那么淘气，让她受累不少。

初中时去外婆家重访了阔别多年的儿时住地。十分吃惊的是，一切都不是印象中的样子了。儿时印象中宽大的院子却是一个非常小的院落。更让我失望的是刁蛋，他已长成了一个端正斯文的小伙子，白白净净的脸，鼻梁上还架着眼镜。刁蛋见到我非常高兴，说我没怎么变，还能认

出来，我却失望透了，真不知该说什么，就因为他太干净了，鼻子上也没有挂着那两条鼻涕，已经不再是我记忆中的刁蛋了。

养鸡

童年的另一个很深的记忆就是养鸡。那是"文化大革命"时期，物质匮乏，时间充裕，于是家家户户养鸡。我家养鸡还有一个特殊的原因，因为我外公外婆的到来。外公在运动中受了冲击，被解了职，只好暂与我们同住。外公爱养鸡，几乎到了痴迷的地步。他的另外一个嗜好就是饮酒。每次外出，外公手里总提着一个提包，如果到家时他低着头满面笑容一脸陶醉地看着他的提包，提包里一定装有新买的小鸡，或者新买的酒。

那时我们家差不多快成一个小型养鸡场了，养鸡已远远超出了生蛋吃肉的概念，完全是我和我外公的嗜好。最多的时候养了多少鸡已经记不清楚，家里的地上到处都是小鸡在跑，人走路都得小心，否则会踩着鸡。现在想来，父母对我们祖孙的奇怪嗜好真的很宽容，从未抱怨过半句。鸡多了鸡圈自然不够，我和外公便将家里洗澡用的大木盆的边上用席子一围，就成了养小鸡的鸡圈，喂养这些小鸡和打扫鸡圈就是我的活儿。我很喜欢喂小鸡，只是不喜欢铲鸡屎。不过不喜欢也得做，看着毛茸茸的小鸡一天天长大是非常开心的事。我养的好些鸡都很有灵性，只要我向它们招手，它们就会走来，甚至爬到我的头上和我亲热。曾经养过一只每天会自己上楼回家的芦花鸡，重达九斤，它上楼时脚踩在楼梯上"噔、噔"地作响。这些大大小小的鸡给我的童年生活带来了很多的欢愉。

养鸡也给我带来了不少伤心的日子。鸡瘟一来，鸡一拨一拨地死，一点办法也没有，很无奈。更伤心的是辛苦养大了的鸡最终都会变成锅中之食。所以养鸡留给我的记忆是复杂的，成年以后，我再也不愿养任何动物。儿子小时一直想要养狗，我从不应允。除了怕麻烦外，更是因为想到若养有此物，我将来定会要为之伤心，毕竟动物寿命总是比人的短。人的一生本来就够不容易了，不想再给自己增加感情上的额外包袱。

写于二〇〇五年

散文杂文篇

外婆的味道

外婆年轻时，烧得一手好菜。记得最清楚有两样，一样是红烧肉，另一样是一种野菜粑粑。外婆做红烧肉喜欢加些黄豆，红烧肉绵软醇厚，肥而不腻，而烧得烂烂的黄豆则和肉味相得益彰，一经品尝便忘不了。2007年回家时，曾向已停厨多年的98岁的外婆谈起非常想念她做的烧肉，老人高兴了，便又咿咿呀呀地背诵起那位顶顶有名能诗善文的苏大学士寓居黄州时总结出来的烧肉经："慢着火，少着水，火候足时味自美。"

野菜粑粑就更玄了，我只尝过一次。顾名思义，野菜粑粑就是用野菜做的煎饼，究竟是什么野菜，多年来我一直都没闹明白。吃野菜粑粑的那次经历得追溯到"文革"时期。当时外公外婆受运动牵连被抄了家，一时无处安身，只好搬来与我们同住。他们来后家里的饭菜就变了不少花样，即使像馒头这么简单的食物，经外婆一摆弄比食堂里的好吃不知多少倍。有一天外婆和母亲从农民菜市场上买来了一小把野菜，调了些面粉，用油煎出，就成了一道美味煎饼。记得煎饼的面调得很稀，能见到饼子里的野菜。而野菜一经油炸，色泽微黄奇香无比，一口下去又酥又软，香气直冲脑门。当时我家和我姨妈家都住在一块儿，家里人口不少，光小孩就有四个，分而食之，一人就没多少，根本没吃够，这个野菜粑粑的味道就永远地停留在我的记忆中了。以后的许多年里，外婆再也没做过这样的野菜煎饼，我也从来没有见过什么地方有卖这种煎饼的。想念之余，我曾经询问过母亲和外婆，可惜她们都记不得此事了。我从来没有死心，每次看见农民挑担卖野菜，总要去试试，买来做煎饼，寻找当年外婆的味道，可惜味道总是不对。

时光荏苒，多年后我搬到了四季如春的加州。周末得闲常常爱在野外溜达，一种野生植物引起我的注意。此物约有一人多高，长在沟边路旁，有时会成片成片地长在原野上。与它擦肩而过时，如遇微风吹过，隐隐约约地会闻到一阵茴香的气味。掐下叶子，轻轻一搓，浓浓的茴香气味立即飘然而出。不知怎么的，突然间我就有了感觉，这一定就是"那"野菜了。不过感觉归感觉，还是不敢随便摘来吃，怕搞错了中毒，这心动可不敢冒冒失失地变成行动。于是春去秋来，直到碧绿的叶子黄了，枯枝上挂满了小小的籽儿，我才一眼认出果然是茴香籽，也就是五香大料包里的小茴香。原来真的是茴香啊，"众里寻他千百度，蓦然回首，那人却在灯火阑珊处"。

又过了好些日子，还是没敢采摘茴香，担心美国的茴香与中国的不一样。一个冬日在网上闲逛，发现有人专门介绍野地里的茴香，并说他们常摘来做茴香馅饺子。一对比图片，没错，就是它，这下我敢百分之百地肯定了。一待肯定，便有些急不可耐。尽管已是冬季，山野里的茴香叶子都应该已干枯了，还是忍不住外出寻芳。果然不负所望，旧金山湾区气候温和，季节不明显，有些茴香的根部居然还是郁郁葱葱。欣喜之余，赶紧摘下嫩叶，回家剁碎后做成了煎饼，一尝，气味没变，那个奇香原来就是茴香的味道，只是口感比不上外婆做的，不知是火候不同，调的面粉稠度不同，还是其他原因，反正就是差那么一点儿。好遗憾，走遍天涯，依然没能找回外婆的味道！

春去又春来，漫山遍野铺绿叠翠，我却再没有采摘过野生茴香了，尽管我每次看见它时还照样会心动，但仅仅只是心动而已，因为外婆的味道已经成了绝唱。生命的旅途就是这样，很多的美好都只能伴我们一程。

写于二〇〇八年三月

伦敦桥，要塌了！

第一次听到"伦敦桥"（London Bridge），是从年幼的儿子口里。儿子3岁多来美国洋插队。刚来没几天，一句英文也不会，我们就把他放进托儿所，虽然很不放心，但也没办法，我们那会儿还是学生，没工夫照管他。我没敢教他英文，怕自己的口音影响了小孩的发音，唯一教会他的是一个关键词——"厕所"。刚开始我一离开托儿所他就追着我哭，不让我走，几日后才好点儿了。

过了些日子参加家长会，老师见到我们就捧腹大笑，说这孩子太滑稽了，每天对着她们叽叽喳喳说个不停（当然说的是中文），尽管她们一句也听不懂，但他就是不放弃。

过了一阵子孩子开始沉默了，我有些担心。又过了几个月，一天晚饭前儿子突然对我们说吃饭前应该"wash hands"，见我们没听懂（因他发音还不太准），他又认认真真地重复一遍，并将两手搓了搓，做洗手状，这下我们明白了，有些惊喜，这孩子终于会讲点英文了。从那天开始，他的英文词汇就像决了堤的水，哗哗地涌了出来。高兴的时候，还会稚声稚气地操着发音不准的英文唱歌，其中的一首英文儿歌是这样的：

London Bridge is falling down,

Falling down，Falling down.

London Bridge is falling down,

My fair lady.

翻译成汉语，歌词是关于伦敦桥的：

伦敦桥，要塌了，

要塌了，要塌了，

伦敦桥，要塌了，

我美丽的淑女。

原歌很长，小孩子唱的只是第一段。这首歌歌词曲调简单明了，易于上口，我也很快就跟着儿子学会了。后来才知道这是一首世界有名的儿歌。这首歌的起源已经没有准确记载，只知道它记录了人类早期在伦敦的泰晤士河上修建桥梁的艰辛。伦敦桥修了又垮，垮了又修，于是就有了这段传唱。让我觉得有些新奇的是，这应该是较为沉重的故事，在西方文化里却以一种轻松幽默的方式唱出。

真正目睹这座儿歌里的桥梁，却是很多年后的事了。游访伦敦，除了朝拜那些大名鼎鼎的古建筑外，泰晤士河当然也在我们的计划之中。那是一个黄昏，在河边匆匆地啃完了几块比萨饼后，便开始了我们对泰晤士河一步一步的丈量。泰晤士河果然没让我们失望，波光、夕照和众多的桥梁都是那么的美妙，交融着历史和现代的气韵。我们也终于见到了那座儿歌里唱的颇具传奇色彩的桥。原来那么有名的桥竟是如此地不起眼，如此平凡的一座桥。泰晤士河上有 15 座桥，第一座是最有古典建筑特色的"伦敦塔桥"。此桥外形方正厚重，古朴雄伟，极为宏丽，据说是伦敦的标志，它却不是歌里所唱的那座伦敦桥，尽管不少资料里把它混淆成伦敦桥。另一座最有现代风格的则是"千僖桥"，桥上是观望圣保罗大教堂的最佳位置。和这两座桥相比，歌里所唱的伦敦桥却是平实得几乎没有特色的一座普通桥梁，既没有现代的造型，也没有历史的痕迹，让我结结实实地拍案惊奇了一回。哪怕它是一座破木桥，或泛着白光的石板桥也能给我点想象啊！我举起相机不停地从各个角度拍摄，想从这平凡中拍摄出不平凡的意境，可是，我失败了，怎么拍都还是一座平凡的桥。不平凡的意境只好永远地留在我的想象中了。或许，是我自己想错了，早期人类需要的只是一座平平凡凡能让人过河的桥。

"伦敦桥，要塌了，要塌了，要塌了……"

写于二○○九年

买房卖房祸从天降（陪审员见闻录）（上）

去年（2010 年）10 月下旬，我中了个"大奖"，第一次被选中做陪审员。在这以前也收到过陪审职责的通知，但在第一轮电话候选就被剔除了。这次倒好，电话候选，法院待选，法官挑选，三轮筛选，轮轮都被选中，最后落得整整两个礼拜坐在法庭上听律师吵架。官司结束后，如释重负，回到公司上班时竟喜不自禁，有如重生。列位看官别以为我在这里夸张，试想一下，每天坐在法庭上不言不语，不能随意喝茶上厕所，不能上网，即使听见律师在公堂上强词夺理都要双唇紧闭，不能出声，能不难受吗？当然"受苦"两周收获也不小，除了真正了解了美国的陪审制度，亲眼见识了银幕下穿黑袍的法官，听律师们对着法官一口一个"法官阁下"（Your Honor），还享受了原告、被告的恭谨。陪审团进出法庭时原告、被告及其律师都要站立起来以示尊重。当然，最主要的一点就是知道了以后在买卖房屋时应该怎样避免官司缠身。

我参与审理的是一起买卖房屋引起的民事诉讼案。买方杰斯夫妇是原告，卖方什维拉夫妇是被告。杰斯夫妇于 2007 年房市最高点时从什维拉手里花了 125 万美元买到一栋约 3800 平方英尺独立房。买房时为了杀价，杰斯夫妇主动要求与卖方签署了"现状购入"（as is）的条约，也就是说房屋按出售时的现状购入。令人难以置信的是杰斯夫妇在要求"现状购入"的同时，居然自己不舍得花钱雇人检查房屋，完全凭卖方的房屋检查报告便轻率成交。搬进去不久，"杯具"就开始了。先是发现些小毛病，后来发现起居室的屋顶漏水，再后来家里的硬木地板又开始裂口，木板之间的裂缝宽得可以容纳硬币插入，若要彻底修理，得换掉整栋房屋的地板。另外，地板和地基之间的空间也发现漏水，淹成了一个浅池塘。经他们请来的专家进一步检查，这栋房屋似乎在设计上有毛病。但是，由于房屋是按"现状购入"，诉讼就变得困难了。听到这里，不少人会说，既然是"现状购入"，就没有什么好告的，必须接受房屋的状态，也就是说该自认倒霉。

且慢，此事若是这么简单，也就没有这场官司了，所谓一个巴掌拍不响。在这场交易里，卖方也犯有错误。这栋房屋是什维拉先生亲手修建的。在修建过程中他不但自己没有建筑的执照，还雇用了好几位没有执照的建筑工和电工。另外，什维拉全家在这个房屋里居住三年期间曾经发生过两次漏水，损伤了硬木地板。卖出这个房屋之前，什维拉先生曾花钱请人来检查，发现硬木地板有问题，可能要花5万美元修理，尽管检查报告里说明硬木地板有问题，在填写房屋情况表格（Disclosure check list）时，他却没有把这些问题填上。房屋情况表里专门有栏目询问房屋修建时是否雇用过无执照的电工，屋里是否发生过漏水，硬木地板有无问题，等等，他们一概回答"没有"。这类错误共有十多处，很难想象完全是因为粗心大意造成的。但是从什维拉夫妇与买方交往的历史来看，似乎又并不像是知道这房屋有严重问题而故意欺瞒。他们曾主动邀请买方去看房，并亲自带领买方参观这个房屋，什维拉先生也亲口告诉买方这房子是自己修建的，并提醒买方雇人再作房屋检查。

原告的诉讼包括两方面，一是控告什维拉夫妇违章操作修建房屋，二是控告卖主没有如实填写房屋情况表，应该负违约责任。一共索赔50万美元。这其中包括更换硬木地板需要的8.6万美元。更多的费用是用于修补房屋漏水的问题。至于"现状购入"是否成其为官司的绊脚石，原告律师有着与常人完全不同的解释。照他的说法，"现状购入"是在了解所有的信息的情况下给出的价格，既包括房屋的外观评估，也包括那些表格里公开了的信息，所以应该更加小心的人是卖主，而不是买主。卖方提供的信息应准确反映真实的现状，否则应该赔偿买方的损失。这个解释让你跌破眼镜吧？我也一样。这就是律师的"辩才"。

审讯开始，双方的辩护律师先作一个开场讲话，然后请原告、被告来对话。被告什维拉先生承认他在填写表格时犯有错误，却不承认是故意欺瞒。这里的一个重要疑点是被告出售房屋的动机：被告是否早就知道房屋有严重问题才出售的。若是，则故意欺瞒的嫌疑较大。被告解释这个房屋本来是他们为自己修建的梦想房屋，准备长住。但搬进去后，他们的双胞胎儿子不能适应新学区，没有交上新朋友，郁闷之余只好关在家里打电动游戏，致使体重直线上升，有肥胖趋势，这才让他们夫妇痛下决心卖掉房屋搬回原住处。被告后来出示了这对双胞胎孩子的照片，以证实他们所说的属实。从照片来看这两个孩子在居住这个房子期间确实增重不少，都变胖了。至于这究竟是不是他们售房的真正原因，就取决于陪审员自己的判断了。

原告杰斯夫人长着一张精明的脸，一看就是个厉害的主，听她介绍是斯坦福大学艺术专业的毕业生。家里购买房屋似乎都由她一人作主，出庭对质的也主要是她。她的丈夫杰斯先生在思科公司当部门经理，买房子这么大的事他居然毫不参与，完全任由太太折腾，如此"甩手掌柜"，实为少见。杰斯夫人告诉陪审团他们全家如何被新买的这个房子折磨得焦头烂额，听起来他们确实很让人同情。但被告律师指出了她证词里有些前后不相符之处。被告律师并且指出在购买这栋房子之前，杰斯夫人除在加州还拥有另外一栋房屋外，已经在密苏里购置了九栋房屋。房市下跌后这九个房子都扔还给了银行，作为法拍屋。紧接着被告律师质问杰斯夫人是不是因为这个房屋的价格下跌了，想在获取赔款后将这个房子也交给银行作法拍屋，而赔偿所得的钱就揣进自己腰包。杰斯夫人当然矢口否认。不知怎么的，这点插曲让对我杰斯夫人的同情心大打折扣，觉得她做事的方式太有问题了。

之后便是证人出庭。花最多时间的是关于什维拉先生违章操作的指控。两边都有证人出庭。这些证人包括建筑行业的专家和政府官员。这些专家出庭的价格都不菲，高达一小时 500 美元。各方证人给出的证词当然都是对自己那一方有利的，也就有了不少矛盾之处。要判断谁的证词更可信，得综合各方面的因素。首先是专家的信誉，另外再看他们能够从证词里面得到多少好处，会不会因为利益驱使而作假证。由于证词涉及太多的建筑专业知识，这部分听得我十分头疼。不过两周下来竟然学了些与建筑有关的东西，也算是意外收获。

起到决定性作用的是被告的证人，一位郡县（County）政府部门官员。据他说被告所在的郡县允许没有执照的人修建自住房屋，也允许修建自住房屋时主人雇用任何家人朋友，无须执照。唯一需要有执照的是电工。除此之外，被告还出示了他们建房时政府检查合格的所有批文，说明他们没有违章建房。唯一不合法的是被告什维拉先生曾经雇用过无执照的电工。但因为房子里的电路没有任何问题，也就无须赔偿。看过这些证实材料后，原告只好撤销第一个诉讼：什维拉夫妇违章操作修建房屋。这样案情就变得简单多了。

这里值得一提的是两位律师在法庭上的表现，确实有高下之分。原告律师比起被告律师无论在材料的组织上，还是法庭的应变上，都要逊色很多。原告律师虽然有多年经验，材料准备得也很充分，但是他讲话不严密，重复甚多，常常让我听得犯困，而被告律师头脑清醒，反应迅速，问话犀利，应对自如，轮到他讲话我的精神头就来了，常在心里为他喝彩。另外，原告律师在堂上的风度也有些欠佳，情急之下有时控制不了脾气，甚至给人以咆哮公堂之感，起到了很负面的作用。虽然最后的判决是根据事实，律师的表现起到的作用也是不容低估的。

证词完毕后，即是陪审团裁决。这是一个中等长度的审讯，从开庭到证词结束将近两周。这期间陪审员不可以向任何人泄露案例，也不可以擅自上网查询有关案例的一切资讯。所有与案子有关的信息只能从法庭上获取。除此之外，在没有到讨论判决之前，就连陪审员之间也不能谈论任何与案例有关的话题。之所以这样规定，主要是为了避免陪审员受外部干扰，影响对案情作出客观公正的分析判断。当然，审判结束后案情就不再需要保密了，否则也就不会有这篇小文了。欲知判决结果，且听下回分解。

写于二〇一一年一月

买房卖房祸从天降（陪审员见闻录）（下）

陪审团一共有十二名陪审员，另外还有四名候补陪审员。候补陪审员必须参与整个审讯过程，为的是以防万一，如果陪审员发生意外，比如生病或者有紧急事情，不能继续下去，候补陪审员马上就可以顶上。但在最后的判决阶段，候补陪审员就不能参与了。对于民事诉讼，无论任何指控，陪审团里十二人必须要有九人通过才能成立。而犯罪案则要求十二人全部通过才能成立。法官在判决中完全没有任何权力，只负责主持审判庭和回答陪审团的法律问题。

我们这些陪审员被关进一个有饮料有厕所的房间讨论判决，除了商定的休息和吃饭时间，任何人不能擅自出入。法官把判决书交给了我们，厚厚的一叠。其中有四项对被告违约的指控：（1）违反合同；（2）买卖不诚信；（3）粗心失误；（4）故意隐瞒房屋的问题。每一个指控由多个问题组成。最后的判决是落实到卖方需要出多少钱赔偿买方的损失。

由于庭审期间陪审员之间不能有任何关于案情的交流，当判决讨论开始时，憋了这么多天的话便一下子释放了出来。十二名陪审员里有十名是女性，可以想象说话的欲望有多高。第一天大家随便聊案情，每个人的话都像开了闸门的水，哗哗地放了出来。会议室里一片喧闹，谁也听不清楚其他人说的是什么，结果除了推举出了一位干过四次陪审的人作领导外（Foreman），什么也没有完成。

第二天是个星期五，审讯已经快两周了。大家都很想快点结束，不想下周再来这里。我们推举的这位领导虽然有多次当陪审员的经历，但不是一个很好的会议主持人。大家聊天她也跟着聊，不加控制和引导，任由每个人津津有味地讲述自己的买卖房子经历。如果继续这样下去，只能是议而不决，浪费时间。看情况不妙，这样泡下去下周还得再来法院，那还不要命？我实在忍无可忍了，于是只好出手"夺权"，名曰夺权，当然是夸张之语，其实也就是帮帮这位领导主持会议，盯住每个陪审员，要大家对着每项指控依次表态。当然表态时各自可以说明作出这个决定的理由，但不能漫无边际地聊。好在大家都想尽快结束判决，都很配合，这样就快多了。

大家的共识是50万美元赔偿显然是狮子开大口，因为没有足够的证据证实房屋的问题都是由卖方造成的，但是硬木地板的问题，卖方确实应该负责任。对于"违反合同"的指控，绝大多数人都认为双方都有责任，买方为什么不作房屋检查？尤其是从卖方的房屋检查报告已经知道地板可能有问题，为什么不作进一步的检查？另外，"故意隐瞒"的指控也不成立。卖方（被告）给大家的印象是他们很为自己修建的这个房屋而自豪，甚至主动邀请买方见面，这是一般的卖主做不到的，所以陪审员都不认为他们是在故意隐瞒。这里我要解释的是，陪审员作出判断时，除了逻辑推理，很多时候是凭自己的感觉。如果其中的一方在某事上没有讲实话，陪审员有可能就不信他/她说的所有的话语。原告索赔的数目那么大，再加上他们那么匆忙买房，连自己该做的功课都没有做，搬进去以后才来找卖主的麻烦，很难说服陪审员们。

剩下的关于买卖不诚信和粗心失误的指控，绝大多数人都同意。我自己虽然同情被告，不喜欢原告，但从逻辑上来分析，也不能说服自己被告没有责任。他们填表的错误不可能完全是因为不知情，所以，在诚信上确实有问题。

最后大家僵持在被告赔偿的数目上。十二人中有七人认为应该赔偿重修整个房屋地板的费用；二人认为被告一分钱都不该赔偿；二人（包括本人）认为应该各自付一半，也就是说被告只赔偿一半的地板费用；还有一人坚持要被告赔偿地板和屋顶。我之所以认为各自负一半费用，是因为地板之事原告也有责任，他们为什么在知道地板可能有问题的情况下自己不作房屋检查？由于任何判决必须要有九票通过才算通过，只好开始协调。在我反复说明了自己的观点后，两位认为卖方一分钱都不该赔偿的陪审员中有一位同意让步到各自付一半。这样还是不解决问题，继续僵持着，都不愿意再作让步。看这情形，那七位认为应该赔偿整个房屋地板的人开始做我的工作，他们说原告除了地板外，还要花很多钱解决其他问题，如像起居室屋顶漏水等，所以原告实际上已经承担了责任。听他们这样说，也有些道理。再说我们必须立足于找出解决问题的办法，该妥协之时也得妥协，洋人有句话：**If you cant beat them，join them**（如果你斗不过对方，就加入对方），于是我同意改变立场。这下有了八票，还差一票。这一票好难啊，剩下的四人全都不让步，尤其莫名其妙的是那位坚持要卖方赔偿地板加屋顶的人，本来只要她同意让步，问题就解决了，但这位女士坚决不妥协。僵持一段时间后，谢天谢地，又有一位只同意赔偿一半费用的人放弃了她的立场，同意让被告赔偿86000美元地板装修费。达成协议后，大家都很高兴，一看时间，下午4点钟，还来得及向原告、被告宣读判决结果。

宣读判决书后，被告什维拉太太当即就流泪了。是啊，在花去了那么多的钱雇律师之后，还得赔偿原告86000美元，当然伤心。原告的律师也一脸不快，显然是觉得赔偿太少。我们只能说：我们已经尽力了。

此事让我总结了几点买卖房屋的注意事项。

买房要注意的：要尽量避免购买屋主自己修建的房屋，尤其要注意的是修建房屋的电工是否有执照；若是无照操作，最好不要碰那样的房屋；自己一定要花钱雇人来作房屋检查，最好不要用与卖主雇用相同的房屋检查公司。

卖方要注意的：签字前一定要仔细阅读所有相关文字。这条听起来好像是废话，但事实上很多人并不仔细阅读。填写房屋情况表格（Disclosure check list）时应遵循宁多勿少的原则，凡是知道的信息都要填上，以避免任何潜在的问题。

写于二〇一一年一月

天籁之音　斯卡布罗集市（Scarborough Fair）

早年刚出国时，从一位朋友那里听到了《斯卡布罗集市》（*Scarborough Fair*），立刻就被它绝美清奇、略带忧伤的旋律打动，惊为天籁之音。后来读到它的歌词，更是喜爱。其清新优美的词句、古朴悠远的韵味、反复吟唱的手法颇有风诗神韵。巧的是从网上居然查到了歌词的诗经体中文译文，读来妙极。译者有深厚的古文功底，把歌词与《诗经》很微妙的契合表达得十分传神。个人对这个译文的喜爱远胜于白话译文。后来查到译者的名字叫莲波，下面的译文即是取用莲波版。

《斯卡布罗集市》 *Scarborough Fair*

问尔所之，是否如适？ Are you going to Scarborough Fair?

蕙兰芫荽，郁郁香芷。 Parsely sage rosemary and thyme.

彼方淑女，凭君寄辞。 Remember me to one who lives there.

伊人曾在，与我相知。 She once was a true love of mine.

嘱彼佳人，备我衣缁。 Tell her to make me a cambric shirt.

蕙兰芫荽，郁郁香芷。 Parsely sage rosemary and thyme.

勿用针砧，无隙无疵。 Without no seams nor needle work.

伊人何在，慰我相思。 Then she will be a true love of mine.

（副歌）

彼山之阴，深林荒址。 On the side of hill in the deep forest green.

冬寻毡毯，老雀燕子。 Tracing of sparrow on snow crested brown.

雪覆四野，高山迟滞。 Blankets and bed clothers the child of maintain.

眠而不觉，寒笳清嘶。 Sleeps unaware of the clarion call.

嘱彼佳人，营我家室。 Tell her to find me an acre of land.

蕙兰芫荽，郁郁香芷。Parsely sage rosemary and thyme.

良田所修，大海之坻。Between the salt water and the sea strand.

伊人应在，任我相视。Then she will be a true love of mine.

（副歌）

彼山之阴，叶疏苔蚀。On the side of hill a sprinkling of leaves.

涤我孤冢，珠泪渐渍。Washes the grave with slivery tears.

惜我长剑，日日拂拭。A soldier cleans and polishes a gun.

寂而不觉，寒笳长嘶。Sleeps unaware of the clarion call.

嘱彼佳人，收我秋实。Tell her to reap it with a sickle of leather.

蕙兰芫荽，郁郁香芷。Parsely sage rosemary and thyme.

敛之集之，勿弃勿失。And gather it all in a bunch of heather.

伊人犹在，唯我相誓。Then she will be a ture love of mine.

（副歌）

烽火印啸，浴血之师。War bellows blazing in scarlet battalions.

将帅有令，勤王之事。Generals order their soldiers to kill and to fight for a cause.

争斗缘何，久忘其旨。They have long ago forgotten.

痴而不觉，寒笳悲嘶。Sleeps unaware of the clarion call.

《斯卡布罗集市》是 1967 年制作的奥斯卡获奖影片《毕业生》（The Graduate）的插曲，改编自一首 13 世纪的英国民歌。歌中所唱的斯卡布罗是中世纪时期全英格兰甚至全欧洲的商贾们聚集的海边重镇，而斯卡布罗集市（Scarborough Fair）则是指那里每年从 8 月 15 日开始的长达 45 天的盛大集市。

　　这首歌最初的版本只有主歌部分。歌一开始，缓缓的旋律就把人带到了久远的年代、遥远的地方。"问尔所之，是否如适"，一位男子询问路人是否要去斯卡布罗集市，那儿住着他一位曾经的恋人。男孩托路人带去他的问候，并要那姑娘完成几件不可能完成的任务，比如不用针线给他缝一件无缝口的衣服，在干枯的井里洗衣，以证实她对他的爱。

　　歌中来回吟唱的几种香草欧芹、鼠尾草、迷迭香和百里香（Parsely

sage rosemary and thyme）让我不由自主地想起国风和楚辞里的类似表现手法。香草在中国文学里代表了高尚的情操，而在这里却有很多潜在的含义。对这些含义的诠释众说纷纭，扑朔迷离，直接影响到对歌曲整体的理解。一种解释说这四种草代表了死亡，暗示那女孩已经死去。另一种解释是这四种草在中世纪代表了爱和吸引，它们分别意味着愿望、智慧、想念和吸引力。

究竟是歌里的男孩离开了那女孩，还是女孩离开了那男孩？我们无从得知，就只好任由想象了。有一点是肯定的，这是一首充满了浓浓的怀旧之情的动人爱情歌曲，它似乎是在怀念一段逝去的爱情。

这首歌被艺人到处传唱，18 世纪末时有了许多不同的版本。后来英国民歌手马汀·卡西（Martin Carthy）对原歌作了修改，把它变成了一首非常优美的爱情歌曲。但真正唱红这首歌，让它广为流传的是保罗·西蒙和阿特·加芬克尔（Paul Simon & Art Garfunkel）在《毕业生》这部电影里的演唱。1965 年，保罗·西蒙从卡西那里学会了这首歌，并创造性地把它和阿特·加芬克尔写的一首反战歌曲《山坡上》（*The Side of A Hill*）作为副歌和 *Scarborough Fair* 的主歌糅在一起，给这首歌曲赋予了更多的含义。副歌里描绘的荒野寒笳、孤冢清泪，将战争的悲凉和对美好爱情的向往形成鲜明的对比。

最初接触保罗·西蒙和阿特·加芬克尔演唱的这首歌曲，我只注意到了主歌部分，副歌听起来不太明显，以为就是一首爱情歌曲。看了电影《毕业生》后，感觉很迷惑，觉得这首歌好像和电影内容和风格并不完全匹配。原以为电影里的爱情故事应该是有着这首曲子一般的韵味，结果怎么会夹进一段不伦之情，描写了一位勾引年轻刚毕业大学生的中年妇女罗宾逊夫人（Mrs. Robinson），真是说不出的别扭。后来读了好些介绍，才知道当时那位导演正迷上了保罗·西蒙的作品，于是在影片里放入了西蒙新改编的《斯卡布罗集市》。当然这只是部分原因，更主要的原因是这首歌曲暗合了电影要表达的思想，其迷迷蒙蒙的意境表达了越战时期年轻人那种对未来的惶惑。所以这首歌放在电影里不是完全为了讲述爱情故事，而是通过伴唱（副歌）里的歌词反映战争的艰辛，影射当时的越战背景。要准确理解这首歌在电影里的寓意不能忽略副歌。看看最后这段：

烽火印啸，浴血之师。War bellows blazing in scarlet battalions.

将帅有令，勤王之事。Generals order their soldiers to kill and to fight for a cause.

争斗缘何，久忘其旨。They have long ago forgotten.

痴而不觉，寒笳悲嘶。Sleeps unaware of the clarion call.

其把士兵对战争的麻木和厌倦表露无遗。"争斗缘何，久忘其旨"，士兵们已经不知道他们为何而战，是什么样的战争。可是这重要吗？或许，歌里的意思是说为谁而战已经不重要，战争就是战争。

写于二〇一一年四月

那一刻，我肃然起敬

傍晚，我们照例外出走路，这是我们唯一的体育锻炼，坚持了很多年，好处不可胜数。

天阴沉沉的，我和先生各自静静地想自己的心事。常常会有这样的时候，我们戏称为各怀鬼胎。"老妈今天告诉我她们退休人员明天又要外出活动"，我沉浸在自己的思路里，"每次外出她都很兴奋，说话的声调都要高八度。老人真的要有自己的圈子"，我继续想着。

抬起头来一看，咦，先生怎么不见了。通常是他走在前面，但前面没有人。回头一看，原来他在后面约100米处跟一个瘦高个男人聊得正起劲。那人戴着眼镜，50多岁模样，手里牵了一条狗。

等了好一阵先生才离开那人，追上了我。突然他自言自语道："他走错了，应该右拐。"我一看，路的另一端站着刚才和先生说话的那位男人。先生使劲呼喊："右转弯。"那人没反应，似乎没有听见。先生又重复大叫了几声，那人还是没有听见，这下先生急了，奔跑着穿过马路，去给那人指路。但那人并没有右转弯，还是一直往前走。

我正在纳闷，看见先生招手示意让我过马路。等我过去，听见他若有所思地说道："这盲人挺有尊严的。"我才猛醒过来，刚才那人是盲人。先生这才告诉我，刚才经过星巴克门口时，那人高声询问："十字路口在哪儿？"当时我的思绪正腾云驾雾，居然没有听见。先生听见了，主动说要带他去十字路口，被他一句"I can do it"谢绝了，只让我先生给他指指方向。接着这位盲人又询问超市SAFEWAY在哪儿，以至于先生以为他要去超市才急得隔着马路大叫拐右弯。其实他只是要用超市来定位。

我们边走边感叹，不知不觉已经追上了这个盲人。他静静地站立在路旁，一动也不动，原来他的狗正在大便。我们慢慢地从他身旁走过。狗狗大便完了，只见盲人从兜里摸出一个塑料袋，将袋子熟练地套在手上，顺着狗儿背上的脊骨朝着尾巴的方向往下摸，最后弯下腰，摸到了地上，一手抓住了所有的粪便，把地上清理得干干净净。那一刻，我肃然起敬。

写于二○一一年五月

黄石晨雾：真实与虚幻

我们是偶然撞上梦幻般的黄石晨雾的。那日清晨，为了能赶上 8 点公园组织的集体徒步（名之曰冒险徒步，结果发现一点也不冒险），我们很早就起身。6 点多当车开到靠近 Hayden Valley 时，只见黄石河上罩着一层薄薄的水雾，像轻纱一样，一丝丝一团团柔美地漂浮在水面上，轻盈而又快速地旋转，好似白色的精灵在水面上舞蹈。晨雾中的黄石河，似梦非梦，如诗如画，犹如仙境。

我惊呆了，赶快跳下车，顾不得车外有多冷，赶紧照相。一幅幅美轮美奂的图片显示在照相机屏幕上，乐得我姓什么都忘了。

车继续往前开，雾越来越多，从水面浅浅的一层变成了漫天的薄雾。突然发现薄雾中站立了不少野牛，我们的车被包围了，只好停下慢慢开。对面来的车也开不动了，只好打开大灯停在路上等那过马路的野牛悠哉游哉地过去了才敢启动。这又是一个意外惊喜，之后这一整天我都沉浸在快乐之中。

回家后下载了照片（上图），用夸张的网语来形容就是"差点崩溃"。原来我精心拍摄的晨雾中的黄石河跟我们看见的相差太远了，也比相机屏幕上看到的镜像差远了。图像很单薄，苍白无力没有质感，没有厚度，让我失望到了极点。显然，照相机的屏幕忽悠了我。新买的这款相机拍出的图像在屏幕上看起来非常好，但是下载到电脑后效果就大打折扣。

不由得想起了汉元帝的宫人王昭君的故事，真不知该同情汉元帝，还是同情那位王昭君的画工毛延寿。当年王昭君自恃貌美，不肯贿赂画工，被画丑了，以致遭遇出塞和亲的命运。能想象出汉元帝看见天仙般的王昭君时的出离愤怒，但似乎也能理解画工的"失误"，照相都可以失之千里，绘画就更没控制了，难怪后来王荆公有"意态由来画不成"之语，美人的意态哪里是绘画能够表现出来的呢？既是这样，大自然的曼妙景色又怎是我的相机能够传神的呢？想到这里，我似乎该释然了。

不然！细想一下，镜头下的世界也有可能更精彩。曾经有过一副太阳镜，镜片呈红色。带上它周围的世界要比平时美丽得多，云彩、山峰和蓝天都显得极有层次，每每让我思考究竟我裸眼观察到的世界是真实的还是这太阳镜下面的世界是真实的。如果我的眼睛构造不一样，上面多一层红色，观察到的世界就会和带上这太阳镜一样。如果我不是人，而是其他生物，比如苍蝇，我眼中的世界又该是怎么样的呢？

想来想去，越想越困惑。佛家讲空，哲学家讲这世界之所以存在是因为我们感知了它，似乎都有道理。我怎么能知道我看见的世界就是真实的？人们常说要力图表现真实，而这真实似乎取决于观察事物的人和观察的方式，所以这虚幻与真实似乎也该是相对的。再进一步想，当我们认定自己的所见是真实的时候，是不是该多问一声，真的是那样吗？

写于二〇一一年七月

吃月饼的罪恶感

一直很喜欢月饼，中秋也是我最喜欢的中国节日，可是近年来过节的心情有了些变化。虽然还是一如既往地热爱中秋节，但对月饼生出了两大罪恶感。

罪恶感之一，高糖高油，自我摧残。月饼馅自不消说，除了鲜肉月饼（鲜肉月饼总不像是正宗的中秋月饼），甭管是哪种馅的，主要成分都是糖和油，就连月饼皮也是非糖即油。面对糖和油的混合物，难免有强烈的罪恶感。

其实惧怕糖和油也只是这些年的事。回想我们成长的年代"文革"时期，食物缺乏，糖和油都是好东西。那时我外公有句名言："只要有了糖和油，一切问题都好办了。"以后的很多年里，外公这句话一直被我们全家奉为真理性格言。外婆更是嗜糖嗜油，点心要是糖油不足，做得再好她也会摇头。那年代什么都稀缺，但比较起来，糖和油还是比肉容易搞到。四川虽然限量购糖，其他省份比如云南、广西对糖果管制较为松动，父母每到外省出差都要购买些糖果。油则另有来源。母亲在皮革行业工作，靠山吃山，总有机会买到制皮革时从猪皮上刮下来的多余脂肪。这种脂肪不新鲜，还带有点异味，但可以炼出猪油，称为猪皮油。按现在的观念猪皮油的安全性恐怕得大打折扣，那时可没人会介意，猪皮油也是猪油，很解决问题。有了糖和油，便可以做出各种美食。特别馋的时候，只要多吃糖，或者食物里多放油，就是肉类食品少一点也能得到满足感。

曾几何时，世道变了，糖和油成了"坏东西"，对中老年人而言，高糖高油与各种疾病都有千丝万缕的关联。如今我看见月饼，多了好些顾忌，只敢浅尝辄止。若继续吃下去，每咬一口，罪恶感加深一寸。糖和油之所以催生疾病，其原因说破了也很简单，自古以来人类一直都在与饥饿搏斗，解决温饱是近百年才有的事情。所以人类的基因设计是为了对抗饥饿，而不是抵御过度营养。高糖高油让人体乱了套，使其不知所措，故而百病丛生。

罪恶感之二，月饼过度包装，破坏环境。买月饼总会有精致的月饼盒，盒子外还套有礼品袋。看到这些包装精美的月饼，心里总会一阵阵地发紧。每年被扔掉的包装盒子该有多少，这要耗去多少资源？地球上的资源难道不是有限的？

当然在国外或许这算不上个大问题，美国人丢弃的一次性使用餐具远远超过月饼包装。不过，善恶不分大小，无论是老美滥用资源，还是咱们效法老美，都让人忧心。

国内的过度包装就更严重了。每年回国享用母亲给我留攒的月饼时，五花八门的包装常常让我叹气。不但包装花样别出，制作用料亦创意十足，纸质的、塑料的、丝绸的，等等。中国的资源和环境问题可是比美国更为严峻，为什么就不能考虑简装？

其实这两年中国政府已出台了相关规定，对月饼包装进行限制，只是执行起来很困难。在厂家这是利益驱使，于顾客则是市场需要，月饼除了用于维系亲情也兼作糖衣炮弹。月饼简装这么小的一件事要得到实施，人的环保意识得大大地提升才行。

除了污染环境，这些包装还有潜在的食品卫生安全忧虑。不少厂家使用金、银色的月饼托盛装月饼。据说这些颜色鲜艳的月饼托是使用再生塑料加入金粉和银粉制成的。而这些再生塑料来源复杂，有些甚至来自医疗垃圾、农药瓶等，容易含有大量的有毒物质与重金属，吃起来真不放心。

如今看见网上铺天盖地的自制月饼，倒觉得这是解决罪恶感的办法之一。这样的月饼无包装之顾虑，无健康之忧患（因为制作时可以减糖减油），何乐而不为？只是，如果我外婆在世，吃到少糖少油的健康月饼时，一定会眯着眼摇着头一脸否定地说：不啥甜，不啥油（意为甜度不够，油不够）。

写于二〇一一年九月

赵婆婆

赵婆婆是我小时候的保姆,今天想起她是因为读到季羡林的《忆往述怀》里的那篇《夜来花香的时候》。那篇文章讲述的是季羡林的保姆王妈,写得很动人。掩卷之余,犹闻夜来花幽香扑鼻,花香中隐隐传来那位苦命王妈的叹息声,不由得想起了赵婆婆,心竟生生地痛了起来。

赵婆婆的故事其实很平常,完全没有值得大书特书之处。赵婆婆刚来我家的时候,我只是个没有记忆的婴儿。那时母亲在机关工作,很繁忙,经常出差在外,父亲教书也很忙,家里诸事全都交给了保姆,由赵婆婆作主。从照顾我到洗衣打扫清洁,赵婆婆全包了。当然那时候生活的标准不高,饭在食堂里买,做清洁也就是把地上扫一扫拖一拖而已。若要按照如今的卫生标准,赵婆婆肯定也不能达标,比如她常常饭没有吃完就往抽屉里一搁,放到下顿再接着吃。但这些都不那么重要,最重要的是赵婆婆真心待我,让父母非常放心,绝对不会像我妹妹的保姆那样偷吃食物,然后妹妹饿了就给她灌水。据说那会儿赵婆婆最喜欢做的一件事是把我穿戴打扮好之后抱出去显摆,受别人的赞扬。我呢,对她也是特别依赖。我那时很认人,一到天黑,谁也不要,只要赵婆婆。至今父母还会模仿我的哭声:"我的……赵……婆婆耶……"那一声"赵"字夹着抽泣声,拖得老长老长。

稍大点我去了外公外婆家,没有跟赵婆婆了。要不是"文革"期间赵婆婆又回来照顾住在我家楼下的表弟表妹,我对她的印象就只会停留在照片上。记得我很快地,几乎是自然而然地又和她亲近了起来。赵婆婆长着一对大眼睛,端正的脸庞,嘴比较大。男子口大吃四方,女人口大也不知是好相还是不好。不知道她那时多大年纪,体力还是很好,浑身上下收拾得利利落落的,家里的事里里外外都拿得起。空闲的时候,她常和其他保姆一起,抱着小孩坐在家背后空坝的草地上聊天。我常常坐在一旁听她们聊，半懂不懂地听到了些她个人的身世。原来她是从很不错的人家出来的，结过婚，男人是个医生，好像还是医院院长，得病去世得早。如同季羡林笔下的王妈，赵婆婆也有个儿子，参加了国民党的青年军就没有下落了，落得她孤单一人，只好帮人带孩子。她的姓究竟是她本人的还是夫家的，也不清楚，估计是他男人的姓，她的名字就更不知晓了。奇怪的是我们全家都好像没有想到要知道她的名字。记得她曾经仰着头，一脸自豪地对其他保姆朋友讲，她不到 30 岁就孀居，一直就没有再嫁了。我当时还是个什么都不懂的小孩子，实在理解不了为什么年纪轻轻守寡到老是一件值得骄傲的事。

记得赵婆婆非常爱我，还是那么喜欢把我带出去显摆，逢人就介绍我是她带大的，说我对她如何如何地好，比其他所有她带过的孩子对她都好，特别喜欢提及我小时候给她许过的愿："长大了要给她买毯子。"我呢，诸事都迷迷糊糊的，真不记得为她做过什么，只是觉得赵婆婆是我很亲的人，可能就是因为亲近她才让她始终认定我是对她最好的。后来外公外婆到了成都，家里住不下那么多人，赵婆婆便离开了我们家。父亲把她介绍到了一个朋友家里帮工，我就只是偶尔能见到她了。

再后来我长大了，考上了大学。那时赵婆婆已经不在外帮人了，她跟她的一个远房亲戚住在一起。不记得从哪儿打听到了她的住地，一天父亲陪着我提了几块腊肉去看望赵婆婆。她住在一个很旧的居住区，去的那天正碰上她的邻居煤气中毒死掉了，整个小巷里挤满了来料理后事的人和看热闹的人。我们在人群中穿进穿出了好一阵才找到赵婆婆居住的小屋。好些年不见，赵婆婆很老了，老得让我难过，脸上的皱纹左一道右一道，行动也不像年轻时那么利落了。看见我，她喜出望外，马上就带我去看望她的左邻右舍，然后一遍又一遍地告诉她的邻居我是她带过的孩子里对她最好的。我带去的腊肉让她开心，当然她又提起了我小时候给她许的买毯子的愿。当时我有些懊恼为什么没有记着给她带床毯子去，但也没有太懊恼，想到还有以后。

那次以后，就再也没有跟赵婆婆联系过了。我的生活似乎一直都很忙，忙读书，忙考研，忙结婚生子，忙出国。出国后也一直忙……我自己家里让我挂心的人也不少，除了丈夫、儿子和父母，还有我最心疼的外婆。忙碌之中，赵婆婆的名字只偶尔地在我脑海里飘过，我差不多忘记了赵婆婆。多少年后问母亲，母亲说早断了联系，听人谣传她已不在人世。

如今在这个不算太冷的冬夜，我一人在家，静静地半躺在床上，读着别人家保姆的故事，记忆的闸门打开了。突然，我很自责。我怎么可以这么多年都没有关心过我的赵婆婆？现代社会的忙碌让我在日复一日的转动中变得麻木，竟然让一个曾经在我身上付出了那么多关爱而命运又那么不幸的人在我的脑海里消失了这么多年，以至于没有为她做点什么。她生命的最后是怎么度过的？任何来到世上的人，无论其身份高低贵贱，他们的离去都应该对世界造成一定的影响，应该在这世上留下一点生命曾经走过的痕迹，在平静的水面掀起一点涟漪。不幸的是，不少的人是悄然无息地离开这个世界的，爱我的赵婆婆就是其中之一。她没有家人，没有子女，虽然照顾过那么多孩子，就连我都没有为她做什么，想到这些，写到这里，我泪流满面了……

写于二〇一二年二月

散文杂文篇

我的古典文学启蒙读物

我最早接触的古典文学启蒙读物不是《三字经》，也不是《千家诗》，而是王力的《古代汉语》。当然这不是谁给我布置的学习内容，而是自己受好奇心驱使，胡乱翻读的。

那会儿我还是个小学生，这套书对我来说很艰深，但也很有吸引力。艰深自不用说，因为是大学课本。有吸引力，则是因为它让我一下子走入了一个美妙的世界，直接走进古人的殿堂，享受文化盛宴。翻开它的感觉真好，像是珠玉满地，只需要俯身去拾。有吸引力的另外一个原因恰恰是因为它的艰深，书里读不懂的地方太多了，就只好反复读，一字一句地啃，再仔细读注解，这个半懂不懂的过程是学任何东西时最上瘾的过程。那时的理解力实在有限，能背诵的文字远比理解了的文字多。

年少读这样的书最大的好处就是能早早接触到各类文体，而且都是精品，就像是享用一盘精选的什锦，什么都有一点，读后对古典文学就有了整体上的了解。书里选登的文章有唐诗、宋词、元曲自不消说，楚辞、汉赋、诗经、散文、古诗十九首也样样皆有。我最喜爱的是诗歌类的文字，一读就能上口的当然是那些短诗，柳宗元的《江雪》、李白的《夜宿山寺》、孟浩然的《春晓》、古诗十九首中的《行行重行行》，等等。小孩子确实应该以这样的诗作为启蒙读物。

书里还有大量的常用词讲解，对我来说太枯燥了，跳过了不少。通论里关于诗词格律和文体的讲解也读得迷迷糊糊的。这样读书的坏处就是没人指点，胡乱吞食，不求甚解，落得个似懂非懂。虽然似懂非懂，还是乐在其中。读庄子的《北冥有鱼》，为庄子瑰奇的想象力而惊叹，虽不能完全理解里面的内容，但知道了鲲鹏这个词的来历。再读《吕氏春秋·察传》，记住了"穿井得一人"的故事。《离骚》很难读，也太长，只能断断续续地背诵一部分，好歹知道了在屈原生活的时代不是皇上也可以自称为"朕"。楚辞的其他篇目如《山鬼》《国殇》《渔父》，相比起来无论是理解还是背诵都要容易得多。

唐人的词，首先映入我眼帘的是李白的《菩萨蛮》和《忆秦娥》。"平林漠漠烟如织，寒山一带伤心碧……"烟霭如织，游子思归，究竟是什么样的碧色可以让人惆怅如此？就因为"伤心碧"几个字，我心中便固执地认定诗人的写作场景是春天，而不是他人认为的秋季，只有春天才会有如此强烈的绿色。

那时欣赏李白的飘逸胜于喜欢杜甫的沉郁，大概是因为那样的文字更符合年少时的浪漫情怀吧。为了多了解李杜生平，还专门找来郭沫若写的《李白与杜甫》，读后十分不解，不明白为什么需要扬李抑杜。照我当时之见，李白至少应该和杜甫是同等的，甚至超过杜甫，还需要特意"扬"吗？当然，现在来读老杜，感受完全不同了。

读宋词一开始就被苏东坡的《念奴娇·赤壁怀古》吸引住，"乱石穿空，惊涛拍岸，卷起千堆雪"，那是怎样的气势，怎样的画面啊！不禁反复吟诵，感叹。从那开始便喜欢上东坡词，无论是豪迈如"西北望，射天狼"，还是寂寞如"缥缈孤鸿影"，都让我着迷。当然也就顺理成章地喜欢上了辛弃疾。直到现在，还是最喜欢苏辛。其他词人我也非常喜爱，也能欣赏周邦彦的某些词作，唯独吴梦窗的词怎么也读不下去，尽管这本书里只收录了他一首。知道吴文英是南宋的大家，后来也试着读过更多的梦窗词，还是找不到那种读上去怦然心动的感觉，当时以为是因为年幼欣赏能力有限之故，多年后读到王国维先生的《人间词话》，才恍然大悟，原来我和这位大师的感受完全相同，他也是喜苏辛不喜花间，恶梦窗。究其原因在于都是坚信诗词应该来自于兴发感动，能够表达兴发感动，梦窗词没有能很好地表述这样的感发。明白之后，欣喜之情，难以言述。书中没有黄金屋，但是有师长，有知音。

还记得李后主一句"流水落花春去也，天上人间"让我认识了这位亡国之君，于是找来更多后主的词。当第一次读到"春花秋月何时了，往事知多少"时，我那颗年少而敏感的心一下子就被抓住了。平白如话的句子，却有那么强的感染力，好像把宇宙间生命的无奈和悲哀全都写了出来。后来才知道被它雷倒的不止我一人，俞平伯先生也称这句词为"奇语劈空而下"。

元曲，书里收录的每首我都喜欢，最喜欢的是张养浩的《雁儿落带得胜令·退隐》。这首小令不像他的怀古之作那么沉重，哀叹兴衰。"云来山更佳，云去山如画，山因云晦明，云共山高下。倚仗立云沙，回首见山家，野鹿眠山草，山猿戏野花。云霞，我爱山无价，看时，行踏，云山也爱咱"。清新的句子读来满嘴生香，百诵不厌，心里充满了云山，对野鹿的向往。那份亲近山野的愿望终于在我中年后的生活中实现了。如今每当行走在山峦上，或者在朱红色的金门大桥上，望见山间白云飘浮，就会忍不住想再一次背诵张养浩的这首小令。

这本《古代汉语》里也收录了不少诗经的诗篇，给我印象最深的不是《关雎》，而是《桃夭》和《卫风·氓》。《桃夭》易读易诵，且带强烈的喜庆色彩，让人过目不忘，而《氓》则严重影响了我对男人的评价，知道男人是朝三暮四的动物，不可以把一切希望寄托在他们身上。我最欣赏的一句是诗的结尾："反是不思，亦已焉哉。"觉得女人需要有这样决绝的志气。当然，成年后发现这是偏见。世上有轻薄男儿，也有重情之人，不可一概而论。

年少时和年长时接触古典诗词的最大不同就是诗词对心灵的冲击程度不同。人上了年纪，好多事情麻木了，对语言的感受力也消减很多。同样的诗词，年长时读来绝对不能重复年少时的那种强烈感受，那种痴迷。为此我很感激王力先生这套书，它带我进入了一个奇幻的世界，受到了美学的熏导，体验了那种冲击。当时的那种美感和那种心情以后再难复现。在我后来的世界里，二十多年都与古典文学没有丝毫交集，也几乎没有时间再碰这些东西，但是我依然能感受到它对我人生的潜在影响，让我可以用诗人之眼观察周围世界的美好。人生有诗相伴，真好！

写于二〇一二年二月

读不懂的"学得好不如嫁得好"

"学得好（或者干得好）不如嫁得好"是当下很流行的一句话，可咱愚昧，怎么都读不明白。照我看来，学得好与嫁得好根本没有可比性，不用思考就可以作出决定。学得好是可以自己掌握的事情，嫁得好靠的是运气，是命，是可遇不可求之事，在运气和可以掌控的事情之间，如果要挑选，显然应该挑选自己能够掌控的事，而不会把命运寄托在虚无缥缈的运气上。当然，如果你知道你是老天爷的宠儿，这世界上的事都会遂你心愿，你可以毫不犹豫地挑选嫁得好。但这世界有这样的宠儿吗？即使你有美貌，女人的美貌所向披靡，但打得下江山，未必守得住江山。韶华易逝，红颜易老。"以色事他人，能得几时好"，咱肯定是不敢把一生的宝押在运气上。此为读不懂之一。

读不懂之二，为什么不可以既学得好又嫁得好？这两者不是非此即彼，为什么要把它们对立起来？如果这两者有点相关性，倒是相反。恐怕学得好的女人嫁得好的几率要大些，因为学得好的女人接触优秀男人的几率要大得多，这一点，稍微想想就会明白。一个做医生的女孩嫁给受过高等教育的男孩的可能性高呢还是嫁给一个高中都没有毕业的男孩的可能性高？邓文迪大概是所有想做白马王子梦的女人的楷模，可别忘了，邓的自身条件也是不错滴。人家除了是耶鲁毕业生外，还具有一般女人不具有的胆识和心机，这种胆识和心机也应该与"学"有关吧？退一万步讲，如果老天爷不恩宠，所遇非人，学得好的人不至于落得两手空空。我的朋友里不乏有这样的例子。

读不懂之三，嫁得好就是不需要外出干活？这个或许在古代成立，但现在不成立。这是一个张扬个性的时代，女性可以选择在家相夫教子，也可以选择外出就职。对于喜欢在家的女人来说，有人养是幸福，家是一个整体，照顾好了家庭也就照顾好了自己。这是一种很不错的生活模式，但不一定适合另外一些女人。有的女人需要在社会上有自己的舞台，如果不让她们发挥她们的天赋，即使锦衣玉食也未必能满足她们，未必能让她们感到幸福。不幸福的生活难道能称之为嫁得好？对这样的女人来说，有个支持她实现自己理想的丈夫才叫做嫁得好。人毕竟要活在精神里，而每个人的精神需求不同，绝对不能一概而论，不能用统一的生活方式来衡量。

当然，对于大多数的女人来说，外出工作恐怕更是一种生活必要性，一种谋生手段。即使是这样，学得好的结果就是自己有选择。既可以选择降低物质要求，照顾家庭，不外出做工，也可以选择外出做工，增加家庭收入。不管是哪种选择，有一点是肯定的，有选择比没有选择好，因为有选择就可以自己掌控生活。如果我有女儿（可惜我没有），我会教她自尊自立，告诉她女人不要相信"学得好不如嫁得好"。同时，我也会为她祈祷，祈祷她嫁得好，就像我会为我儿子祈祷他娶得好一样。

写于二〇一二年二月

天才作家克莱顿和他的未完之作：*MICRO*

2008 年 11 月 4 日，是个难忘的日子，那天我正好在费城出差，当晚在酒店的餐厅里同几位喜气洋洋的黑人服务生一起观看电视，庆贺首位非裔总统奥巴马选举获胜。第二天一早打开电脑，却看到了一则令人十分震惊的消息，就在我们庆贺奥巴马获胜的同一天，一颗巨星陨落了，美国的天才作家，科技惊悚小说之父约翰·迈克尔·克莱顿（John Michael Crichton）因癌症在洛杉矶病逝，享年 66 岁。

约翰·迈克尔·克莱顿，人称迈克尔·克莱顿，是当代美国科幻作家，又是剧本作家、电影制片人、导演、电视制片人，在美国作家协会、美国导演协会、电影艺术和科学学会等多家行业协会中任职，他是美国唯一一位同时在畅销书、电影、电视剧三个领域取得非凡成就的人。一般的常人若身兼那么多职业，能做好其中一项就不错了，可克莱顿每样都做得出类拔萃。或许你不知道他的名字，但一定知道著名导演斯皮尔伯格（Steven Spielberg）执导的电影《侏罗纪公园》（*Jurassic Park*）系列片及电视影集《急诊室的春天》。迈克尔·克莱顿是这些故事的原创者，也是影视改编者，小说改编成同名电影后非常成功。

迈克尔·克莱顿是哈佛医学院毕业的医学博士，Salk Institute for Biological Studies 的博士后，本来可以像其他人一样做一名普通医学工作者。但是天才就是天才，他们不会走常人的路子。迈克尔在他 27 岁时出版了《天外病菌》（*The Andromeda Strain*），给他带来了巨大的成功，让他扬名天下，于是改当作家了。他一生共写了 20 多本书，被世界各国翻译成 36 种语言，售出了 2 亿多册，其中 14 部小说被拍成电影。首先，他特别擅长以一个尚存争议的理论和技术来构思一部小说，围绕这种理论刻画人物形象。其次，他的小说情节诡秘，悬念不断，高潮迭起，扣人心弦。最后就是纵横驰骋的想象力。他广泛的知识背景让他的作品常常将医学和科技元素与惊险经历和暴力融合起来，是通俗小说中的上乘作品。

MICRO 是他临终前留下的没有完成的著作之一，指定让他所敬重的科技小说作家理查·普勒斯顿（Richard Preston）来完成。此书于 2011 年 11 月出版，正好是克莱顿逝世三周年。按照克莱顿的安排，这应该是像《侏罗纪公园》一样的冒险故事。

我从来没有读过普勒斯顿的作品，但很喜欢克莱顿的科幻小说，读过很多本。主要是喜欢他故事里丰富的科技元素和超常的想象力，读后除了故事外还可以学到一些东西。当然故事诡异、节奏快也是一个很重要的原因。平日生活繁忙，耐心有限，这种着重于情节的小说更容易抓住读者。

MICRO 的故事发生地点是在美丽的夏威夷檀香山，围绕着一家纳米生物技术公司而展开。几位年轻科学家从波士顿去夏威夷这家公司工作，立即陷入一系列的谋杀活动中。作者以丰富的想象力刻画了一个微观世界，生动地描绘了故事主人公被先进科技方法缩小成米粒大小的微小人物后所经历的生死过程。

网上对 *MICRO* 的评论毁誉参半。不清楚普勒斯顿是从什么地方开始续写故事，也就是说不清楚迈克尔究竟写到什么地方就停止了。有的读者认为普勒斯顿完全表现出了迈克尔的风格，但也有很多读者不认同，包括很多迈克尔的粉丝。不少人说前三分之一很吸引人，后面就得强迫自己读了。我的体会有下面几点：

故事像典型的克莱顿作品，前后也还连贯。当然，我从来没有读过普勒斯顿的作品，这个评价未必中肯。

小说预言和警示了纳米技术可能带来的巨大应用和社会问题，发人深思。故事里融入了大量的科技知识，尤其是关于微观世界的昆虫、植物、热带蜘蛛、飞蛾，等等，这是全书最精彩的地方。不过若你对科学没有兴趣，会觉得很无聊。

丰富的想象力及启发人的思维也是克莱顿作品的一贯特点。从来没有意识到当人缩小到那样的尺寸时，周围的世界完全都不一样了，人的能力也不一样了，要应付不同的敌人以维持生存。这是很有意思的视角看待世界。

快节奏，适宜改编成科幻动作片。

最大的弱点是人物刻画太简单、太弱，使得故事几乎没有悬念。中途主角的转换进一步弱化了主角人物，个人认为是败笔。

　　总而言之，我虽然不认为这是迈克尔·克莱顿最好的作品，但对喜欢科幻小说的人来说还是非常值得一读。

写于二〇一二年三月

散文杂文篇

儿子学中文——武侠小说的影响

儿子三岁半来美，没有上过一天中文学校，现在能够借助字典做一般性阅读，可以上网和女孩子用中文聊天，可以不太流利地阅读《人民日报》，还给我们推荐国内的好电影，介绍新华语歌曲、新网语。前些年他一直在网上参与翻译金庸和古龙的武侠小说，方便那些对中国文化有兴趣但不能阅读中文的孩子读武侠，还帮助过中国的一些公司做翻译，挣点小钱。对于我来说，这已经远远超出了我对他的期望，很满意了。回想起来，他的中文能达到今天的程度，有两方面的因素，一是我们尽力保持讲中文的环境，二是儿子自己的兴趣。

关于华人移民的下一代学中文的问题，我历来的看法是不必强求，但也不要轻易放弃。不必强求是因为毕竟他们以后的生活主要是靠英文，学好英文才是最重要的。不强求，意味着学中文不应该影响学英文，更不应该为了强迫孩子学中文而影响亲子关系。不轻易放弃则是因为我们作为移民，双语环境是弱势也是优势，有学外语的条件为什么不利用？我不指望儿子学了中文能弘扬中国文化，而是通过学中文开拓他的视野，丰富他的人生。另外，学习中文也有实实在在的实用价值，多一项语言就多一个谋生的手段，我以为这是一件花最小力气就能获得最大收益的事情，何乐而不为？只要做父母的有心，我们就可以锲而不舍地在点点滴滴的生活中给下一代保持一个语言环境，让他们在不经意中学到语言和文化。当然这里有个前提，我不认为儿子学中文会和英文有冲突，也就是说我不认为保持他的中文会削弱他的英文能力（这一点我不知道适不适用于所有的孩子）。很幸运的是，我先生对此和我有共识。

儿子四岁左右我就开始教他中文，学到小学二年级的课本时就发现情况不妙，便放弃了，因为到那时他学中文已经是左耳进右耳出，完全不用心了。那时他写字就像是在画图，画完了就给我们交差，什么也记不住。

想责罚他吧，看他一脸无辜的样子，又不忍心，只好作罢。由于他成长的地方（美国中部小城）没有中文学校，读写中文活动就完全停止了。搬到加州时，儿子已经12岁了，知道我们住的城市周末有中文课后，我便带他去看了看。一进教室，小孩子们都正在念着"我的眼睛真漂亮"，我和儿子当即相视而笑，这样的东西对他来说太乏味了，他已经是大孩子了，于是马上就带着他离开了，从此再也没有去过任何中文学校。

　　虽然没有进过中文学校，也没有让他在家坚持练习读写中文，但我们一直很注重在家里讲中文。儿子刚来美时讲一口四川话，我们决定对他讲普通话，以方便他和其他中国朋友交往。我们没有硬性规定在家里必须用中文对话，而是多创造说中文的机会。我和我先生绝对不用英文和儿子对话。儿子如果讲英文，我们也用中文回答，这一点非常重要。另外，家里买了很多中文故事的录音带，儿子小时候每天晚饭时先生就会把录音机打开播放中文故事。周末一家人的活动也比较多，比如打牌、游戏、唱歌、看武侠片，创造了大量讲中文的机会。儿子喜欢唱中文歌曲，由于他基本上不识字，常常硬背歌词，差不多就像我们以前说的"理解的要执行，不理解的也要执行"，就这样死记硬背学了不少中文歌曲。好笑的是他这种硬背歌词的功夫居然后来还派上了用场，让他能够在他就读的大学的华人合唱团里担任独唱。当时一共就两位独唱的男生，另一位男生曾经在"美国偶像（American Idol）"里表演过。不过，真正让他产生学习中文的最大动力是金庸的武侠小说。

　　我们全家曾经都是武侠迷，这个爱好对儿子学中文起了非常重要的作用。最早那会儿我从台湾邻居那里借到金庸《侠客行》的电视剧，五岁的儿子和我一起观看，立即就入迷了。看了之后他还不满足，要我不停地给他讲《侠客行》的故事，尤其喜欢听我讲里面的石破天和石中玉的故事，要反反复复、来来回回地听，我也就只好来来回回地讲，讲得我想发吐。当然，我能只挑选他那个年龄能够听懂的东西来讲。

　　儿子大些后，观看武侠电影几乎成了我们全家最喜欢的事。台湾的、香港的，后来大陆拍的，我们都看，儿子更是着迷。慢慢地从我这里听讲和从电视里观看都不能满足他对武侠的兴趣了，就开始从网上找英文的武侠来读，经常还冥思苦想关于金庸小说里人物该怎样翻译成英文。比如《射雕英雄传》中铁掌帮帮主裘千仞，外号"铁掌水上漂"，那个"水上漂"，他比较了好几个译名，最后觉得 "Gliding over water" 最妥当，因为裘千仞在水上行走的轻功非凡。上中学时，他自己编写了故事《郭靖之死》。照我这个当妈的来看，写得非常好，可惜我没有保留那个稿子，只记得最后结尾是郭靖为了保卫什么城市而战死，死前最后轻喊道："蓉儿，蓉儿"，然后合上了双眼，着实把我感动了一大把！再大些，他开始自己写英文迷幻小说，其中不少情节和人物都明显受了中国武侠小说的影响。当然，英文毕竟隔了一层，用中文直接阅读武侠成了他的梦想。儿子曾经对我说他有一个很大的愿望就是哪天他自己可以阅读金庸的原著，我没有吱声，心里想着这小子不知天高地厚，做梦吧。

　　没想到上大学改变了一切，让儿子脱离了中文文盲称号。在大学里，儿子选修了很多中文课，有学习文字的，也有中国文化的，比如什么道家佛家思想、近代中国文化，等等，他的中文一下子就有了飞跃，几年下来，竟然可以读写中文了，这是我始料未及的。他终于圆了他的梦，直接阅读金庸的作品。当然，如今学语言有一个便利是可以借用网上的电子字典，还可以在网上找到一些和自己有相同爱好的人。由于曾经得益于武侠网站，学了中文后便开始回馈，加入了义务翻译武侠小说的活动，花了很多时间在武侠网站上。据说那个网站上做翻译的孩子大都是在海外出生的华人孩子，对中国文化有兴趣。儿子最初参与翻译金庸的《笑傲江湖》和《天龙八部》，后来更喜欢古龙的，也不知道是不是因为翻译金庸小说太具有挑战性了。金庸的佛学知识深厚，那些谈佛论道的文字翻译起来难度特别大。

　　回想起来，除了他自己的兴趣外，我们和朋友们对他中文能力的无心赞扬起了非常正向的作用。家里有客人来时，客人常常表扬他的中文讲得好，由于我对他的中文期望不高，只希望他能讲，也不吝惜称赞他，给了他自信心，即使我们偶尔笑话他中文不地道他也不是特别介意，照样讲。后来有朋友问他学中文的诀窍，他的体会是语言一定要用，如果不用，上中文学校也不会有用。

写于二〇一二年三月

附：儿子说中文的笑话

（一）

　　儿子三岁半来美不久，朋友来访，没搭理小孩。临走时刚跨出门，儿子就急忙追上来，对我们的朋友伸出手，抓住摇了摇，自我介绍道：我是他们的儿子（感到受了冷落）。五岁时，春节有三五好友来我家聚餐。小孩子吃得快，早早就想下桌子去玩。于是两手一抱拳，一脸认真地说："孩儿先告辞了。"（古装片看多了）七岁时，一次跟他爸去钓鱼，回来后激动地对我说：我们钓了好大一条鱼，有一个脚，还有半个脚（指的是One and half feet）。十六岁，一天看电视新闻后，自言自语道："这个本·拉登真的是宰相肚里能撑船。"我们大愕，原来他想说的是本·拉登胆子太大。十九岁时在大学里选修中文。一日，假期回家。隔老远听见先生对儿子大叫："你被谁打了？"赶紧一问，原来是儿子讲话含混不清，似乎嘴部受伤。儿子解释道，中文课老师要求学生学会卷舌音。如果该卷舌的字没卷，扣一分，不该卷的卷了，扣半分。所以，最安全的办法是全部都卷（听起来就像挨打了）。

（二）

儿子喜欢唱中国歌。大概在十岁左右学会了那首《小芳》，很喜欢，经常扯开嗓门唱。尤其爱唱的是那句"谢谢你给我的温柔，伴我度过那个年代"。只是他唱的时候歌词稍有改动，变成了"谢谢你给我那温柔，伴我度过那个年代"。见他总喜欢唱这两句，我有些疑惑，小孩子老这么温柔过去温柔过来的，好像不对吧？于是问他：你懂这歌词的意思吗？儿子一听，乐了，"这有什么不好懂。我知道中国以前很穷，那个时候小芳送给这人一碗肉当然很解决问题哦，是该谢谢！"这下该我乐了。敢情这么久他一直唱的是"谢谢你给我那碗肉，伴我度过那个年代"。

（三）

儿子曾经申请过一份需要中文技能的工作，在电话里被两位考官考查中文口语。考试过后我问他考了什么？他说"随便聊天，聊了奥运会"。再问考得如何。儿子说他们都夸奖他的中文不错。"你怎么说？"我问道。"我说哪里哪里，我是个文盲"，儿子答道。我一听，急了，"你怎么可以在别人考察你的时候自曝其短？再说你也不是全文盲啊。"儿子说："嗨，我告诉了他们我是文盲后他们很满意，原定要考20多分钟，结果几分钟就搞定了，不需要再接着考了"……晕死！几周后果然接到通知，他的中文口试通过了。

记于二〇一〇年

杂谈　怎么舍得死？

不久前在几位网友鼓动下，咱终于下决心跟上时代，买了读书器金斗（Kindle）。对于电器，这些年我是越来越落后了。早年间咱也还算赶得上趟，新电器出来了就赶着学，赶着买。这些年完全跟不上了。刚开始是觉得心有余而力不足，想更新一些东西又怕麻烦，现在连更新的欲望都很小了，再加上考虑环保，更有理由偷懒兼省钱。这次买金斗完全是几位博主的成功忽悠。

买了后发现真的很喜欢。喜欢就喜欢这玩意儿小，里面可以装上多本书籍，外出时随身携带很方便，在家里用起来也方便，可以在床上歪着躺着看书。在视频上给母亲展示我的新玩具，母亲大为称赞，并说："有了这个，你咋个舍得死哟"，我会心地大笑。

"不舍得死"的话来自于一个"典故"。那还是在我小的时候，成都市民所用的燃料从蜂窝煤变成了天然气，生活的方便程度有了一个质的飞跃。我家宿舍楼里的一位邻居老太太在欣喜之余，发自肺腑地感叹道："这样的生活，咋个舍得死哟！"此话一出，全宿舍的男女老少立马被雷倒，然后是爆笑，这话也就成了当时的热门"网语"，并在我们这些邻居中流传了下来。

后来，日子越过越好，让人舍不得死的事越来越多。80年代初期，家里攒下了一笔钱可以添置一件奢侈品，全家开会讨论决定买什么。母亲走南闯北，见多识广，喜欢上了20英寸的彩电，坚持要用那笔钱买彩电。我们家里的另外三人，父亲、我和妹妹居然异口同声地反对，理由是太大了，家里用不着；并振振有词地分析道，家里的房子不够大，那么近的距离看20英寸的电视对眼睛不好（很奇怪的逻辑）。父亲的愿望则是更新家里的沙发。表决结果最后通过父亲买沙发的提议。后来，沙发买了，电视也买了，笑话更是留了下来。

这样的笑话并没有完全终止。十多年前，数码相机刚开始流行。我的第一反应是根本不需要那玩意儿，理由很简单，咱上班就花了大部分时间在电脑上，下班后还要继续"工作"，用电脑摆弄数字照片，搞错了没有？和我的顶头上司聊天时，发现他也持相同观点，于是颇有遇上知己的感觉，一唱一和，表达了对数码相机的强烈鄙视。后来的故事就不用多说了。现在虽不能说数码相机让我舍不得死，但绝对不能想象没有数码相机该怎么活。

可以肯定地说，像这种让人舍不得死的新东西，以后还会不断出现。科学技术的发展让现代一个普通人的小日子比以前的皇帝还要舒服，皇帝出门也不过就是坐轿子，那轿子一颠一颠的，又那么慢，和汽车没法比。就连皇帝坐的那个龙椅也不及沙发舒服，更不消说一国之君连电视都没有看过。从前科幻小说里描写的场面如今一一兑现了，人类的生活是越来越舒适了。

说到这里，难免会想到这样发展下去，人类最终会成什么样子？会不会真的像不少好莱坞大片所描写的那样，随着人类对资源的挥霍，人类将逐渐走向毁灭。若果真如此，人类是不是可以放缓科技发展的速度以减缓这个过程？这个问题恐怕没有简单的答案，因为人心不足是人性的弱点，而绝大多数人总是会努力使自己的生活更好，而不是走向更简单原始的生活。

仔细分析起来，自己是个非常矛盾的人。一方面很享受现代科技带来的舒适，另一方面又担心现代科技带来的问题，尤其是环境问题。不久前，和朋友就转基因的事争论了起来。我对转基因无毒害的观点一直持反对意见，对那些大力鼓吹转基因安全的人也不是特别欣赏，主要是觉得在没有足够的长期跟踪的统计数据的情况下下任何的结论都是不负责的，不是科学家的态度。食物与药物是有区别的，药物有毒也得用，因为要救人，没有选择，而食物则不是。短期实验没有害处的东西不能说明长期也无害，而长期实验不是一件简单的事情，只是对照组的选择就很难。朋友在农产品转基因领域工作，他的观点是农产品不用转基因还真不行，因为世界上有那么多人没有足够的粮食吃，比如非洲的人。转基因后粮食的产量大增，至于长期安全性，那只是有钱人的忧虑，饿肚皮的人不会想到那么多。我和朋友的讨论没有能统一认识，谁也不能完全说服谁。但我对他考虑的角度有了些理解，同时也发现了更多伦理上的问题。我们不能说让穷人饿死都不允许他们食用有可能不安全的东西，但反过来说，合理地让穷人享用可能有害的东西好像也不怎么对，更何况一旦阀门打开了，转基因食物失控，就更麻烦了。想来想去，这的确是一个很矛盾、很纠结的问题。唯一能想到的就是人类恐怕应该在自身的生活方式上想点办法，在享受这些让人舍不得死的科技成果时也应该知道付出的代价会是什么。不过坦白地说，对此我比较悲观，因为人类自身的弱点、贪欲。

写于二〇一二年四月

马上要开始"壮游"啦！

过两天就要开始我们的壮游了。我定义的"壮游"包括几层意思：一是时间，必须要两周以上；二是方式，必须是自驾车出游，不是跟团；三是出游地点必须以野外为主，而且要各处奔波，不能只待在一处。只待在一处叫做休假，而非"游"，游者游也，要不停地奔波。也就是说，我的"壮游"就是在野外不停地奔波两周（听起来有点自虐）。我们常去野外，也去过几次欧洲和东南亚，但若按照以上条件来衡量，这些旅程都算不得壮游。

到目前为止，满足自己定义的三个条件的"壮游"，这是第三次。第一次壮游是 2006 年的犹他科罗拉多的大圆环（Grand Circle）之旅，我们花了两周时间访问了包括大峡谷在内的八个国家公园。第二次是 2010 年，自驾车去黄石、大提顿、冰川公园，也是两周。马上要开始的第三次壮游将去科罗拉多和南达科他（South Dakota）的黑山地区（Black Hills）。由于路途遥远，不能直接开车去，得先从旧金山乘飞机到丹佛，然后租辆车，狂开一气。计划要去的地方有总统山（Mount Rushmore National Memorial）、荒地国家公园（Badlands National Park）、落基山公园（Rocky Mountain NP）、风洞国家公园（Wind Cave NP）、大沙丘国家公园和保护区（Great Sand Dunes National Park and Preserve）、甘尼森黑峡谷国家公园（Black Canyon of Gunnison NP）和一些国家纪念碑（National Monument）。本来还打算去北边的罗斯福公园，因时间不够，决定放弃。科罗拉多有不少驾车的公路风景线，我们会跑马观花，争取不漏掉一处。

游遍美国的国家公园是我中年以后的人生愿望。中年以后，谈梦想不如谈愿望，因为愿望可及，而梦想太缥缈。中年人多了几分对世事的了解，少了几分盲目幻想，是幸事也是不幸。我的愿望是先大致走遍美国的国家公园，然后有可能的话，再去世界上其他地方。先去国家公园，是因为我们对大自然的偏爱胜过城市，不想等到人老腿不灵之时再望山兴叹。美国的国家公园都有独特的风貌。更有保存极好的真正意义上的荒野，这些荒野少有人迹，荒凉若璞玉。在那里不会发思古之幽情，更不会叹霸业的兴衰，只需要简简单单，把自己完完全全地交给大自然，让荒野的风吹去心灵上的尘垢。时至今天，58 个国家公园我们去过了 25 个，还有一半多没有去。这次要去的科罗拉多和南达科它附近有好几个国家公园，到访之后，我可以在我的愿望列单（Wish list）上多打上几个勾。这之后至少还需要两个壮游解决余下的公园，一个是在亚利桑那和新墨西哥地区，另一个是阿拉斯加。再以后就随缘了，因为剩下的国家公园零星分散，不能靠一两次旅行解决。

最理想的出游应该没有时间拘束，开着车，带着简单的行囊，也不要计划得太周详，慢慢地周游各处，哪里奇，哪里停，哪里黑，哪里歇。早年学英文时知道了那句"轮子上的美国人"，后来自己到了美国也喜欢上了这种出游方式。车开在大地上我心里踏踏实实的，不会有飞机失事的担心。更重要的是，当车轮一开始转动，车厢内便营造了一个温馨的小世界，一家人紧密地生活在这个小空间里。我们至今难忘孩子小的时候全家在车里度过的很多难以忘却的时光，难忘那些历史性的瞬间。

可惜时间总是有限的。记得外婆以前常说："旅游说到底就是玩两样东西，一是钱，二是精力，而精力比钱重要，因为没有钱可以借，没有精力无处可借。"依我看钱可以和时间转换。年轻的时候有精力，但是没有时间（钱），等到老了，时间不是问题，又累不动了，所以得趁着不太老，在时间和精力上找个平衡点，两周时间的壮游大概就是我能够支付的最理想的旅游了。

外出那么多次，最值得回味的并不是舒舒服服的平淡之旅，而是一些奇特的经历。比如海滩的星夜，或者大风中摇晃的帐篷，又比如在青年旅社里和其他游人一起挤在一间有几张上下铺的简陋房屋里过夜，然后在清冷的早晨，呵着气暖手，和萍水相逢的人围着老式的火炉用最老式的方法烤面包片。很多当时感觉很沮丧的旅程，过后反而是最亮丽的。这也难怪，旅游本身也是一种生命的历练，是在寻找生命中的不一样，与平时家居生活反差越大的旅途留下记忆越深刻，这样的记忆偶尔会像飘过波心的一片云，给平静的生活荡起涟漪，或许这就是为什么我定义的壮游是奔波于荒野的旅游，而不是在度假村里舒服的休假。

　　还是继续谈我们将要开始的旅途吧。下面的两周我们会远离尘嚣，日出而作，日落而息，不用关心股市的涨跌，更无须知道中国官场的起落。我们每天只需要关注三件事：（1）去哪里；（2）晚上吃什么；（3）在哪儿住。这样的简单生活会让我身心涤荡。兴致来了时，放上一张碟子，让约翰·丹佛（John Denver）清亮高亢的歌声飘荡在落基山，我们也会随之敞开嗓门，边走边唱，一览落基山风光。

　　"Rocky Mountain High，

　　Rocky Mountain High……"（高高的落基山，高高的落基山）

写于二〇一二年五月

护花使者

海湾边新开出一溜空地。从前这块地上是一些破房子，被铁丝网围着的。

政府的车子来了，先是推土机把这块地推平，然后又有车子来，在空地中压出一条道路。这以后，人们可以在新开的路上沿着海湾行走，散步。原来，路不仅仅是人走出来的，也可以是车压出来的。

再过几日，轰鸣的大车拖着机器和材料来了，很快打桩，安装了椅子。这以后，人们可以坐在椅子上观看来来去去的海船。

之后的某一日，大冬天的，突然注意到那片新开的荒地怎么绿了，仔细一看，不是刷的漆，也没有铺草皮，而是撒上了一层绞碎了的草。问了问水边钓鱼的人，才知道这是种草的一种方法，应该是很便宜的一种方法，比铺草皮便宜得多。政府用的是纳税人的钱，当然得计划着。于是咱乐滋滋地等待着这片"绿原"变成真正的草坪。

加州的冬天是雨季，可是去年冬天很反常，一冬都没有雨水。眼巴巴地看着撒在荒地上的绿色碎草渐渐地干枯了，绿色褪尽，绿原又还原成了荒地。到了春天，旧金山狂下了几天雨，突然看见荒地上水洼里生出来绿色，真是喜悦，觉得终于盼到了希望。只可惜好景不长，以后再也没有什么雨水，荒地上新长出来的小草又枯死了，奇迹终于没有发生，我也对那片荒地丧失了信心，再也不注意有没有什么东西生长了。

夏天来了，无意中我发现荒地里居然稀稀疏疏地盛开着加利福尼亚州的州花：金色罂粟花（Golden Poppy）。这种花和毒品罂粟花同属一个家族，但不是毒品，春天在加州的山野里常常可以看到它们。金色罂粟颜色艳丽，在野花丛中金晃晃的，如鹤立鸡群，非常抢眼，而且花期很长，从春到夏。如今开在荒地上，想必是播种的野草野花中的幸存者。它们是什么时候长大的？我居然没有一点印象。更玄乎的是在这些花稍微密集的地方会看见有碎木撒在花丛外，呈圆形或方形图案，好像孙悟空用金箍棒为唐僧画的保护圈，提醒人们不要走入圈内，踩在野花上。这样的碎木保护圈显然是人做的事，这会是谁呢？难道又是政府雇人干的？

几天前，我照例去荒地走路，看见一黑衣人手里拎着装水的塑料桶，正弯着腰给那些野生罂粟花浇水，神情非常专注。他的身旁是一辆超市的购物车，上面还印有 SAFEWAY 的字样，车上挂了好几个黑色的大垃圾袋，有一个袋里有卷着的报纸。我心想，"政府还花钱雇人给野花浇水？""这人多半是送报的，兼干其他杂活。"

受好奇心驱使，我主动上前和这位浇花者打招呼，问道："是政府雇你来的？"他连连摇头，嘴里的英文我听不太清楚，只好又重复问一次。浇花者认真地告诉我，是他自己志愿来浇花的，没有人付给他钱，并解释道，海湾里的水是咸的，他从别处带来淡水浇花。这下我明白了，怪不得荒地土质那么差，又那么干燥，这些花还能开得这么好。我又问他，"那么这些碎木也是你撒的？"他得意地笑了，点了点头，然后，用带有强烈口音的英语对我说："这就是我的花园，我无家可归（Homeless）。"我这才注意到他的推车上的一个垃圾袋里果然装有一个无家可归的人常带的睡袋，当然是脏兮兮的，但看他，却一脸都是满足的笑容，我心中顿觉五味杂陈，百感交集。

第二天，远远地又看见了这位浇花者。他浇完花后，推着车走了。望着他的背影，我想起了那句古话："富贵不能淫，贫贱不能移"，只是得作新解。"贫贱不能移"的除了志向外，也可以是对美好生活的热爱和追求，对美好事物的向往和保护，这就是人性的光辉。

写于二〇一二年六月

独立节，划着小船去看焰火

多年来，独立节我们都不去看焰火，怕挤，尤其害怕焰火结束后路上堵车，又累又困还回不了家的滋味实在是不好受。今年节前朋友相邀去看焰火却让我心动了，因为朋友给出了一个极其浪漫、极富有创意的主意，划着小船去看焰火。

朋友夫妇有一只小船，是 Kayak，就是爱斯基摩人用的那种独木舟，仅够二人用。朋友的朋友家住在发射焰火的湖边上，自然也有小船。征得主人同意，我们便借用朋友的朋友的脚踏船，从他家湖边的风水宝地上船，荡舟去看烟花。我们五人分划两只小船，黄昏时载着满湖的夕照和一大盒朋友家后院自产的新鲜水果，摇的摇，蹬的蹬，向着湖的另一端划去。

不巧的是，启程后不久就发现我们驾驶的这个脚踏船的方向盘是坏的，无法操作。任尔左拧右搬，只落得船儿原地画圈，然后在不断的旋转之中前行，即所谓的螺旋似的前行。眼看着时间滴答滴答地流走，掐指一算，若按照这个速度继续花样划船，要到我们预定的看烟花地点不知得旋转到猴年马月，得"等到那花儿也谢了"……故而萌生退意。我们这船上的三人一致很悲壮地通知在独木舟上摇飞着双橹的林 MM 夫妇我们要打道回府了，要他们自己好好地去，再好好地回来。

林 MM 一听，马上否决了我们的计划，说他们的船可以拖着我们走。这位能干美眉即刻向我们抛来绳子，又像变戏法似的从她准备好的口袋里掏出各种需要的材料，把两只小船绑在了一起，做成当年赤壁之战时的连环船。然后轻摇桂棹，划动他们的独木舟，同时让我和女友反方向蹬动我们的脚踏船，这串船儿便悠悠地往前驶去。这一前一后两船，箭状的独木舟拖着长方形的脚踏船，从湖里招摇而过，大秀风采。岸边大都是住家户，大都宾客盈门，正在热火朝天地进行观焰火爬梯。我们这道风景，无疑给本来就很兴奋、很高昂的爬梯人群添加了更多的兴奋剂。一路都有人举着啤酒瓶向我们挥手致意。一位小男孩对着我们翘起大拇指高喊："You are very smart"（你们非常聪明）。我得意地指着林 MM 说道："She is very smart"（她非常聪明）。

九点整，我们到达观焰火的地点，就在发射处的对面。这时天色已暗，离放焰火开始还有半小时，正好享用朋友家后院新摘的李子、桃子、杏子。朦胧夜色中看见船只来往，原来划着小船来看焰火的人还不少，咱算是孤陋寡闻了。九点半，礼花上天，光染湖面，一阵儿殷红，一阵儿宝蓝，水面的五彩波光与半空中的缤纷焰火交相辉映，远胜于陆地上看焰火。我拿着相机狂拍，可惜不会处理烟花，相机总是滞后，每每在烟花消失之际才听见"咔嚓"的快门声，搞得我十分沮丧。幸好摄影大师老谢也没闲着，"啪啪"地直摁，我心里才算踏实了。

十点烟花结束，那最后的几炮真是惊心动魄，璀璨无比，水上岸边的游人一起鼓掌相谢。之后稍待了一会儿，便又划动着我们的"船队"返回。回程是顺风，我们御风而行，突见一轮明月亮晃晃地出现在前方，方才想起今天是满月。

写于二〇一二年七月

散文杂文篇

生命又回到了原点？

好友玲的夫君近日仙逝。同一个月里，玲经历了红白喜事，她女儿在夫君仙去几天前做了新嫁娘。

身心交瘁的玲在办完这些事后写下了这样的诗句：

> 夏末秋初凉意渐，红白喜事一周完。
>
> 闺女欢喜做新妇，老公撒手绝人寰。
>
> 从此悠悠无牵挂，孤鸿翩翩天地宽。
>
> 问君闲来可同游？携手逍遥山水间。

（8月18日女儿结婚，8月23日老公辞世，从此了无牵挂，云游天下！）

读了后，我心里挥之不去的一个念头是原来一切真是空幻，玲的生命又回到了原点？

我和玲是年轻时相交的朋友，我亲眼见证了她和夫君大江相识的过程，曾经为他们缘定三生的奇特故事感动，如今得知大江离去，心里自然是悲恸的。

玲和我曾经一起同寝室三年。玲、我，还有青，我们三个分别是不同的系里考取的唯一的女研究生。玲是中文系的，当时已被人冠以中文系四大才女之一，我是化学系的，青是物理系的。玲虽然比我和青大很多，但和我们性格相投，相处甚欢，不觉得有年龄的差异。我和玲都非常热爱诗词，喜欢戏剧，对很多事物观点相近，常常不约而同地在发表了相同观点后四目相对，击掌而呼道"英雄所见略同"，然后一起开怀大笑。

玲结婚很晚，应该是命运的安排，为了等待大江。他们的故事像传奇中的传奇，奇妙得难以置信。大江的母亲是一位妇产科医生，玲的救命恩人。玲出生之时遭遇难产，本来已经没有命了，全靠大江的母亲，她后来的婆母倾力相救才捡回一命。她长大后家里人告诉了她这位救命恩人的名字，于是她心心念念要报答救命之恩（尽管不知道恩人在何方了），却怎么也没有料到她的救命恩人最终会是她的婆婆。

我们一起念研究生的那几年，玲也交往了很优秀的男友，但他们有缘无分，没有成。毕业后，有人给玲介绍对象，就是大江。当时玲在北京，大江在山东，一听介绍人说出大江母亲（住在四川）的名字，玲简直惊呆了，怎么会刚好是她的救命恩人？结果当然是天作之合，成就了这段旷世奇缘。那时我和玲分别在不同的城市，我已经结婚生子，记不清楚是准备出国还是已经出国了，收到了玲寄来的结婚合影照片，上面的题字是："他是大江，我是小河，我们流到了一起。"这才知道她结婚了，很为她高兴。玲的婆婆亲自救下了自己的儿媳妇，不由得你不相信好人有福报，而且在现世就报了，也不由得你不相信缘定三生之说，玲和大江应该是前世的缘。

后来我们各自都忙，忙事业，忙家务，忙抚养孩子，偶尔通信，知道她和大江养育了一个漂亮的女儿。大江是学俄语的，曾经去俄国工作过好几年，玲也带着女儿去探望过，最终大江还是选择回到了北京，一家人团圆。

到了网络时代，我和玲通过朋友的朋友又重新联络上了，遗憾的是一直没有找到同寝室的另一位好友，物理系的青。2007 年，回国探亲时我专程在北京停留，为的就是看望玲夫妇。在玲温馨的家里，我穿上玲的红毛衣和玲合影留念（自己喜穿黑色，玲坚持让我更衣后再照合影），又品尝了大江亲手烹调的四川小面。记得那碗面做得红红的，佐料齐全，川味十足，味道是久违了的好。然后玲夫妇又陪着我和我先生去看京剧，这才知道大江的戏瘾和欣赏水平都是罕见地高。喜欢戏剧的人不多，怎么玲就能遇上一个如此热爱戏剧的人，真是不是一家人，不进一家门，又一次地让我感叹命运的安排。

玲生性活泼潇洒，广结交，喜欢旅游，喜欢运动，拎着游泳衣走天下，闲来还笔耕不已，写下了不少精彩文字。大江好静，玲在外奔跑时他在家守候，做好饭菜等待妻子女儿归来，是个非常顾家的男人，一家人过得和和美美。大江不幸早早地患上疾病，在自己备受折磨也让玲备受辛苦后挥袖而去。欣慰的是他走前女儿办好了婚事，算是了却了一桩心事。

玲的那句"从此了无牵挂，云游天下！"咯噔一下碰着我心里什么地方了，一种很强烈的感觉让我挥之不去，又不能准确地表述出来。从这貌似轻松解脱的句子里我读出了无奈，读出了伤感，开悟，叹息……生命走了一圈，又转了回来，等在我们前面的原来就是那样吗？一路的采撷，到头来最终只剩下两手空空？

应该不是吧，我安慰自己道。生命是历练，是升华，经过了，就不同。即使转了一个圈，应该不会回到原点，而是升华到更高的一点。更何况，玲还有女儿、女婿，还会有小孙孙，生命会这样延续下去，小河与大江会一直流下去，所以一定不是回到原点。想到这里，我为玲，也为我自己感到宽慰。

写于二〇一二年九月

旅行　吃　中国胃

今年 5 月底在外野跑了两周，最后几天我想家了，很想。确切地说，除了想念自己的床，更想念自己的厨房，只想回到家里做点最简单、最地道的家乡菜来犒劳自己，一顿好饭可以一洗旅途疲劳。

旅行在外，饮食是一个很大的问题。对华人而言，在国内旅行当然不会有什么问题，在国外就是大问题了。国人对食物的保守可能超过不少国家的人，中国胃似乎特别坚强。即使是在海外居住了很久，不少人仍然严格保持华人的饮食习惯，更不消说从国内初来乍到的人了。

记得 20 世纪 80 年代初期出国人员还很少，四川某个政府代表团去欧洲访问时团员随身都背了很多方便面。因为有官方色彩，接待方极尽地主之谊，每天带他们去富有欧洲风情的各种餐馆就餐，可这帮人一月下来苦不堪言。其中一位回来后诉苦道："尽是稀日日的，期都期不下。"这话是四川万县方言，意为都是稀汤汤的东西，吃都吃不下去。"稀日日的"大概指的是沙拉酱、布丁一类的东西，那时的人很少接触，确实比较恐怖，只好用自己带去的方便面充饥，其后遗症就是回来后很久都不想再看一眼方便面了。

早年出国有经济上的好处，吃方便面省下的钱都可以买个电视机。后来国人富了，经济上的好处就没有太多了，出来主要是见见世面，镀点金什么的，出国旅行就更是受洋罪了。有一年在夏威夷的中餐馆我们见到一个国内来的访问团。他们围着桌子坐定后，其中一人赶紧从提包里掏出一个罐子，开盖后把它放到餐桌的中央，同桌的人便接二连三地把筷子伸进罐里，原来是一罐咸菜。我们看得直乐，一问，原来都是湖南人。他们一路奔波，全靠这宝贝罐子。中餐馆里的美式中餐尚不合胃口，更不消说洋餐了，也不知是谁在他们出国前那么高瞻远瞩地给他们出了这个带上咸菜罐的主意。

还有个有意思的故事。那年父母来美小住，我们陪他们去拉斯维加斯游玩。父亲在外面吃了几顿后就念叨着想吃稀饭（粥）。我们在闹市中心的那条街上找了好一阵，终于侦察到一家自助餐店里有稀饭，每人将近30美元。老爹进去后还真是目不旁视，大鱼大肉一概不碰，就只吃了一碗稀饭和一小碗馄饨，全家人都笑得不行，告诉父亲他吃的是高价稀饭。不过笑归笑，还是很庆幸找到了稀饭。高龄老人外出旅行，容易吗？

其实不用笑话别人，我自己就属于胃坚强一类的人，饮食习惯改变得非常缓慢。记得刚来美国的第二年，研究室的同学集体驾车去参加一个会议，当然是一起吃喝。一天以后我就受不了了，胃里难受死了。偏偏组里八九个学生只有我一个女的，我又刚去，人不熟，不好意思开口，万般无奈，只好跟组里另外的一个老中同学嘀咕。于是这位同学替我代言向其他人要求，去吃了顿极不地道的中餐。后来想起来，挺对不住这些老美同学的，穷学生难得有两天公款吃喝的机会，人家本来恨不得顿顿都去好餐馆吃牛排，结果被我给搅了。

还有两次很深的记忆，那都是来美十年以后的事情了。两次都是到法国的小城市去参加会议。我们研究的领域比较小，会议不大，主办单位又得到了工业界的不少赞助，会议的伙食办得非常好。法国人的确会享受，午餐都要上几道菜，还有甜点，晚餐更是要折腾好几个小时，连会间休息的点心都是生蚝。可惜咱福薄，几天下来就觉得够了，法国菜太油腻了。好不容易撑到会议结束，到了巴黎二话不说赶紧往中餐馆跑，管他味道好坏，只要有酱油就成。嘿嘿，法国菜遇到了胃坚强。

二十多年过去了，慢慢地我的适应性也比以前强多了，几天不吃米饭也还行。和不少老中朋友比起来好像吃洋餐的本事还不算太差，至少可以面不改色地连啃几天面包，一般来讲外出旅行没有问题。我有些朋友外出旅游时只愿意参加中国人主办的旅游团，这样大多数时候可以在中餐馆吃饭。还有位朋友更聪明，外出时总要带上一个袖珍电饭锅，到了旅馆插上插头就有米饭吃。我一般是在连续几天洋餐后需要去中餐馆接济一顿中餐，尽管大多数时候外面中餐馆的饭菜都不尽如人意。比如说，好几次菜单上看见有回锅肉，到手才发现根本不是四川的回锅肉。有一次的回锅肉居然是用叉烧肉回锅炒的，照四川人看来很离谱。当然，出门在外，也就只好将就了。这也是有时候我们喜欢露营的原因，因为可以解决胃的问题。

从道理上来讲，出国生活，我们应该像接纳其他文化一样接纳不同的食物和饮食习惯，等练出了什么都能装下的功夫后，回报是巨大的，天空也更开阔。当我们在旅途中能够自如地欣赏当地的美食时，对当地文化的了解便进了一层。同时，美好的食物也让旅途更加愉快，能让我们做个世界村的自由

陪同父母游奥林匹克国家公园（1991年）
（左起作者父亲、母亲、作者、作者丈夫）

人。话虽如此，实践起来不是那么容易的。总的来说，年轻的、懒的、单身的恐怕更能适应。不过无论如何，要想彻底改换中国胃，至少对我来说这辈子是不可能的。对此，我是不以为耻，反以为荣。我只需要改换一小部分中国胃（或者说扩张我的中国胃）来接纳其他的文化，剩下的大部分中国胃咱要留下贡献给这里的多元文化。正因为这里存在各种"胃"，这个国家才会多姿多彩，富有活力。

写于二〇一二年九月

散文杂文篇

林肯的婚姻（上）

（读书笔记）

书名：*Abraham and Mary Lincoln*（亚伯拉罕·林肯和玛丽·林肯）

作者：Kenneth J Winkle

出版时间：2011 年（第一版）

这是 2011 年出版的一本新的林肯传记，作者 Kenneth J. Winkle 是美国内布拉斯加－林肯大学（University of Nebraska－Lincoln）历史系系主任，南北战争史专家。林肯的传记不少，这本书的特点是紧扣亚伯拉罕·林肯和玛丽·林肯的婚姻生活这个主题，分别为他们夫妇作传。

多年来，人们一直认为林肯的婚姻不和谐。传记作家和历史学家们对玛丽·林肯的评价都比较负面，认为她难以相处，个性强，反复无常，小气，奢侈，甚至对林肯有破坏性的作用。但具有讽刺意味的是同时都承认玛丽是亚伯拉罕·林肯的资产和保证，她对林肯的政治生涯有帮助。作者在认同这些观点的同时对此进行了较为深入的探讨，对林肯夫妇的婚姻生活作了详细叙述，着重于说明为什么他们的婚姻会有风暴但又能在风暴中存在下来以及玛丽·林肯在国家危难时期对亚伯拉罕·林肯成为最伟大的总统有什么贡献和负面作用。作者揭示出尽管林肯夫妇的婚姻不是风平浪静，但整体上他们是一心一意、风雨同舟的。他们容忍了个人的差异，在冲突中不断解决冲突。最终林肯不但保存了国家的完整，也成功地保存了婚姻的完整。

下面记录的是我阅读这本书的笔记和感想。

照我看来，林肯的婚姻有些像穷书生娶了富家小姐的故事，当然这个说法不准确，林肯不是穷书生，他虽然没有受过正规教育，但自学成才，在结婚时已经是律师了，还是当地的政界新秀。之所以这样比喻，是因为他们夫妇出身和成长的家庭环境非常不一样，用中国话来说就是门不当户不对，这种差异对他们的婚姻生活无疑有很大影响，这是讨论他的婚姻生活时首先要注意的。

亚伯拉罕·林肯1809年2月12日出生于肯塔基的一个非常普通的农家，用林肯自己的话来说他的家庭是平凡的（undistinguished）。他的童年和青少年是在肯塔基和印第安纳度过的，过的是历史学家称之为"合作性"（cooperative）的生活。这是一种自给自足的生活方式，家里的每个成员都参与生产性的活动。男人一般耕种田地或者参与生产家庭需要的产品，女人负责奶和肉的生产，制造肥皂、蜡烛，织布，制衣，等等，跟中国农村以前的生活极为相像。

林肯家族是早期的拓荒者，上面六代人都务农，且每代人都不停地往西部迁移，以寻求更好的生活。林肯父亲也经历了几度迁移，他们曾经把家安在荒地里，周围是树林，有熊和其他野生动物出没，没有邻居。林肯的父亲夏天种田，冬季做木匠活，自己种植绝大部分自用的食物，只花钱购买极少几种他们自己不生产的东西。家里养有各类家禽和猪、马、牛等家畜，自己制造皮革，自己织布缝衣。经过全家人的努力，家道后来颇为殷实，拥有上百头的猪和很多的粮食。但这毕竟是与城市很不一样的生活方式，非常艰辛。林肯有个斧头，每天要砍树劈木头。从4岁到21岁，他花时间最多的是劈木头，总共只上过一年学。后来他填表时，在学历那一项里填的是"缺失"（Defective）。1831年，他22岁时和家里的亲戚一起驾船漂到了伊利诺伊的斯普林菲尔德（Springfield）附近的纽萨勒姆村，从此离开了父亲的家庭。他后来描述自己当时的情形为一个"奇怪的，没有朋友，没受过教育，身无分文的男孩"，而就是这样一个男孩，凭借自己的天分与努力，最终成为一个伟大的人。

林肯的妻子玛丽·托德则成长于与林肯完全不同的家庭。玛丽也出生在肯塔基，但她是出生于肯塔基的大城市莱克星顿（Lexington，Kentucky）的一个名门望族，家里有不少人与弗吉尼亚州的第一家庭通婚。玛丽的家族有好几位非常有名的人，其中有一位名叫列维·托德（Levi Todd），是个将军，便是玛丽·托德的祖父。列维·托德生了13个孩子，第七个儿子罗伯特生了玛丽。罗伯特自己学的是法律，却是个富有的银行家。玛丽从小就在当地最好的学校上学，念了整整10年书，受到非常好的教育。换句话说，玛丽是在非常优越的家庭环境下长大的，受的是上流社会的教育。

1837 年，林肯和玛丽都去了伊利诺伊州的斯普林菲尔德，他们的命运交汇了，结成夫妻。然而，他们成长背景的巨大差异始终在他们婚姻生活中存在，构成了他们婚后矛盾的最重要的一方面。林肯夫妇所处的年代社会经济产生巨大变化，中产阶级刚刚产生。林肯与玛丽结婚后，他们的生活属于中产阶级。对于林肯来说，他的生活离开了传统的乡村经济而进入中产阶级，生活往上提了一大步，而对于玛丽来说她的生活则下降了，从上层社会下降到中产阶级，所以，在以后的生活中玛丽总想把他们的中产阶级生活往上拉，拉回她所成长的上流社会。她后来在白宫里超支购物的奢侈行为都与这有关，而这种病态的花钱方式给林肯带来了负面的影响。

　　除了成长环境的不同，他们夫妇的性格也有极大不同。玛丽性格活泼，反应快，话多，善于社交。林肯的性格沉郁寡言，不善交际，尤其不善与女人交谈，但善于倾听。由于成长于乡下，林肯没有精致的生活品位。有人评论说他理解中产阶级，但从来没有能够自如地游走于其中。

　　如此巨大差异的两个人，怎么走到了一起，并且坚定地走到生命的最后一刻？

写于二○一二年十月

林肯的婚姻（中）
（读书笔记）

接上篇的问题。林肯夫妇差别如此之大，他们是怎么走到一起，又是如何让婚姻维持的？作者并没有直接给出简单答案（本来就没有简单答案），而是娓娓道来，以不偏袒任何一方的方式通过对当时的社会背景和对他们夫妻生活的描述，让读者自己去体会。从作者在书里的描述来看，尽管林肯夫妇有很大的不同，但他们在最重要的问题上是相同的，就是有相同政治理念，对家庭和对他们的孩子有深切的爱。

林肯有个初恋情人，本已论及婚嫁，不幸病逝，这让林肯伤心欲绝。有人评价林肯一生都没有真正从这次打击的伤痛中走出来，所以他的面容始终都是哀伤的。早期的林肯传记（比如 Emil Ludwig 所著的林肯传）甚至把林肯与玛丽的结合描述成林肯很勉强的事。究竟是怎么回事，可能永远也无从知道了。

玛丽是位有政治抱负的女性，她还是个年轻姑娘时就希望有朝一日能住进白宫。无疑，林肯的政治抱负和才能契合了玛丽的政治抱负，满足了她择偶的条件，她选择林肯应该算是慧眼识英雄。对于林肯来说，玛丽活泼的性格和社交能力一开始就吸引了他。玛丽需要一个善于倾听的伴侣，林肯正是这样的人。所以，性格不同也不都是坏事，林肯夫妇性格应该是互补的。

他们的婚姻一开始就有波折。玛丽从肯塔基来到斯普林菲尔德寻找如意郎君，结识了当律师的林肯，后来订了婚，到了 1841 年元旦结婚那天，新郎林肯出于对婚姻的高度恐惧，临阵逃婚，没有去参加婚礼，留下盛装的新娘独自一人在婚礼现场，够悲催了，似乎预示着这个婚姻以后都会不平顺。逃婚之后，林肯表现得极为矛盾，为此深感痛苦，称自己为世界上最悲惨的人。一年半后他们再度牵手。再度牵手是由于政治原因，他们共同参与的一件事遭遇文字纠纷。这事本来是玛丽莽莽撞撞闯的祸，林肯却表现得很男人，替玛丽承担了所有的责任，甚至差点儿搭上命与人决斗，以维护玛丽的名誉。这件事又重新激发了他们之间的爱，最后终于成婚。

婚后的玛丽对林肯的政治生涯有很大帮助，可以说她来得正是时候，林肯身边正需要那样一个人。她鼓励林肯的进取心，为他营造了一个安稳的家。在林肯政治生涯的早期，玛丽利用家族关系帮助林肯提升地位和增加人脉。托德家在斯普林菲尔德很有政治势力，这些亲戚在早期都是林肯的同盟。玛丽还有一干闺蜜，她们也嫁给了当地的政要。玛丽的社交才能也帮助了林肯。生活上，玛丽精心地照料林肯，而且尽她所能打磨林肯，让他更加"精致"，也就是说让他的外表言语都更合乎上流社会的标准。朋友回忆，如果玛丽外出几日，马上就能从林肯乏于修饰的外表和他不规律的就餐时间上看出来。由于林肯的成长背景，他常常会有不符合他身份的行为举止，比如衣冠不整地去给来客开门，而不是让仆人做这件事。当了总统后依然常出这种错，玛丽曾发现在一次宴会上林肯用金质的叉子喂猫，这对于玛丽来说是不能容忍的。这些小事常常引起他们的冲突。每到这时候，林肯会试图先用幽默调侃来化解，如果不奏效，他就选择躲开，躲到办公室里。太太过分强悍，家里规矩太多，只有在办公室里才让他感到最放松，所以林肯经常不在家。有人甚至评论说林肯事业上这么成功是因为他不愿意在家里多待，把时间都倾注到工作上去了。其中的冷暖，恐怕只有当事人才真正知道。

玛丽和林肯的主要政治理念应该是相同的，他们都同情黑人，对奴隶制度不满。林肯生长在一个没有黑奴的家庭，从来就反对奴隶制。但是林肯最初的政治主张是温和的，并没有主张立即废除奴隶制，而是致力于防止奴隶制扩散到美国西部新加入的州，是不扩散主义，因为他知道当时要废奴还为时过早。后来废奴是南北战争的需要，也是他的新认识。玛丽成长在一个拥有黑奴的家庭，但她的家族也是批评奴隶制的。玛丽的叔叔约翰·托德鼓吹在肯塔基消除奴隶制。1833年肯塔基禁止进口奴隶，当时玛丽的父亲罗伯特投了赞成票，玛丽也是支持的。玛丽和照顾她的家奴关系非常好，她同情他们，尊重他们。后来进了华府，在对黑奴问题上玛丽甚至比林肯还要激进，她利用她的身份帮助黑人的社团组织。

巨大的考验是南北战争时期。玛丽的家庭背景让他们处于非常难堪的境地，南北两方都不相信玛丽。玛丽娘家，托德家族有不少人在南军。玛丽的后妈和她的几个孩子都支持南军。她娘家分成两派，她父亲生育的十四个孩子里有六个支持北军，八个支持南军。玛丽和她三个亲生姐姐都支持北军，后妈生的五个女儿都支持南军，她的亲弟弟和几个同父异母的兄弟在南军任职，其中一个叫爱米丽的同父异母妹妹嫁给一个南军的将军赫尔姆斯（Benjamin Hardin Helm）。玛丽的后妈与南方总统候选人 John C. Breckinridge 是远亲，所以北方的人怀疑她同情南方，实在是情有可原。与此同时，南方的人认为她帮助林肯打他们，是叛徒。当然，玛丽对林肯是非常忠实的，她对这些怀疑的回答是："为什么我会同情那些叛乱分子？他们难道不是也在反对我吗？如果他们得势，明天就会绞死我丈夫。"

书里也描述了玛丽对林肯的细心照顾，她的存在对林肯的健康至关重要。1864 年是内战最艰苦的时候，林肯心力交瘁。玛丽把主要精力都用来照顾林肯的身体健康。她对林肯的治疗就是每天下午与林肯一起乘马车兜风，疏解压力。大诗人惠特曼也曾经见到过林肯夫妇乘马车。

值得注意的是林肯夫妇相似的童年丧母经历，这让他们在养育儿子的观念上比较一致，两人几乎都是无原则地宠爱孩子。林肯和玛丽在童年时期（林肯 9 岁，玛丽 6 岁）都失去了亲生母亲，父亲娶了后妈。虽然林肯的后妈待他很好，对他的成长起了巨大的正向作用，在心灵深处始终可能有或多或少的缺陷，与玛丽也就有了一种共识和理解。结婚后的十年内他们生育了四个儿子，第二个儿子 4 岁时死去了。之后他们对儿子们倍加溺爱。由于他们自己童年生活有阴影，对孩子就有补偿心理，尤其是对小儿子塔德（Tad）过分纵容。当时在白宫里塔德以调皮著名，塔德居然在林肯开会时冲进会议室，林肯非但不责怪，还把塔德抱起来，父子俩一起大笑，旁若无人。林肯甚至容忍儿子养的山羊在白宫里横冲直撞，实在匪夷所思！当他们的爱子威利（Willie）因病死去后，玛丽过分伤悲，行为异常，居然把通灵人引入白宫，林肯对她都能原谅。这些给林肯带来的当然是负面作用。

玛丽幼年失母的另一个后遗症就是一生的不安全感和乖张的性格。书中也有其他一些关于玛丽的负面描述，比如玛丽在白宫期间奢侈的花钱习惯。购物给她带来权力感和优越感。她常给林肯带来意想不到的"惊奇"：

散文杂文篇

大笔的账单。除了为自己购物，玛丽还花大笔银子超支改善白宫的装潢设施，搞得林肯自己只好极度节约。林肯办公室的装备只有几把椅子和四幅地图，共花了 44.5 美元。

总的来说，不管他们有多少差别，最真实的试金石是在白宫时期，当他们失去了爱子，又面临南北战争，他们夫妻面临争议，伤痛，并因为玛丽家族备受攻击时，坚定地站在一起，直到 1865 年最后一晚在福特剧场林肯被刺。

林肯去世后，玛丽为林肯悼念终身，终身都穿黑色的悼念服，而且再也没有从这个打击中恢复过来，晚年精神失常。尽管他们面对各种挑战，他们的生命最大程度地融合，如同他们婚戒刻下的字：爱是永恒的。

写于二〇一二年十月

林肯的婚姻（下）

（读书笔记）

最后再谈点对这本书的整体感觉。这本书写得紧凑，不散乱，只有一百多页。当然如果想知道更多林肯的生平，比如如何自学成才，如何指挥南北战争，这本书是远远不够的。读后感受很深的几点是：

第一，林肯是个天才。

林肯从小没有受过正规教育，22 岁同亲友一起顺河漂流到伊利诺伊州一个叫做纽萨姆（New Salem）的村庄（距离斯普林菲尔德大约 15 英里），开始他自己的生活。就这么一个没有见过世面、没有受过教育、没有家庭背景的人，到了纽萨姆参与当地人的政治活动时，第一次就以他的口才和演讲风度征服了当地的政界长老们。长老们非常看好他，鼓励他学习，给他提供机会，后来他居然通过自学成了律师，最后成功走向政坛，成为美国历史上最伟大的总统，真的很难想象。后人评价说美国南北战争发现了两个天才，一个便是政治天才林肯（另一位是南军的军事天才）。

第二，我最喜欢的部分是对于那个年代的生活介绍，有点像风俗画，勾勒出了 19 世纪美国人的生活。

19 世纪早期，美国的婚姻家庭正经历剧烈改变，开始有了中产阶级，传统家庭形态改变成中产的非手工业工作形态。工厂生产方式把男人从田园招到城市，男人走出家门，成为工业工作者，变成"挣面包的"，女人则在家相夫教子。孩子们也不干活了，而是学习，准备以后挣钱的技能。历史学家把这个现象称为"家庭的分离"（Separation of the family）。在林肯夫妇居住的伊利诺伊州，典型的中产和工人阶层在 1830 年至 1840 年开始形成，这正是林肯夫妇来到斯普林菲尔德并结婚的一段时间。

与此同时，农业家庭也停止生产大部分家用物品，改为购买工业化产品，农业地位明显下降。1840 年农民占伊利诺伊州 85% 的劳动大军，到了

1860 年仅占 39%。工业化产品首先是纺织产品。纺织厂把农家妇女从纺织的手工活动中解放了出来。1815 年以前，没有棉纺厂，农家妇女自己织布做衣服。她们先把棉花纺成线，织成布，再染色。那时候每家的主妇给每个家庭成员每个季节做一套新衣。

第一批工业生产的纺织品于 1830 年出现在芝加哥的街头。书中描述了一位伊利诺伊农夫的女儿回忆起她父亲从芝加哥带回厂家生产的布匹时的情形，这位一家之主骄傲地宣称道："老婆、女儿，把你们的纺线和织布工具都收起来吧，我们男人可以多养些牲口，赶到芝加哥去卖，卖来的钱买布匹，你们永远也不需要纺织做衣服啦。"把那段历史一下子呈现在了读者面前，极为生动。

林肯的故事就是在这种历史背景下产生的。一个非常有趣的细节描写是关于玛丽·托德几姊妹逐渐迁移到斯普林菲尔德寻求嫁人机会的经历，从那可以了解当时人的生活。最早去斯普林菲尔德的托德家族成员是玛丽的叔父约翰·托德（John Todd）。他从医学院毕业后去那里行医。后来玛丽·托德的表兄斯图阿特（John Todd Stuart）也到了那里，此人是律师，与林肯成为室友，鼓励林肯学习法律，后来他们又成为律师伙伴。托德家族由于约翰·托德和斯图阿特在斯普林菲尔德扎下了根，玛丽·托德几姊妹依次到了，寻求命运，嫁个好人。当时的西部拓荒者里的情形是男多于女，年轻的多于老的，年轻女性很抢手。玛丽·托德的大姐伊丽沙白最先移民到斯普林菲尔德。伊丽沙白嫁给肯塔基名门家庭出身的律师爱德华，由于约翰·托德和斯图阿特的原因也搬到了斯普林菲尔德，之后她的几个姊妹便以她家为据点，一个接一个地迁到了斯普林菲尔德。这里有个重要原因是玛丽几个同母所生的姊妹跟后妈关系不好，于是都忙着离开了父亲所在的城市。第二个迁移到斯普林菲尔德城的是玛丽·托德的姐姐佛朗西施，她住在姐姐伊丽沙白家中，很快她也在该城觅到了好郎君，一位从宾州去的医生。佛朗西施结婚后，她在伊丽沙白家的住处便空了出来，这下玛丽就可以搬来了。慢慢地托德家族这几位律师和医生在斯普林菲尔德这个城市形成了很强的关系网。

1839 年 12 月，林肯和玛丽在一个社交场合相遇。那是一个庆祝新的州首府召开的第一届立法会而举办的正式舞会，林肯代表辉格党（Whig）组织这个活动，给玛丽留下了很深的印象。接下来他们开始了花前月下的故事，只是详细的情况已成永久之谜，没有人真正知道了。后人的猜测是他们应该是在1840年第一季度正式开始交往的。他们的交往在最初应该是得到了玛丽的姐姐和姐夫爱德华的赞同与支持。多年后玛丽的姐夫承认他们当初看中林肯当然是有政治因素的，想通过联姻强化玛丽娘家托德家族的势力，因为林肯当时已经在政界崭露头角，他们看好他的前途。当时在那种西部的城市里男多女少，玛丽和其他女孩一样，有多个追求者，包括一位林肯的"政敌"史蒂文·道格拉斯，但玛丽选择了林肯。

第三，能体会到作者是同情玛丽的。

林肯死后玛丽一直未能从巨大的悲伤中恢复过来，晚景悲凉。由于她曾经瞒着林肯借贷购物，林肯死后债主开始索账（大概有1万美元），她的经济情况江河日下。后来玛丽卖出她的衣服，结果公众不感兴趣，认为这些衣服旧，甚至询问衣物来源，给她很大打击，她成了全美国最不讨人喜欢的女人。最后的一击是她的小儿子塔德的去世。塔德在乘船从欧洲返美时染上肺病，死去了，年仅18岁。玛丽在她52岁的年龄就丧失了丈夫和三个儿子。虽然曾经贵为第一夫人，幼年丧母，中年丧夫丧子，照中国人的说法是够苦命的了。晚年精神分裂，唯一剩下的儿子罗伯特为了保护她还曾经把她送进精神病院。

林肯逝世后，玛丽一直没有得到分文的养老金。后来经过15年的游说争取，国会终于同意给她养老金，这还是因为1881年总统詹姆士·加菲尔德（James Garfield）被刺后国会决定给他的遗孀每年5000美元的养老金，这才也决定给玛丽养老金。奇怪的是，在收到这笔钱之前，玛丽被送到医院让四位医生体检，以证明她的确丧失了工作能力。结果六个月之后，玛丽在孀居17年后，死在她姐姐的房间里，到死这位美国内战时期的第一夫人都没有拿到政府一分钱的养老金。其他几位总统（波尔克、格兰特、加菲尔德）的遗孀沙拉波尔克、朱丽叶·格兰特、露克里提拉·加菲尔德（Sarah Polk，Julia Grant，Lucretia Garfield）都得到了政府的养老金。玛丽这样的遭遇，让读者在惊奇之余，未免有些叹息。

写于二〇一二年十月

最近读到一篇回忆文章，涉及美国前国务卿亨利·基辛格，觉得挺有趣的，便编译贴出。作者 Jack Sullivan 曾长期担任美国众议院外交事务委员会委员。

一则关于基辛格的真实笑话

1973 年，亨利·基辛格刚被任命为美国国务卿，便急切地以美国代表团成员的身份参加联合国大会开幕式。由于当时他的任命尚在参议院悬而未决，他只能以非官方的身份参加联合国大会，只能坐在美国代表团边缘的座位。

基辛格的座位被安排在紧挨着美国代表团的一位国会议员——宾州的罗伯特·尼克斯（Robert Nix）旁边，此人是一位上了年纪的非裔男士，资深国会议员。

按照字母顺序，美国（USA）代表团的座位紧挨着非洲国家 Upper Volta（现名 Burkina Faso），Upper Volta 国家的牌子放在离尼克斯很近的地方。入座后基辛格看见了尼克斯，便把身子凑过去，对尼克斯友好地询问道：How are things going in your country（你们国家的情况如何）？

感觉强烈受辱，尼克斯拔腿就离开了，再也没有回到美国代表团，连代表团的合影都没有参加，弄得基辛格想找他道歉都没有机会。

众议院外交事务委员会委员 Jack Sullivan 当时的工作就是照顾这些国会议员，他没有参加开幕式。为此事接到外交部的紧急电话后，找了好一阵才在政府给尼克斯提供的高级公寓里找到他。尼克斯咆哮道："让他们见鬼去吧！"拒不参加合影。代表团等了很久，最后只好让他在合影里缺席。以后的整整四个月里，尼克斯没有参加过其他任何一次联合国会议和社交活动。虽然没有去干活，这位老兄却仍然时不时地住进政府提供的高级公寓里，并分毫不少地领取了那几个月所有的差旅费。

（编译于二〇一二年十二月）

咖啡　西雅图　我　儿子

突然想聊咖啡，没有特别的理由，也没有特别的思路，全都是些零零碎碎的记忆，如同这篇文字的标题。

来美国很久了，久得来到美国的日子差不多快要和在中国的日子一样长了。这么久的岁月自然会在我的生命里打上印记，自然会磨掉我一些原有的习惯，比如国内的影视作品已经很少关注，大家热议的国内影视作品我大都没有看过，家里也没有装中文电视小耳朵。但有些东西始终改不了，比如咖啡。这么多年了，我始终还是个茶客，基本上不喝咖啡。

是我不喜欢咖啡的味道吗？非也！我很喜欢咖啡的味道，尤其是煮咖啡的气味，用刚磨出的咖啡豆煮咖啡，那弥漫在空中的气味真是香极了，简直可以诱惑人像灯蛾扑火一样地放弃身边的一切而奔向它。

可惜，我只能以欣赏的目光旁观别人喝咖啡。我不喝咖啡有两个原因，一是咖啡里的咖啡因太强了，我受不了。二是咖啡里含有某种化合物，估计是酸性很强的东西，很伤胃，每次喝了胃就很难受。

我曾经在西雅图住过十多年，那里是星巴克的老巢，有着浓厚的咖啡文化。西雅图人消耗的咖啡比美国其他任何城市的人都多，他们每月平均要花 36 美元在咖啡上，每十万住户就有 35 个咖啡店。西雅图人对咖啡的钟爱是当地的一大景观。那里的街道上常常能见到"咖啡担子"，也就是卖意大利咖啡 Espresso 的小货担。冬天的西雅图总是下着雨，天空中也总是罩着厚厚的云，要多郁闷有多郁闷，这时没有什么比来一小杯热乎乎的 Espresso 更提神的了。无怪乎那些同事们每每谈及西雅图就很得意，总要提及优质咖啡。直到如今，每当我回忆起西雅图，咖啡担子总是那个美好城市的一部分。

记得在西雅图时有一次和一位同事外出闲逛，心血来潮跟着朋友也买了一杯拿铁咖啡，有滋有味地喝下去后随即全身冒汗，心狂跳，后来居然手也发抖了。人说拼死吃河豚，我那好像是拼死喝咖啡，以后再也不敢冒那险了。咖啡因除了让我玩了一次心跳，还让我知道了"喝高了"是什么滋味。那也是在西雅图的时候，同事买了意大利式浓缩咖啡豆（Espresso Bean）让我们尝，我也尝了几粒。那天正好是组里的例行周会，几颗咖啡豆下肚后，觉得这脑子和嘴都比平时好用，一反平时"温良恭俭让"的形象，自己不但叽里呱啦地对别人的报告发难挑剔，还指着同事大叫 Shut up（闭嘴）。同事们先是被惊得面面相觑，然后回过神来哄堂大笑。此后组里有了个典故，叫做"当某某吃了咖啡豆以后……"。

当然，成也萧何败也萧何，咖啡不光给咱添麻烦，也给咱留下了非常温馨的记忆。几年前儿子跟我们一起自驾车回西雅图，顺道也走访了好些地方。儿子平时晚睡晚起，上午总是比较痛苦，坐在车里很不自在，一幅没有睡醒的样子。那天车里刚好有瓶装 Mocha Frappuccino（牛奶咖啡，为咱们司机准备的），让他喝了一瓶，当时真还没有想起咖啡可能产生的功效。儿子很快就进入状态了，睡意一扫而空，眉开眼笑地和我们聊天，然后一个接一个地讲笑话逗我们开心，车里一路都是笑声，车程也变短了。到了旅馆，儿子慌慌张张地忙着开电脑，原来是为了找更多笑话，因为他肚里的笑话已经被掏空了。我们最初觉得纳闷，这小子今天怎么这么反常，后来才恍然大悟，都是咖啡的缘故。那天他讲的好些笑话至今还是家里的美谈。

如今我仍然基本上不喝咖啡，偶尔实在是需要也就喝一点点。不过就这一点点，就够我面红耳赤口无遮拦的了。如果哪天朋友们发现我在网上大放厥词，你可以百分之百地肯定我那天喝了咖啡。

写于二〇一三年一月

茶 故乡 我 父亲

关于喝茶，最早的记忆是喝外婆的剩茶。说是剩茶，其实算不上，顶多算是后几道茶。外婆喜欢喝很浓很浓的酽茶，她泡茶时总是用一只小小的白瓷杯子，里面放进很多的茶叶。开水冲泡后叶片便四方六合地舒展开来，几乎充满了整个杯子。茶水是很深的绿色，刚好淹过发涨了的茶叶，这样的茶她喝过两三道后就嫌没味了，于是我就来接着泡，接着喝。久而久之，我也会喝茶了。

再大一点，我会和父亲一块儿去坐茶馆。据记载，中国最早的茶馆起源于四川。我的故乡成都是个茶馆遍布的城市，清末成都街巷计516条，茶馆即有454家，几乎每条街巷都有茶馆。早年的茶馆不叫什么茶楼，就叫茶馆，也不像现在的茶楼那么雅，纯粹就是百姓大众打发时间的地方。茶馆里多是清一色的竹椅子，木头四方桌，竹椅子早就被茶客们坐磨得光滑油亮。在茶馆里喝茶绝对不用茶杯，而是用茶碗，碗上面有盖子，下面有托盘，成都人称之为盖碗（儿）茶，盖碗（儿）茶是在成都发明的，那个"儿"字是一定要发音的，念出来圆润有致。茶馆里最抢眼的是那些掺茶跑堂的人，当年也没有被叫做什么茶博士，就是掺茶的。他们提壶端碗，忙碌地穿梭在茶馆里，每到桌前，拎起茶壶从高处斟茶注水，待滚烫的开水不多不少刚好加满茶碗时，水流便戛然而止，从不溢出，这手功夫让人叹为观止。

我和父亲去茶馆时会各自带上一本书，坐下来后一人要上一碗三级茉莉花茶，成都人简称为三花，泡上几小时。坐茶馆的乐趣不在于喝茶，而在于茶馆的环境，喜欢的就是茶馆的那个"俗"味，那是真真实实的生活。茶馆虽然嘈杂，却跟家里不同，家里杂事多，倒不如茶馆里闹中取静，可以静下心来读书。茶馆里的茶客三教九流，闹闹嚷嚷，却丝毫不影响我们，我和父亲沉浸在自己的世界里，周围的杂音与我们无关。偶尔我会抬起头来看看周围的人，听他们大声地冲壳子（四川话，意为聊天），谈论鸡牲鹅鸭，也是饶有趣味的事。咱那时头脑简单，从来没有想过茶馆里坐着个十几岁的姑娘，那画面好像也有点奇怪。

上大学后就没有怎么喝茶了，当学生，喝茶不方便。来美后，好一阵也没有喝茶，也是因为不那么方便。毕业后碰巧我工作的地方一直都提供袋泡茶，我的茶意识又被唤醒了。每天到了办公室第一件事就是先泡上一袋茶，喝了再做事。上班喝茶当然不是为了品茗，而是为了灌入适量的咖啡因，好进入工作状态，所以总是匆匆忙忙地大口喝下。至于袋泡茶的味道我也不计较，习惯后觉得洋茶也不错。常喝的是 Earl Grey、English Teatime 和 Dajeeling。只有在周末我才静下心来，泡上从国内带来的好茶，捧上一本书，坐在窗边的椅子上，把腿翘起来，舒舒服服地享受一下。

家里抽屉里装有从国内带来的各种茶。"三花"是再也没有问津了，替代品是成都的"碧潭飘雪"。这个茶应该是茉莉花茶里最好的。"碧潭飘雪"中的茉莉花不像大多数花茶那样是碎小焦黄的干瓣，而是整朵雪白的茉莉花，开水冲泡后朵朵茉莉花如雪花般地漂浮在水面，恰如其名。轻抿一口，茶香夹杂着浓浓的茉莉花香，让心情为之一亮，好似阴天里突然射进了一缕金色阳光。

抽屉里更多的是没有添加其他东西的绿茶。绿茶是我外婆最喜欢的茶。外婆不喜茉莉花茶，嫌花香压住了茶味，总是喝绿茶，我则是上了点年纪才开始赞同外婆的品位。绿茶里我最喜欢的是龙井。有一年我们去杭州旅游，在狮峰龙井的产地尝到了上等的龙井。这种龙井茶泡开后嫩芽株株倒立，悬浮在绿色的茶水里，外形极为美观，沁人心脾的豆面香味独特而诱人，从那以后我就爱上了龙井。近年来也开始喜欢上了云南的普洱茶。不久前好友从广州来美，给我们带来了广东的陈皮普洱。一尝，极为喜欢。陈皮的特殊芬芳配上普洱茶的浓郁真是相得益彰，堪为绝配。

这些年回国时总会花些时间陪父母坐茶馆。有一年和父亲一块儿去周庄，在一家茶楼上品尝了当地特产阿婆茶。这阿婆茶真好喝，茶水罕见的碧绿，清香冽人。我一边品茶，一边观看窗外的小桥、流水、垂柳和摇曳的船上吱吱呀呀唱歌的船娘，再有一搭无一搭地和父亲聊天，颇有神仙日子的感觉。离开那家茶楼后，没走多远就又想念阿婆茶了，于是看见了另一家阿婆茶的招牌赶快入座。殊不知阿婆茶也有彼此的分别，第二家的阿婆茶就太差劲了，像以前成都街边的老鹰茶。更让人不安的是还来了几位脸上脂粉涂抹得像电影里的媒婆一样的阿婆，她们排成一行给我们唱小曲，这茶就更没法喝了，直是叹道此阿婆非彼阿婆！

当然更多的时候是陪同父母坐成都的茶馆。离开成都那么多年了，家乡已变得面目全非，可成都人坐茶馆的喜好似乎一点也没有变。成都照例是茶馆林立，有昂贵的，也有便宜的，老父总会约我去他平时最常坐的茶馆，当然都是便宜的地方。我自然依他，只要他高兴，什么地方都成。父母住家附近有一处茶馆只收6元人民币一个座位，我们父女俩照例是带上些读物，坐上两三个小时。坐在茶馆里的沙发上，看着父亲满足地端着茶杯（而不是盖碗茶）翻看报纸，我真真切切地感到了时光的流逝，这再也不是当初我和父亲坐茶馆的感觉了。当年的我，眼里闪动着幻想，向往天高海阔，父亲也正当壮年；如今的我，眼含秋霜，看尽千帆，父亲已是耄耋之年。不过，还能有这样的机会和老父相对品茗，已经很幸运了，为此，我很感恩。

写于二〇一三年一月

小师弟来旧金山

"那人是你的小师弟?"先生开着车,扬了扬头,示意我注意旅馆门口站立的那个人。

"怎么会呢,那人是个老头,你也太夸张了吧。"我嗔怪道,觉得他的问题很荒唐。

虽然十几年不见了,小师弟也应该才四十多岁,而旅馆门口的那位先生白头发,白胡须,背有些弯曲,像个老人。

小师弟是个德国人,和我在一个研究室里工作了几年,他是导师的关门弟子,我们有十几年没有见面了。当年我们的实验台是紧挨着的,每天从早到晚都在一块儿做实验。小师弟有一辆大得像船一样的朋特亚克车(Pontiac),我和组里的其他人常搭乘他的"船"一起外出吃饭或者参加其他活动。

两月前小师弟就通知我他在万圣节那天要到旧金山来参加一个会议,约我见面。小师弟住在旧金山最繁华的地带 Union Square 的 Western San Francisco,我和我先生开车去接他。那里停车不方便,先生让我下车到旅馆门口去找他,他开着车在附近绕圈子。

我径直朝旅馆门口走去,走近那位"白胡子老头"时,差点儿要不相信我的眼睛了,他居然就是小师弟。小师弟也一下子看见了我,我们同时大叫起来,呼着对方的名字,然后是大大的拥抱。

先生开着车,在路的另一边远远地对我们挥着手,我们赶紧过了街,上了车,直奔金门大桥。一路上我和小师弟兴奋地交换彼此的情况和我们熟悉的朋友的情况。

到了金门大桥,不能停,先生把车开到下面的停车场,我们走路上桥。天蓝得没有一丝云彩,朱红色的金门桥配上蓝色的天和蓝色的水,如画卷般美丽,小师弟的运气真不错,遇上了好天气。在桥上逗留拍照后便去世博会旧址,此处是 1915 年世界博览会在旧金山举行时留下的建筑,因是欧洲风格，先生称之为"伪欧洲"，小师弟去了后感叹道：这样的建筑在欧洲也不是太多了。

"伪欧洲"旁有个小的咖啡店，里面出售咖啡和小点心，我们买了Scone，要了水，在店外的椅子上坐下来歇息聊天。不远处是海湾，看得见只只帆船。先生一遍又一遍地向小师弟谈起明年这里会是美洲杯（American Cup）的快艇比赛地点，言语之中颇为旧金山骄傲，然后他们又聊起了德国的时政，这党那党的，我插不上嘴，静静地听男人们聊政治。

不经意地，小师弟谈及两年前他差点儿被裁员，最后保住了，所以现在还不错。太太为了照顾两个孩子，主动放弃了工作，领取了公司自愿被裁员的优惠。小师弟兴冲冲地从手机里翻出两个孩子的照片。照片中两个孩子一起唱卡拉OK，一起开拖拉机，一起作怪相，好幸福的模样。再看看小师弟，我们实验室里最年轻的小弟弟，当时才30出头，如今也不过40多岁，头发已经全白了，虽然面容、神态与14年前无异，但动作形态都似老人了，让我感叹不已。我先生应该比他年长很多，但他们俩坐在一块儿明显看出我先生比他年轻多了，这仅仅是白种人和黄种人的差别吗？我不知道。

再聊下去，知道小师弟这些年也实在不容易。本来他不想回欧洲，依我们导师的名声，他应该可以在美国留下，结果导师匆忙退休关门，急切之间他没有能够延续签证，只得回到欧洲。回去后生活上不习惯，工作也不理想，后来换了两次工作才到现在的公司，终于娶妻生子，其间父母双亡，又经历裁员风暴，大概生活中一点一滴的折腾在面相上留下了印记。

晚餐是在中国城吃的中国饭，是小师弟提议的。之后我们告别，小师弟说，希望我们下一次相聚不要再等14年。我说，"下一次见面不知我们会成什么样子了"，"肯定会更老"，小师弟以他惯有的德国式幽默回答我，紧接着是一串哈哈。

第二天早上一觉醒来，先生对我说：昨天你那小师弟谈得最多的也是裁员，看来凡人关心的事都一样。"是啊，谁让咱们是凡人呢"，我答道。

接下来的几天，我的脑子里总是飘动着小师弟的那一头白发，很难把他和当初那位经常打着哈哈，说着德国式幽默话语的小伙子联系起来，不由得郁闷不已。

写于二〇一三年三月

散文杂文篇

游泳池旁的追思会

昨天去参加了比尔的追思会。比尔是两周前（3月16日）离世的，心脏病突发，送进医院后没有抢救过来，61岁的人生一下子就这么走完了。在这之前他可是一点心脏病的征兆也没有，这样匆匆离世，让亲友们很难接受。

比尔和我曾经是同事，他离开我们公司已经多年了。虽然他离开后很少见到他，他却和我一直有着某种关联。这种关联像蛛丝一样不明显，却是实实在在存在的。如果不是他突然离世，我绝不会去细想，或许，至多在某个午后的温暖阳光下猛然想起曾经认识这么一个人，想起他温暖的微笑。如今，他的离去改变了一切，往事又清晰地浮到了水面上。

比尔属于那种很难得的同事，最大的特征就是他圆乎乎的脸上常常挂着真诚的微笑，他以他的真诚关心着身边的人，人缘好极了。我和他不在一个部门，大多数时候不过是见面打打招呼，说几句笑话，但在我最低谷的时候他主动找上来给我出主意。尽管我没有照他的建议去做，他关切的表情和诚恳的劝慰让我永远也忘不了。

十年前，公司第一次大裁员，他的部门被砍得最惨，手下的人只保住了两个，就这两位也都被分配到了其他部门，其中一人后来被分配到我们部门，下属于我，他成了光杆司令。后来他自己也在政治斗争中"光荣牺牲"，不得不离开了，去了另一家公司。他那个部门的工作便由我们接手，很长一段时间我们讨论工作时会提到他的名字，我和他虽然没有直接联系，却一直以这种隐形的方式有着淡淡的交集。

比尔去的那家公司后来被另一家大公司收购了，他也被裁了。经过一番努力，他和别人合伙找到资金开办了一家小的生物技术公司，他做科技副总裁。不久我们公司又一次裁员，裁掉了好些老员工，这时，比尔伸出手来拉朋友们一把，以他的能力帮忙，雇了好几位被裁掉的老同事和老下属，解救了他们的急难，真是大好人！没想到天不假年，这么好的一个人，竟然一不小心就跨到了另一个世界。

得知他的离世，朋友同事们都很难过，有位跟他一起工作多年的女同事为此痛哭了一整天。我们能够为他做的除了捐款给他儿子的中学搞一个游泳基金外就只有这个追思会了。比尔生前最喜欢游泳，本来正在参加训练，打算游泳去旧金山有名的 Alacatraz 岛。他儿子游泳也非常厉害，刚被普林斯顿大学录取了。所以，他的追思会就在游泳池旁边举行。参加者随意着装，像是去游泳聚会。

这是我参加过的追思会里最放松的一次，更像是聚会。这些年来在美国参加过好几次追思会，洋人的追思会不像华人的悼念活动那么悲切，而是纪念逝者的生平，会有笑声，但总的气氛还是比较正式，着装也正式。这次比尔的追思会完全是随意的方式，连着装都随意。

举办追思会的地方是一个私人游泳俱乐部，参加追思会的大约有300来人。在这里我见到了好些老同事，他们离开我们公司很多年了，如今为了纪念比尔，都赶来参加。追思会上亲友们一一发言，回忆比尔的生平，哭声和笑声交杂着。好几位发言者说到动情之处都失声痛哭，而当回忆起比尔生前的一些趣事时又哄堂大笑。亲友们对他共同的评价和我的感觉一样，这是个关爱他人的人，为他人付出了很多，他的生命虽然不长，质量却很高。来宾中不少人都或多或少地受惠于他，我也为认识他而感到幸运。

在追思会上，很奇怪的是我不是特别悲哀，脑子里总回放起他刚进公司时第一次和我见面的情形，比尔的面容还是带着他的标志性微笑。缘起缘灭，人生如幻，追思会给我的感叹多于悲哀！我想，如果他能活到天年，我和他各自沿着自己的轨迹前行，或许根本就不会再有任何交集，他的突然死亡反而把人与人之间的距离拉近了，让我在今后的生活里继续和他有着虚拟的交集，即所谓的永远活在我们中间，真是一件奇妙的事。结束时主持者念诵了亨利·司各特（荷兰）（Henry Scott, Holland）的诗："死亡根本算不了什么"（*Death is Nothing at All*，原诗录在下面），很符合我当时的心境。

"死亡根本算不了什么，

我只是溜到了隔壁，

我还是我，你还是你，

我们之间，彼此曾经的关系，

现在依然成立"。

（笔者译自 Henry Scott Holland 诗的第一段）

愿比尔带着他的微笑一路走好！

附录：死亡根本算不了什么

亨利·司各特（荷兰）

Death is Nothing at All

Death is nothing at all.

I have only slipped away to the next room.

I am I and you are you.

Whatever we were to each other.

That, we still are.

Call me by my old familiar name.

Speak to me in the easy way

which you always used.

Put no difference into your tone.

Wear no forced air of solemnity or sorrow.

Laugh as we always laughed

at the little jokes we enjoyed together.

Play, smile, think of me. Pray for me.

Let my name be ever the household word

that it always was.

Let it be spoken without effect.

Without the trace of a shadow on it.

Life means all that it ever meant.

It is the same that it ever was.

There is absolute unbroken continuity.

Why should I be out of mind
because I am out of sight?

I am but waiting for you.
For an interval.
Somewhere. Very near.
Just around the corner.
All is well.
——Henry Scott Holland（1847—1918）

写于二〇一三年一月

2013 年回国简短笔录

当满街都晃动着黄澄澄的枇杷的时候，我又一次回到了成都。

距离上一次回国仅仅一年半的时间，成都又有了好些变化。一下飞机，发现机场的外表很陌生，很现代，原来这是新修的二号航站，供国内班机使用。走出机场大厅时已是半夜，忽见一轮圆月当空，顿时让我欢喜无比，成都的明月，久违了！

当天夜里去了公公婆婆家。第二天一早起来，高龄的婆婆坚持要亲自给我们煮汤圆，蒸土鸡蛋。婆婆的背更弯了，看起来让人心疼。对于他们这个年龄的人来说，生命的质量是一个十分沉重的话题。

早饭后直奔银行。一走到街上，熟悉的声音、景物、气味一下子都出现了。街上的喇叭大声地播放着流行音乐，顿时感到说不出的亲切和舒坦。银行里办事的小伙子长得端端正正的，热情有加。几个办事的年轻姑娘态度也极好。一位顾客走来，很自然地对着一位工作人员小姑娘喊"美女"，再次提醒我这是在成都了，而且是 2013 年的成都。

接下来的日子，我继续零距离地感受成都。成都的高楼更多了，动不动就是 30 多层，密密麻麻的，旧成都的味道越发被淹灭了。除了陌生感，我更多的是担心，这么密集的高楼，大地震来了怎么办？这些建筑物都抗震吗？

成都最大的变化是地铁 1 号线和 2 号线的修通，对此，我是直接受惠者。由于父母住的地方较为偏远，打车极不方便，以往出门总是一件头疼的事。2 号线通了后，地铁就在家附近，可以随意外出了。

回家看见父母，不觉又添加几许郁闷，他们又老了，尤其是父亲，老态龙钟了。母亲最近腿疼，走路不便，背也开始弯了。母亲从来都是把胸膛挺得很直的人，不怎么显老态，现在弯着背，一下子就老了，从侧面看上去，很像晚年的外婆，让我一阵心惊。以前回家，诸事都由母亲安排，不用我操心，这次一切都变了，母亲精力大不如从前，家里又没有保姆，于是我便彻底地代替了母亲的职务，只要不外出，烧饭洗碗我都包干了。每多做一点，我便心安一点，尽管我知道这对他们来说只是杯水车薪。

父亲近年来眼睛患上了白内障，视力很差，念叨了很久，这次回去，我下决心陪他去医院做手术。父亲相信华西医院，我便花了好几天陪他去那里，从排队挂号到住院做手术，没有找任何熟人帮忙，就这么硬碰硬排队就医。华西医院修建得非常现代，再不是以前那个脏乱的样子，但看病的艰难恐怕也是全国少见的。最糟糕的是那里医生的态度，患者真的是受累受气，用两个字来形容就是"伤心"。若要我诉苦，可以写出一大篇文字。当然，听说那里的医生也很苦，病人太多，每天看病看得想哭。欣慰的是手术做得非常成功，我的回国之旅的最大收获也是这件事。

几天前，揣着一颗沉甸甸的心，我回到了旧金山，又恢复了每天晚上与父母的视频活动。当我问及父亲眼睛的近况时，老爹说一切都很好，然后认真地对我说："女儿，谢谢你！"顿时，我的眼眶热了。

写于二〇一三年五月

生日聚会的感悟

很简单的一件事，有些感悟，记录于此。

先生的同事艾德刚满 60 岁，他女儿安排了一个惊喜生日派对为他庆生。孝顺的女儿想得很周到，除了家人和亲戚朋友，也邀请了艾德的同事。收到邀请后，先生询问了一圈，发现其他同事都不去，有的那天有事，有的已经和艾德一起外出用过生日午餐了。为了不想让艾德的女儿太失望，先生就接受了邀请。那个周末本来我有其他的打算，看先生已经同意了去生日聚会，只好放弃另外的活动，想想也算是做好事吧。

聚会是在周六的下午。"生日男孩"艾德是个离了婚的单身父亲，菲律宾人，独自一人养大了四个孩子，三女一男。操办生日聚会的是二女儿，举办地点也是二女儿住家的俱乐部大厅。那天我们到达举办聚会的大厅后，先见到了艾德的二女儿。二女儿长得瘦瘦的，一袭长裙，耳朵上很醒目地挂着一对超大的金属耳环，走起路来两只大耳环前后晃动，显得娉娉婷婷，极有女人味。这女子很是能干，八方应酬得体，举重若轻，还不忘关照我们等他父亲来时都要把头背向窗户，以免他认出这些熟人。看见这么有心的女儿，我真是羡慕。

来参加聚会的人真不少，我数了数，可能有四五十人，菲律宾人居多。除了亲戚，还有不少与艾德有同好的朋友。艾德自己有个乐队，他拉手风琴，这个乐队曾经被邀请去游轮上表演过，想来应该有一定的水准。为了给他庆生，乐队里的其他几位搭档都来了。艾德另外一个新嗜好是划船，参加了划船队，他的队友也来了。

下午 4 点左右，主角来了。艾德对惊喜生日派对毫不知情，只知道他会参加某个孩子的生日聚会，手里捧着给那孩子准备的生日礼物。推开门那一瞬间，几十个人一起大喊："Surprise（惊喜）！"他惊呆了。一阵寒暄后便开始用餐。食物都是各家各户带来的，香气扑鼻，来宾尽可大块吃肉，大盘盛生日蛋糕。大厅的四周挂着艾德的照片，飘着红红绿绿的气球，乐队奏起音乐，煞是热闹。众人举杯捧盏，边吃边欣赏音乐。"生日男孩"也粉墨登场，和乐队其他几位一起亲自为来宾弹唱，整个大厅里欢乐四溢。接下来他的四个孩子都站在台前挨个对父亲讲生日祝福和感谢一类的话，场面温馨感人，听得出来艾德是个极为称职的好父亲，一人独自养大了四个孩子，这成就可不是一般的。

被这快乐包围着，感染着，我坐在角落的沙发上，以局外人之眼细细地观察，脑子里天马行空，没来由地想起了美国作家诺贝尔文学奖获得者约翰·斯坦伯克（John Steinbeck，《愤怒的葡萄》的作者）的小说 Cannery Row。Cannery Row 是个地名，在旧金山南边的 Monterey 附近。这部小说描绘了美国大萧条时期住在那儿的下层人物的生活，以细腻的笔触写出了浓厚的人情。此时看着满屋的人如此快乐，就想起了 Cannery Row 里的小人物们快乐地喝着别人喝剩的酒开 Party 的情形，尽管这完全不是一回事。之所以让我产生这样的联想，不仅因为聚会传递出来的浓厚人情味是相似的，更因为平凡的人享受平凡人生中的欢乐也是相似的。

本来我以为我们到这儿来是为了不让艾德和他女儿失望，算是我们帮他的忙，结果很意外，我们非常享受生日聚会上的气氛，收获满满的反倒是我。这个世界真是一个密不可分的整体，人与人之间，甚至人与空旷的空间之间都有着看不见的联系。当你以为你在付出时，你其实已经得到了很多。付出与收获，矛盾的两个方面，是这么紧紧地互为因果，你给予出去的东西，可以以另外一种形式又奇迹般地回到你身上。悟出这点，是这个惊喜派对给我的最大惊喜。

感谢生活！

写于二〇一三年六月

火山湖公园露营小记（1）美丽清晨

　　这是个难得的悠闲清晨。一大早从散发着松木香味的帐篷里钻出来，简单梳洗后，点上煤气炉，悠闲地煮了些吃的，收拾好一切之后便坐在森林里，喝着刚泡好的绿茶写日记。

　　气温宜人，一点也没有森林里清晨惯有的清冷。我坐在自己带去的帆布椅子上，面对着帐篷，梳理思路，一个字一个字地记录下这次外出的点滴。写着写着眼前一亮，不知何时始，前面出现了条条光柱。阳光从左上方穿过树梢射入，照亮了帐篷后的树林，这些光柱透出隐隐的绿色，亦幻亦真，亦真亦幻。慢慢地这光柱弥漫开来，形成一片迷雾，但细细看去，仍能看见光柱之间的界面，每条光柱在旋转，升腾，让人产生出一种神圣感。如果这光从顶上泼下，这片森林就会变得像神殿一般，我赞叹。

　　什么东西轻落在了我手上？原来是松针。再抬头一看，空中淅淅沥沥地还飘落着不少松针呢，这才注意到营地的土地上铺有厚厚一层松针，怪不得踩上去松松软软的，非常干净，鞋子都没有惹上泥土。

　　远处传来一阵烟火味，有人在清晨烧起了篝火，这熟悉的烟火味让我感到十分亲切，大概是因为远古人类的生活痕迹已经刻入我们基因里的缘故吧。渐渐地林子里传来了人声，几个小女孩披着发跑来跑去，偶尔还听到"砰"的一声关车门的声音，是邻居卷起帐篷开车走了。

　　悠闲的我，思绪如轻烟，有形无形地放飞。想当年儿子还小时，外出露营常和朋友一起，早上往往是最忙的时候。大家一块儿做早餐，炸鸡蛋，煮面条，烧茶水，泡咖啡，手忙脚乱的，还得忙着招呼孩子们。吃完早饭后又急匆匆地收拾物件，安排下一步的活动，哪里会有这样的悠闲。时间怎么溜得这么快，这些像是昨天才发生的事已经成永久的记忆了。

　　孩子长大后常常会有怀旧的时候。孩子小时盼望着他长大，长大后才觉得长得太快，不过，如果真有时光隧道，让我回到从前，还会愿意吗？

我真还没有确切的答案。人生的每个年龄都有它的美好，也有其困扰，只有经历过的人才会有深刻的体会。在 15 岁的花季时，每每想到结婚生子，拖儿带女，柴米油盐，我就觉得那种想起来毫无色彩的生活差不多是人生的尽头了，会很悲催，哪里知道那才是又一份人生的开始，幼稚啊！年轻虽好，但伴随它的有惶惑，有躁动和压力，上了年纪后，生活给予人的平和、旷达以及意志承受力却是年轻时所不曾拥有的。想起晏殊的名句："满目山河空念远，落花风雨更伤春。不如怜取眼前人"，真是有智慧的人才会这样感悟，如果把它改改，意义再延伸一下，便适用于我现在的心境："往事苍茫空念远……不如惜取此时身"，与其空自怀旧，不如好好把握现在。如果每个阶段都能活出自己的精彩，人生也就圆满了。

　　咦，帐篷怎么没来由地摇晃起来了，哈，原来是只可爱的花栗鼠在帐篷上跳来跳去，两个眼珠子滴溜溜的，一见我盯着它看，马上就蹦走了，小家伙是在忙着为冬天储备粮食吧？我的思绪被打断了，这种花栗鼠是当年我在西雅图时常见到的，到了加州后就没有怎么见着了。如今看见它就想起了那部关于会唱歌的花栗鼠的电影 *Alvin and the Chipmunks*。电影里的几只花栗鼠可爱地扭动着身子唱歌的图像浮现在我眼前，我不由得努力地回想那支歌是怎么唱的。接下来的那一整天，因着这个美丽的清晨和那只蹦跳的花栗鼠，我便一直哼哼着花栗鼠们尖着稚嫩的嗓子唱的那首盼望圣诞的歌曲。当然，这无关圣诞，只关心情，因为现在离圣诞节还远着呢。绝句一首为记：

　　　　泼雾晨光斜半空，金针飒洒坠松风。

　　　　轻摇小帐阿谁是？花鼠滴溜忙储冬。

写于二〇一三年九月

火山湖公园露营小记（2）今夜星辰

在火山湖公园露营的第三天，我们在火山湖酒店门前赏湖时，听邻座的游客谈起晚上9点钟有公园组织的集体观星活动，感觉正中下怀，立即决定参加。

晚上近9点，我们赶到了指定的湖边。天已经很暗了，蒙蒙夜色里，湖边聚集着三三两两的人群，我心里立刻涌出一份踏实，对了，应该就是在这儿。一会儿人越来越多，很快湖边就聚集了一大堆人，估计有好几十。9点整，一位女护林员来召集众人，待大家都围上后，她分发了滤色纸和胶纸，让我们把电筒或者帽子上的顶灯用滤色纸蒙上，这样耀眼的白光就会变成红光，以减小灯光对观星的干扰。接着她又分发了9月份北半球的星图，然后领着我们这一群人浩浩荡荡而又静悄悄地穿过公路，来到一片开阔的高山草甸，让大家席地而坐。

夜色如墨，把四周残存的亮光都吞噬掉了，唯有头顶上一片灿烂。一颗颗的星星都亮了起来，炫耀着它们的光芒。我们找了块平坦的石头坐下，看看周围的人，大多数人都直接坐在草地上，不少人索性仰面躺下，360度的视角让满天星斗一览无余。待众人安顿下来，护林员开始侃侃而谈，从远古时期印第安人的生活方式谈起。印第安人在秋天收获一种被称为野生美洲越橘（Huckleberry）的浆果，这种浆果酸甜味美，晒干后可以添加到食物中。每到收获季节，印第安人聚集在一块儿集体采集，也就有机会在星光下聚集，观赏满天星斗。而今，这样的生活方式已消失了。由于强烈的灯光污染，生活在城市里的人连看到星星的机会都不多了。所幸的是在北美的某些地方还留有真正意义上的荒原，远离尘嚣，远离灯光，让现代人能够体验早期人类的生活，火山湖公园就是这样一处灯光污染很小的地方。

接着，护林员打开激光笔形电筒，指点着天上的星星，用诗一般的语言介绍星座。从夏季星空的夏季大三角（Summer Triangle）说起。夏季大三角是由牛郎星（Altair）、织女星（Vega）、天津四（Deneb）这三颗亮星组成的，非常醒目，抬头就能看见。横跨在牛郎织女之间的是银河。在这漆黑的荒夜，银河格外亮，也格外长，弯曲成巨

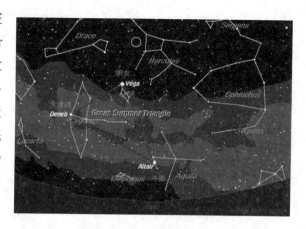

夏季大三角（网络图片）

大的弧线，横跨天际，壮美绚烂。秋分过后，在北半球夏季大三角的位置就会逐渐降低，到了冬夜，会落到地平线下，看不见了。冬季的星空会很不一样，一抬眼就能看见令人敬畏的猎户座。

这位护林员显然是位天文爱好者，讲解时声音充满了激情，虽然在黑夜里看不清她的面容，我似乎能感觉到她的面部在发光。听着听着我有点走神了，回到了小时候外公教我辨认星座的夏夜，牛郎、织女、鹊桥，多么凄美的故事！记得外公告诉我，牛郎星上下各有一颗小星相伴，是他们的一儿一女，而织女星旁边那四颗构成菱形的小星是她织布用的梭子。其实，就在不远的过去，人类都还传承着自古以来的生活方式，享受着灿烂的星夜，夏夜在户外纳凉时，人们一抬头就能看见夏季大三角的几颗星和银河，这才会有牛郎织女那样家喻户晓的故事。想想《诗经》里的那些句子："七月流火，九月授衣"，"绸缪束楚，三星在户"（"三星"即参星，猎户座的星星），就知道早期人类的生活是多么地贴近自然，这么生动的自然之音现代人很难再写出了。

夜，黑茫茫的，神秘而又令人兴奋。护林员还在讲着，继续着她的天文基本知识介绍，手中的激光笔指向更多的星座，大熊座、牧夫座、小熊座、北极星……特别介绍了一万多年后，织女星会成为新的北极星。而在公元前3000多年时，北极星也不是指向正北，指点正北方向的星是天龙座的右枢。宇宙万物没有永恒，永恒只是人类的一厢情愿。

没有注意时间是怎么流走的。活动结束后，我们驱车赶回营地时，看

着前面忽闪的车灯，心里晃动着被星光照耀的明澈，还夹杂着些许兴奋。除了为黑夜观星这个活动本身而兴奋外，更主要的是因为这是个集体活动。夜空下坐着躺着一群素不相识的人，却都怀着共同的兴趣，入迷地仰望星空。不由得自己问自己，既然到野外是为了追求那份宁静、孤寂，为什么这样集体的活动会给我异样的兴奋？

细究起来，我的兴奋是人的需求的反映。人既需要孤独，也需要陪伴。孤独只需要大自然的陪伴，在与大自然的无言交流里寻找人自身的灵性。人与大自然交流产生出灵性的沟通，就是被诗人徐志摩称为人类最值得一听的无声的语言。那些讴歌大自然的诗人要写出经久不衰让全人类都感动的句子，艺术家们能塑造出所有人都欣赏的世界时，要的就是这样的灵性。而人类的另一需要则是有人做伴，这是人的社会性需求。在这广漠星空下的集体仰望，既满足了孤独需求，也或多或少地满足了我们的社会性需求。这样完美的星夜，不知道以后还能不能够复制。

写于二〇一三年十月

陈年旧事：第一次去法国的狼狈

1996 年，我还在学校工作（想起来像是上辈子的事了），法国南部小城有个专业会议，我提交了篇文章，被会议接收，并安排作一个报告。

那是我第一次去欧洲，又是一人独行，因为年轻，居然没有半点畏惧，也没有做太仔细的准备工作，就买了一本旅游书。临行之前，请教了同实验室的一位欧洲人彼德，问他欧洲着装有没有什么讲究，结果被他一阵大笑，搞得我很不好意思。于是只带了一两套开会用的正式裙装，准备作报告时穿，其余就是牛仔体恤之类的便装了。因我不会法语，组里的女同事南希在我临行前匆匆塞给我她的电子翻译器，告诉我实在不行时可以用它把英文翻译成法文，也能救救急。

飞机到达巴黎后，狼狈的事情就开始发生了。我这人从小受我老爹的教诲，坚信鼻子下面就是路，出门总爱问路，不喜自己查地图看路标什么的，下了飞机后看见机场一位工作人员黑哥哥，上去就问行李在哪儿取。黑大哥马上用法语和我对话，一下子就把我打懵了，怎么办，硬着头皮再说一遍英语，黑大哥也不含糊，再回答我一句法语，于是我们俩人面对面，顽强地操着不同的语言"对话"了好一阵，他说的什么我一句也没有听懂，奇妙的是我心里居然就明白了行李在哪儿取了，然后顺利地取到了手。究竟是怎么听明白的，至今不得其解。

后面的故事更狼狈。我临行之前没有订旅馆（现在想来不可思议），而是采用那本旅游书的建议到访问者中心（Visitor center）让那里的工作人员替我安排旅馆。取到行李后，赶到访问者中心，告诉了那里的工作人员我希望的旅馆的价位后（当然是不太贵的旅馆，以节省科研经费），他们替我安排了旅馆，并告诉我旅馆怎么去，还绘了图，写下了名字。然后我就拖着行李步行去旅馆。走着走着，心里感觉不踏实，怕走错，我那爱问路的毛病又犯了，看见路上一位行人就问他那家旅馆怎么走，当然是用英文。那人看了看地址，让我跟着他走，这下我放心了，紧追着这人穿街过巷。走着走着发现怎么越走街越小，很窄的小街上就只有我们两人的脚步声和拖动行李箱的声音。心里不免有些打鼓，想多问几句，看他英文也不怎么顺溜，只好老老实实地跟着走。到了旅馆，他把我引到前台就离开了。我这才四下打量，发现是个非常小的旅馆，前台值班的大妈完全不懂英文，我把旅馆的名字给她看，问她这里是不是我要去的地方，她也听不懂，我们没法交谈。急中生智，我想起了南希的那个电子翻译器，赶紧拿出来，打出英文，再让翻译器译成法文，这才勉强能和大妈交流。原来这里根本不是我要去的旅馆，而是被路上那人带到这家旅馆来了，是出于他的好心还是私心，只有天知道了。事已至此，我也就只好住下来了。

大妈给我安排的房间在楼上，必须乘电梯上去。一进电梯，我的天，从来没有见过这样的电梯，四面都暴露着，没有墙，电梯上的缆绳都能看见，吓死人了。我心里一万个懊恼，怨自己太马虎，怎么到这样的鸡毛店来投宿。在中国咱都不敢住鸡毛店，现在好了，居然跑到法国玩这种游戏。后来的事我不记得了，好歹平安地度过了两日，又终于耗神费力乘火车按时赶到了法国南部的小城去开会。

到了巴黎我当然要去那些有名的景点。按照旅游书的指点，乘公共汽车很方便地一一走访了那些响当当的地方。行走在香榭丽舍大街上时，我突然发现自己的穿着似乎太随便了，那时还是 20 世纪 90 年代，欧洲没有现在这么多的游客，周围的女人都打扮适宜，极为时尚。看我自己，脚下蹬着一双旅游鞋，T恤牛仔，很异类，不好意思啊。于是赶紧钻进路边的商店，想给自己换装。结果很失望，拎起来一看，那些衣服都那么苗条，匆忙之间，找不到我穿的。这下我想起组里一位以色列女同事曾经对我说过的话，"到了巴黎很郁闷，因为那里的女人身材太好了"，再想到出发前彼德笑话我问的着装问题，恨得牙痒痒，当初为什么要听他的，只能怪自己，谁让我向男人打听着装的事啊，这种事本来就只该问女人。后来走到凯旋门时，远远望见一位穿着大头旅游鞋的女人，猜想她可能是美国来的，上前去打了个招呼，果然不出我所料，是从堪萨斯州来的。一瞬间颇有他乡遇故知的感觉，亲切感油然而生，站在那儿和她聊了好一阵。

会议结束后，我乘火车去法国南部的城市图卢兹（Toulouse）看望大学同学。由于不会法语，自然又是一路狼狈。最痛苦的是找厕所，开始我老问别人洗手间（restroom）在哪儿，谁也听不懂，急得我跳脚。后来灵机一动，改口问马桶（toilet）在哪儿，别人才恍然大悟。回到美国后，和组里欧洲来的同事们谈起我找厕所的尴尬，他们都大笑不已，说在欧洲马桶就是马桶，不是什么洗手间。

到了图卢兹大学同窗家，我的狼狈旅程总算结束了。同窗夫妇用热辣辣的四川红油臊子面、自家院子里种的豌豆尖和浪漫的法国红酒为我接风，一洗我一路的疲惫。在他们家又见到了另一位从法国其他城市专门赶来会我的大学同寝室的室友，在温情的叙旧中我们愉快地度过了几天。最后朋友替我买好火车票，把我送上去巴黎的火车卧铺。一觉后第二天一早就到达了巴黎。当我收拾行李时，发现了朋友塞在我小包里的早餐，一股温暖涌上心头。这趟旅行始于狼狈，结束于温馨。

写于二〇一三年十月

假如生活欺骗了你

不久前，看见一篇标题为《假如生活欺骗了你》的博文，心里一热，像是看见了丢失多年的爱物，马上就打开文章，发现这是一部电视剧，而不是普希金的那首同名诗歌。意外之余，有点小小的欣慰，在当今这个快速运转、充斥着快餐文化的社会里，难得还有人保留着这些似乎已经褪色了的文字。

《假如生活欺骗了你》是俄罗斯诗人普希金的作品，一首短短的小诗，想起它便想起了那些敏感而又多彩的岁月。最初读到这首诗时还是少女时代，不记得究竟是从哪儿读到的，肯定不是教科书，极有可能是手抄本。那正是为赋新词强说愁的年龄，心儿常飘忽在玫瑰色天空中那轮圆月上。尽管当时的生活经历极为简单，又没有读书的压力，绝对谈不上被生活欺骗，普希金这首诗表现出来的恬淡的忧郁、优雅的哲理、亲切的口吻却很让我着迷。尤其是最后两句："那过去了的，就会变成亲切的回忆"，一下子就俘获了我对未来的那份懵懵懂懂的心意。

岁月如歌，起起落落，尔后当然有过被生活欺骗了的时候，只是那样的日子毫无诗意可言，也从来没有让我想起过这首诗。现在陡然看见这句话，不免感慨良多。如今很多事情都不在乎了，"被生活欺骗"似乎也离我很远，这当然不是生活中万事如意，而是调整了对生活的期望值，知道"被欺骗"是完整人生的一部分。

正在如此这般感慨时，身边恰好发生了一件似乎相关的事，让我有写这篇小文的冲动，这是关于一株植物的故事……

去年7月初，朋友送给我们一个自种的大菜瓜，朋友说这瓜的名字叫做金丝瓜（Spaghetti Squash）。金丝瓜味道很好，也很特别，烧熟后成丝状，像面条一样，因而得名。切开瓜后，我把瓜瓤瓜籽顺手扔在自家院子里的地上。朋友告诉我她家的瓜就是这样长出来的，我就好奇而仿效了，尽管我心里也并不真正相信瓜可以这样种出来。更重要的是，那时已经是夏季，季节不对了，种瓜就更是一个传说了。

之后我便彻底地忘记了此事。夏天过去了，没有瓜苗长出来，到了秋天，当家家户户门口都摆放着金色的南瓜时，突然看见地上长出了一株小小的瓜秧。那块地硬得像板块，干干的，几乎什么都不长，我们曾经试图在那里种花，最后都死掉了，现在居然长出瓜苗，真是奇迹！那瓜苗小小的，几片叶子在风中摇晃，楚楚可怜，惹得我万分同情。尽管它错过了生长的季节，我不期望它有什么收获，但也不忍心让它死去，便每天给它浇点水。

奇迹还在继续着。某日，这小小的瓜秧居然开出了一朵黄花，惊异之余，更是心疼和欣喜，莫非它是在投桃报李，报答我的浇水之恩？生活欺骗了它，让它生错了季节，它还是努力地活出自己的精彩。已经过了季节居然还开出了生命的花朵，怎不叫人感动？于是我更殷勤地给它浇水。

又过了一周，小小的瓜秧上又开出了几朵黄花，其中有一朵还带着个小瓜。从网上查到带小瓜的花是雌花，其他的都是雄花。想起朋友说她常做人工授粉，便照着网上介绍的方法，剪下两朵雄花给雌花授粉，再满心喜悦地给它上了点肥料。好几天过去了，瓜长大了些，说明我的人工授粉成功了。太让人兴奋了，那块地上可是什么都不长的呢。这几日每天早晚都要去探看这个小瓜，这瓜究竟能不能长大还是未知数，但小小的瓜儿已经给我带来了这么多的乐趣和感悟。生命太顽强了，岂能轻易被生活欺骗，瓜尚如此，更何况人。

写于二〇一四年一月

粉黛血色——小说《甄嬛传》简评

　　终于读完了七本《后宫甄嬛传》，翻过最后一页，缓缓地合上书，眼里仿佛看见在皇宫的金碧辉煌中纷繁地盛开着五颜六色的花儿，凄美而娇艳，地上是一地的血……

　　很多年没有读过中文的长篇小说了，记得还是二十多年前曾经着迷过金庸的武侠。这些年更喜欢阅读纪实类的书籍和人物传记，偶尔阅读的小说都是英文小说。最近无意中看见了这套《后宫甄嬛传》，一下子被吸引住了，一口气把七本全读了，掩卷之余，不胜唏嘘。

　　《后宫甄嬛传》讲的是一位叫做甄嬛的少女入宫以后的故事，可以说是后宫争宠的故事。但实际上，正如作者在后记里所说，这是一部关于情的书。女主人公甄嬛的愿望本来是"愿得一心人，白头不相离"，可惜在皇宫里，这是最难达到的愿望。甄嬛从开始的不愿入宫，不愿侍寝，到后来与皇帝美丽邂逅，一见钟情，再到对皇帝心冷失望，而与皇帝的弟弟玄清相识相恋，情节大起大落，结局令人扼腕。甄嬛最后成功了，她踩着一地的鲜血，爬上了至高无上的皇太后宝座，赢得了全世界，却失去了至爱。

　　这部书关于情的描述最感染人、最成功之处，书里关于皇宫里的情爱描写可以说是淋漓尽致。皇宫繁华似锦，却不能有真情，连皇帝也不例外。故事中每一位追求真情并专情的人的命运都很悲惨。比如皇帝玄凌之于纯元皇后，皇后和华妃对于皇帝，敢爱敢恨的眉庄对于太医温实初，温实初对于甄嬛，甄嬛的同父异母妹妹浣碧和驯兽女叶澜依对六王爷玄清等。最惊心动魄的是甄嬛与六王爷玄清的悲欢离合，绝美而惨烈，是全书最能抓住读者的看点。情爱是一张网，网上悬挂着无数看不见的尖刀，故事里的人都被网得头破血流。

故事当然是虚拟的，虚拟的朝代大周（影射大清），虚拟的人物故事。书里描绘的历史和宫廷生活细节究竟有多少经得住推敲，我很怀疑，但没有关系，这些细节不损伤故事的表现力。小说在情节上设计得很好，高潮迭起，悬念百出，能紧紧抓住读者，极有可读性。我能感觉到小说的情节设计和情感描写有金庸武侠小说的痕迹。这部书后来被改编成电视剧，原作情节的成功必定是重要原因。也正是因为情节的复杂，才会被有些人误读成诲淫诲盗一类的书，因为书中宣扬了后宫争宠。

　　此书写作的特点是典型的女性文字，看得出来作者受《红楼梦》影响颇深，文字、对话口气都有《红楼梦》的影子，场景的华丽更是红楼再现，极尽奢华。作者的古典诗词素养极好，整本书有着浓厚的古典风格，文字华美，描写精湛，诗意千千。作者艺术品位极高，体现在对衣饰的描写，对景物的描述以及对于人物的勾勒，读来十分享受。当然，仔细阅读，还是能发现不少地方运用了现代的网语文字，虽然给这部书增加了亲和力，却也在古典的文字氛围里制造了小小的不和谐。当然这只是我个人的观点，未必正确。

　　这是一部女人写的也主要给女人读的书，无疑塑造了女人心目中的理想男子。男主角玄清几乎注入了中国女人对男人的所有幻想：品性、才气、财富、身世、外貌，"如切如磋，如琢如磨"，"如金如锡，如圭如璧"，最重要的是生死不渝的专情。说实话，这样的男人只会在故事里出现，但无妨，文学可以超尘出世，想象永远是最美妙的。

　　据说这部《后宫甄嬛传》被改编成电视剧后收视率极高。好评之外，也招来不少骂声，说是人心不古，居然皇宫争宠这样的主题都会受到大众的欢迎追捧。但我要说一句，就原作来看，让我着迷的是关于情的描写，争宠是故事的表面，真正感人的内在故事是人对于爱情的追求和对帝王家族真情缺乏的揭示与同情。

　　不足之处，或许是作者历史知识不足，或许是因为本来只是网络连载文字，故事里直接拉用了不少的正史和野史。比如甄嬛出家修行（个人认为是败笔），又比如皇帝的母亲与摄政王有染又害死了摄政王等。虽然《后宫甄嬛传》是虚拟的故事，朝代和故事都可以任意编造，用多了这种广为人知的历史传说会减少作品的新意和精致，使其略显粗糙。此外书中还有不少细节值得商榷，比如在描写胡蕴蓉之死时，书中的中医师用了过敏的概念，要知道中医里并没有过敏一说，这样的处理与古代故事的氛围似乎不太相符。不过，对于一位80后的年轻作者，能写出这样的作品，已经很令人赞叹了。

写于二〇一四年二月

六世达赖仓央嘉措和他的情诗

（读书笔记）

那一夜，我听了一宿梵唱，不为参悟，只为寻你的一丝气息。

那一月，我转过所有经轮，不为超度，只为触摸你的指纹。

那一年，我磕长头拥抱尘埃，不为朝佛，只为贴着了你的温暖。

那一世，我翻遍十万大山，不为修来世，只为路中能与你相遇。

那一瞬，我飞升成仙，不为长生，只为佑你平安喜乐。

不少人都读过上面的诗句，如此至情至性又带着藏传佛教印记的句子，以民歌的手法和强烈的表现力震撼和冲击读者。当第一次读到时，我似乎心都被融化了，当即便记住了作者的名字：仓央嘉措，并知道了他是西藏六世达赖喇嘛。随后，在网络上又读到了不少关于这位接地气的活佛的故事，心目中便有了这位在拉萨的酒店里出入幽会女友的活佛的形象。

之后在网络上又读到了传说中属于仓央嘉措的下面的句子：

你见，或者不见我

我就在那里

不悲不喜

你念，或者不念我

情就在那里

不来不去

你爱，或者不爱我

爱就在那里

不增不减

你跟，或者不跟我

我的手就在你手里

不舍不弃

来我的怀里

或者

让我住进你的心里

默然，相爱

寂静，欢喜

虽然风格和那首《那一夜……》不完全一样，这篇带有禅意的情诗也很耐人寻味。后来才知道，写这诗的是汉人，一位年轻姑娘，与仓央嘉措没有丝毫关系。

如果说这个发现有点让我意外的话，最近新读到的马辉、苗欣宇合著的书《仓央嘉措诗传》（2009 年第一版）无异于雷击。书的第二页就明白地指出那首让我认识活佛的诗《那一夜……》居然也和他没有任何关系，根本不是他写的，而是张信哲的歌曲《信徒》，其作者也是位汉人。既然是这样，为什么人们把这些作品都冠在这位六世达赖的名下？民间流传的六世达赖喇嘛和真正的人物究竟有多少差距？围绕着他的身世又有多少谜团？在这本《仓央嘉措诗传》里作者试图解释这些谜团。

六世达赖喇嘛仓央嘉措出生于 1683 年，清朝康熙年间。他在幼年被选中为五世达赖的转世灵童后，由于政治斗争的需要，总揽西藏政务的第巴据称是遵五世达赖的临终嘱咐让他藏匿了十多年，直到 15 岁才公之于世人，正式坐床。1706 年，仓央嘉措很不幸地成为西藏权力斗争和康熙安定西藏平定噶尔丹的牺牲品，被康熙下令作为"假达赖"押解进京，途中病死在青海。围绕他的死有各种说法，真死还是假死遁逃，众说纷纭，但世人认识他却是因为他的情诗。在他二十多年短短的一生中，以活佛的身份写出不少优美痴情带有强烈藏族民歌风味的情诗，他是独一无二的。

《仓央嘉措诗传》一书的内容可以看做由两部分构成。一部分涵盖仓央嘉措的诗歌，包括对几种译本的讨论以及书作者新译的仓央嘉措的诗。另一部分则是介绍活佛的生平，是传记，其中包括对他病逝真假的考证。在生平介绍里，作者作了大量的史料分析，着重于解析仓央嘉措究竟是不是人们心目中的那位浪荡诗人。力图从他的诗作和有限的史实资料还原仓央嘉措的真实形象，让他回归于政治人物、宗教领袖，回到他的活佛身份，而不是浪子。然后在这个基调上，再来重新翻译他的"情诗"。

对于仓央嘉措的浪子传说，以及他是否真有情人，这本书的作者持的是否定态度。当然是根据他的身份和政治背景来分析的，是否合理，像我们这种一般读者很难确定，因为毕竟不是研究历史的人。仓央嘉措的正史记录非常少，之所以被认定为浪子活佛，除了民间传说外，主要基于几个史实，包括五世班禅对于他不愿受比丘戒的记录及蒙古拉藏汗向清政府禀报的仓央嘉措"耽于酒色，不守清规"的指控。作者从很多方面分析了当时的情况。比如他很小就被选为转世灵童，藏匿起来受教，后来又在严密的监管下，不可能有情人，等等。甚至从仓央嘉措可能的政治抱负上猜测他不愿意受戒的心理。对于这些分析，个人觉得作者猜测的成分甚多，在没有其他可以佐证材料的情况下，很难彻底定性。尤其让我困惑的是为什么仓央嘉措不愿意受戒，仅仅是如作者所分析的他是觉得受戒修行不能达到政治目的？很难让人信服。我从这个拒绝受戒的行为里读到的是仓央嘉措的反叛，因而能够理解为什么民间会把他看做浪子活佛。当然，书中的分析开拓了思路，可以让人们从另外的角度来认识这位史料记载很少的历史人物。

这本书真正值得我欣赏的是关于活佛的诗歌翻译的研讨。作者指出了两个值得注意的事实。一是汉藏文化差异使人对诗歌的解读不同。藏族诗歌里关于女性一类的比喻可以是以歌颂赞美为基调的，并非一定是写情欲。第二点是翻译本身产生的问题。仓央嘉措诗歌最早的翻译者于道泉先生是位学养很深的学者，是著名的藏学家、语言学家。他是从藏文直接翻译的，译文虽然缺乏文采，却是最忠实于原作意思和风格的，因而最可信。后来的翻译者大都以于道泉的翻译本为蓝本，在主观认定仓央嘉措的浪子身份的基础上进一步翻译和发挥，也就离原意越来越远了，译文也越来越艳，更像情诗。如果还原到最初的译本，再考虑仓央嘉措的活佛身份和当时他的政治处境，不少情诗或许都可以解为政治诗，或者学佛修行的体会诗。众多译本里流传最广、对后世影响最大而又文采斐然的是曾缄的译本。曾缄毕业于北京大学，是国学大师黄侃先生的弟子，在古体诗词上有极高的造诣，但由于他并不是从藏语直接翻译的，而是从于本再次翻译，以古诗词的方式表现出来，在追求意境和艺术完美的同时难免有曲笔现象。作者列举了一个非常有意思的例子，就是曾缄翻译的那首广为人知的诗：

> 心头影事幻重重，化作佳人绝代容。
>
> 恰似东山山上月，轻轻走出最高峰。

曾缄翻译的诗是根据于道泉的译文改译成七言诗的，诗中的那个"佳人"在于道泉的原本里是"未生娘"，于道泉当时拿不准这个"未生娘"究竟要怎样翻译才准确，在译文后面加上了注释。下面是于道泉的译文：

> 从东边的山尖上，
>
> 白亮的月儿出来了。
>
> "未生娘"*的脸儿，
>
> 在心中已渐渐地显现。

注："未生娘"系直译藏文之 ma－skyes－a－ma 一词，为"少女"之意。

这里"未生娘"是诗眼。作者马辉和苗欣宇根据他们对藏文的理解，认为这个"未生娘"也可以译为"不是亲生的那个母亲"。这样就不是少女或者佳人的意思了，可以指栽培他的人，也可以指佛，就变成了政治诗歌或者修佛的诗。后来的翻译者又比曾缄更进了一步，用词更加大胆，干脆用红颜，越发偏离了"未生娘"的意思。类似的例子还有一些。第二次的翻译让诗作偏离了原意。比如曾缄译本下面这首也是很著名的：

> 曾虑多情损梵行，入山又恐别倾城。
>
> 世间安得双全法，不负如来不负卿。

而于道泉原文是这样的："若要随彼女的心意，今生与佛法的缘分断绝了。若要往空寂的山岭去云游，就把彼女的心愿违背了。"显然曾缄译本的头两句就已经包含了这首诗的意思了，后面两句"世间安得双全法，不负如来不负卿"则完全是曾缄的发挥，虽然是非常精妙的发挥，毕竟没有完全忠实于原作。

《仓央嘉措诗传》里作者刊登了他们重译的仓央嘉措诗歌。他们的版本跟曾缄的译本相差比较大，几乎更像修行的禅诗，而非情诗。很多人很失望，因为彻底破坏了人们心中那位多情活佛的形象，语言也比较干巴，但我个人非常喜欢，我认为是成功的。这个译本的效果非常不一般，写得非常现代，意象很特别，若真是活佛的原意，那么仓央嘉措用民歌的手法写出现代诗，是顶尖高手。

这本书的一个缺点是整体布局欠佳，略显啰唆，内容安排上有反复叙述之感。个人认为书的作者想完全为仓央嘉措正名，不能说是特别成功，因为历史分析不是特别能说服人，真实的历史或许永远也不会有人知道。不过从另外一方面来看，正因为作者坚信活佛不是传说中的浪子，才能够从完全不同的视角来欣赏和诠释仓央嘉措的情诗。把这个情扩大到不仅仅止于男女，也就翻译出了别样的情诗。让我感觉非常有意思的是仓央嘉措的身世之谜增加了他的诗歌的魅力。他的诗有那么多的译本，这些译本带来的美感，无论是作为情诗还是禅诗、政治诗，都非常有价值。译者从原作得到了灵感，即使翻译有偏离了原意的问题，也是再创作，是另一种价值。

　　下面这段马辉和苗欣宇新译的仓央嘉措诗，个人非常喜欢，以此作为本文的结尾：

<blockquote>
好多年了
你一直在我的伤口中幽居
我放下过天地，
却从未放下过你
我生命中的千山万水
任你一一告别
世间事
除了生死
哪一件不是闲事……
</blockquote>

写于二〇一四年三月

电影《林肯》背后的完整故事

2012 年的电影《林肯》（*Lincoln*）我看了两遍，不是别的原因，里面的人物太多，第一遍看下来没有完全弄明白。看了第二遍后觉得那段历史挺有意思的，便找了原著来读。原著是传记作家 Doris Kearns Goodwin 女士 2005 年出版的林肯传——《对手团队：政治天才林肯》（*Team of Rivals, The Political Genius of Abraham Lincoln*）。

知道这是一部政治内容很重的书籍，刚开始时我不确定是否能读下去，没想到一读就被吸引了，真是好书！读到最后才发现原来最初想知道的电影《林肯》里讲述的故事在这本书里只占很少一点篇幅，也不是这本书最出彩的内容，喜爱之余，不免有点小小的失望。

迄今为止，林肯的传记有一万五千本（不是玩笑，是真的）。在这么多传记之后，这本书的作者还能提供新的史料，写出新意吗？答案是肯定的。与众多传记不同的是，这本书不是像传统传记那样围绕一个主角，从生到死，而是从四个人开始，这本传记实际上是多个人的传记。

作者以精湛的文笔、翔实的史料、独特的视角描述了美国历史上一段非常时期——南北战争时期（1861 年到 1865 年），一个伟大的政治家林肯，一个特别的内阁。就像取了一个厚厚的断面，重笔刻画了断面里的几位人物。在总统大选前，四人的传记平行介绍，林肯当选后，才以林肯为主线，按照时间顺序讲述，其间仍然穿插着各位人物的故事，一直到林肯被刺。

故事的开始是在 1860 年 5 月 18 日，共和党提名总统候选人的大幕拉开了，四位竞选者都在等待着芝加哥共和党全国会议的消息。最有希望获胜的是纽约州两任州长，12 年的参议员威廉·舒尔德（William M Seward）。舒尔德是位才能超凡的政治家，那天他在他的老家纽约奥本（Auburn）等待选举结果，和他一起等待的还有数千名忠诚的支持者。他们把祝贺他题名成功的大炮都准备好了，只等结果出来就鸣炮致敬。其他几位候选人包括俄亥俄州州长赛门·切斯（Salmon P Chase）、密苏里州的德高望重的议员艾德华·贝茨（Edward Bates）、伊利诺伊州的亚伯拉罕·林肯（Abraham Lincoln）。赛门·切斯和艾德华·贝茨在大选那天也是踌躇满志地在自己的老家等待胜利的消息。唯有伊利诺伊州的林肯是在忐忑不安中在 Springfiled 城里等待着，作好了面对各种结果的心理准备，特别是失败。

了解美国历史的人都应该知道那天选举结局是什么，可是作为读者，仍然不由自主地跟着作者的叙述而担心。这四位候选人都是学法律的，都是当时的演说家、政治家，都反对奴隶制扩散。这四人中从资历、知名度、受教育程度、家庭成长环境、领袖风度等方面来看林肯是排在最后的。在这次大选之前，林肯只任过一届国会职务，是个知名度很低的律师。曾经连续两次参选参议员，可惜都失败了。

在花费了大量篇幅铺垫，吊足了读者的胃口后，作者才揭开了选举结果。几乎是戏剧性的，林肯黑马一匹，击败三位对手，获得胜利。林肯的三位对手都很吃惊，很愤怒，他们都认为选举什么地方出了错，选出了一位不够格的人，输掉的候选人才是更有资格的人。接下来的总统竞选，林肯又胜出，他的这几位对手还是认为他不够格。

林肯意料之外地胜出，是历史开了玩笑，搞错了？不是，当然不是。今天回头来看，就像一个穿越到了未来的人来告诉当时的人未来究竟发生了什么，一切都很清楚，林肯胜出不是偶然的。作者用非常有趣的笔调介绍了每个候选人，他们的性格特征、处理竞选的方式，等你读完后就会明白为什么林肯会获胜。林肯胜出是因为他具有非凡的政治才能和超强的判断能力。

当上总统后，林肯作了个大胆的决定，任用他的竞选对手来组阁。他的理由很简单，也很无私，那就是这些竞选对手都是国家最优秀的人才，应该任用他们。舒尔德（Seward）当上了国务卿，切斯（Chase）是财政部长，贝茨（Bates）是司法部长。另外几位民主党的人也被任命。林肯后来任命的战争部长埃德温·斯坦顿（Edwin M. Stanton）曾经还非常瞧不起林肯。这些内阁成员都比林肯有更多的从政经历，受过更好的教育，他们的存在从某种意义上来说有可能严重威胁这位来自伊利诺伊州的小律师林肯总统。林肯敢于这样组阁，他的超强自信心是史无前例的。据说林肯的这种组阁方式后来被他的粉丝奥巴马总统所效法，任用竞选对手希拉里·克林顿做国务卿。

虽然接受了任命入阁，这些内阁成员最初并没有把林肯放在眼里，可是，一切很快就明朗了，林肯是这个团队当之无愧的领袖。

舒尔德是第一个欣赏林肯超凡才能的人，以后他便成了林肯的密友和参谋。舒尔德是美国历史上非常有名的人，两任国务卿，他的广为人知的最大手笔的杰作就是用超低的价钱（每平方公里4.74美元）从俄国人手里购买了阿拉斯加。内阁的其他成员如贝茨，开始以为林肯能力不够，最终也承认林肯是位无人能与之比肩的总统，差不多是位完美的人。甚至切斯这位始终不放弃总统野心的人，最后也承认林肯超过了他。

林肯的政治天才是通过他超凡的个人品质表现出来的。他能与反对他的人建立友谊，修补伤害的感情，为下属的失误承担责任，坦然分享成功的功劳，有着无可比拟的凝聚力。他带领着这个由他的对手组成的团队在美国的危难之际坚强地领导全国获得了南北战争的胜利，保持了美国国土完整，把美国从万恶的奴隶制中解放了出来。

此书的一个特点是内容来自于大量的第一手史料。包括舒尔德的5000封信件、800页的个人日记，以及他女儿15岁到21岁逝世前两周的所有日记，切斯40年的日记和千封私人信件以及他女儿凯特（Kate）的日记和与她丈夫来往信件，贝茨未发表的日记和信件，战争部长斯坦顿与家人的动情信件，等等。从这些信件里可以看到一个活生生的林肯，那个待在舒尔德家里的壁炉旁，伸着长腿，谈论除了战争之外的任何话题的人，那个具有感染性的幽默和好奇心的林肯。在朋友的镜子里，林肯活转了过来，被还原成一个真实的人。

这本书讲述的是男人之间的故事，而不是男人与女人之间的故事。故事主要发生在华盛顿，很多内容是关于战争的，读者可能会以男性居多（虽然是女性作家的作品）。书里也有少量关于女性的描述，其中描述得最多的就是林肯夫人玛丽和切斯美丽的女儿凯特。作者对于玛丽·林肯是同情的，这在林肯的传记作家里不常见到，大多数作者对玛丽·林肯的描写都比较负面。

作者具有高超的细节描绘能力，本来很枯燥的政治故事，在她的笔下全都变得生动了起来。除了描绘一个活生生的林肯，对其他内阁成员的性格描写也非常生动有趣，比如切斯的终身总统梦，贝茨是怎样的一个爱家的好男人，栩栩如生，读者随着作者进入了 19 世纪，美国南北战争那个时代。读到最后林肯被刺他的朋友们的反应，我也跟着流泪了。林肯被刺给战争部长斯坦顿带来的伤痛比任何人都重，斯坦顿在林肯心脏停止跳动时（1865 年 4 月 15 日早晨 7 点 22 分）说了一句后人永远铭记的话："现在他属于时代（Now he belongs to the ages）。"一个能被对手和朋友如此爱戴的人，有着一颗伟大而慈爱的心，他的离去不但使他同时代的人伤心，也让我们隔着时空为他流泪。

书的作者 Doris Kearns Goodwin 是普利策奖获得者，写过几部美国总统的传记，包括肯尼迪传和罗斯福传。她最新的作品是《西奥多·罗斯福传记》。这部林肯传在电影《林肯》问世后被翻译成了中文，究竟翻译得怎么样我不清楚。建议能够读英文又对美国历史感兴趣的朋友们读原著。

写于二〇一四年六月

译者按：此文是对《对手团队》一书（见电影《林肯》背后的完整故事）介绍的补充。在《对手团队》的结尾，作者 Doris Kearns Goodwin 提到了文坛巨擘托尔斯泰对林肯的评价，并转述了托尔斯泰在一个遥远山村的奇特经历。故事带有强烈的传奇色彩和深刻的哲思，令人动容。托尔斯泰所描绘的那些"野蛮人"的淳朴尤其让人难忘。托尔斯泰本人对林肯的评价以及他将林肯与其他伟人比较后的评语也很令人刮目。至于托尔斯泰眼中的林肯究竟是他充分研究了林肯之后的公允结论，还是他脑子里理想化了的林肯，就不是能简单回答的了。译者只是出于对这篇文章的喜爱，就顺手翻译了出来。

这篇文章最早于 1909 年 2 月 7 日登载在当时纽约的报纸 *New York World* 上。

猫咪，我们回来了

"Vanilla，猫咪……"，我们急切地呼唤着。刚旅行回来，推开门，放下箱子背包，第一件事就是寻找猫咪。

猫咪没有像我们预料地那样跑到门口来迎接我们，它不知躲哪儿去了，四下都没有影儿，我们有点急了。

我家的猫咪 Vanilla

"喵，喵"，突然听见了猫咪的声音，好像是从沙发那里发出来的。我们三人都同时弯下腰，探头去看沙发下面，什么也没有，这下更让人着急了，该不会被什么东西压着了吧。

"喵，喵"，声音又响起来了，循声找去，猫咪原来高高地坐在书架的顶上，似乎本来在睡觉，一下子发现我们回来了。

儿子伸手把它抱了下来，猫咪一脸委屈，叫个不停。

这次是走得太久了，离家两个多星期。走之前一直就很纠结，猫咪怎么办？几个月前在计划这趟旅游时就为猫咪怎么办而头疼。曾经考虑过送到动物旅馆，仔细研究后，万万不行。动物旅馆会把动物关进笼子里。狗还好点，每天有放风时间，多交钱可以增加狗活动的时间。猫就不行了，只能关在笼子里，这么长的时间，简直不可想象！想来想去，最好的办法是雇人每天来家里给猫喂食，清理粪便，更换沙子。

同事的儿子丹在念高中，是个动物爱好者，家里也养有狗和猫，他很乐意地接下了这份工作。于是我们就放心地外出度假。度假期间，儿子时不时地向丹询问猫咪的情况，知道猫咪一切均好。只是猫咪胆小，戒心重，总是躲着丹，离他远远的，直到最后一天才让丹摸了一下，然后又迅速跑开了。

"喵，喵"，猫咪还在叫，变换着声调，一声短，一声长，从来没有听过它这样叫过，尤其是那长声，拖很久，听得我心里发紧。儿子说它这是太兴奋了，这么久没有见到我们，大概以为再也见不着了，没想到我们突然又出现，怎不让它欣喜若狂。当然，这只是我们的猜想，究竟它的叫声是什么意思，只有天知地知它自知，或许是在责怪我们，怎么把它单独留在家里。

"喵，喵"，连续叫了好一阵后，猫咪的声音不对了，高频消失，声音变得低低的，带着沙哑。猫咪居然把嗓子都叫哑了，我们都心疼死了，真对不住它啊！无论是植物还是动物，都是生命，我们养了它们就有责任，也多了份牵挂，像我们这种爱出行的人，不应该养宠物……虽然猫咪是儿子的。

晚上儿子因为路途劳累早早睡了，猫咪就趴在他身上睡，哪儿也不去。第二天，猫咪的嗓音总算恢复了，但它寸步不离儿子，似乎怕他又忽然消失，这是从来没有过的。猫咪向来不是特别喜欢被人抱着，这下也变了，任由儿子长时间地抱它。看着猫咪舒舒服服地享受我们对它的爱抚，我心里不断说："猫咪，我们回来了！"

写于二○一四年七月

托尔斯泰视林肯为世界上最伟大的英雄

Count S. Stakelberg

曾经在列夫·托尔斯泰的家乡 Yasnaya Polyana 访问过托尔斯泰，想请他写一篇关于林肯的文章。很不幸，他当时身体欠佳，不能满足我的请求，但他愿意对我评价这位伟大的美国政治家。下面就是他告诉我的：

纵观历史上所有伟大的国家民族英雄和政治家，林肯是唯一的巨人。亚历山大、凯撒、腓特烈、拿破仑、格莱斯顿，甚至华盛顿在人格的伟大、情感深度和某些道德力量方面都远远落在林肯后面。林肯是可以让国家骄傲的人，他是一个微型的基督、人性的圣人，他的名字会在几千年后如传说般地活在后代。我们现在在时间上依然距离他的伟大很近，很难赏识他神性的力量，但几百年之后，我们的子孙会发现他比我们现在认为的还要伟大。现在他的天才之光仍然太强，能量太高，超出了常人的理解，正如太阳直射我们时它的光太热。

如果有人想知道林肯的伟大，请听听在地球上其他地方人们是如何传颂他的故事吧。我去过偏远地方，那里的人听见美国这个名字就像听见天堂和地狱那么神秘，我听见过不同的野蛮部落讨论新世界，但这都仅仅是在涉及林肯的名字时。林肯作为美国的精彩英雄在亚洲最原始的部落里被广为人知。下面的故事可以说明这一点：

我在高加索旅行时，碰巧做了切尔克斯族（Circassians）的高加索酋长的客人。酋长生活在山里，远离现代文明，对世界和历史只有支离破碎和孩童似的理解。文明从来没有染指过他和他的部落。所有在他生活的山谷之外的世界对他来说都是没有光亮的迷。作为一个穆斯林男人，他很自然地反对一切进步与教育。

我受到了常见的东方式的盛情款待。餐后主人要我讲讲自己的生活，遵从主人的请求，我介绍了我的职业、我们的工业发展和学校的发明，酋长心不在焉地听着，但当我开始讲述世界上伟大的政治家和伟大的将军时，他一下子就表现出了很大兴趣。

"等一等"，在我讲了几分钟后，酋长打断了我，"我想让我所有的邻居和我的儿子们都来听你讲，我马上去叫他们。"

一会儿，他就和一些粗野的车手们回来了，很礼貌地请我继续讲下去。当那些荒野的儿子坐在我身边的地板上，注视着我，好像渴望知识时，真是一个庄严的时刻。我开始讲述我们的沙皇和他们的胜利，然后是外国统治者和一些最伟大的军事领袖。我的谈话似乎给他们留下了深刻的印象。拿破仑的故事对他们来说太有趣了，我必须要很仔细地讲出每个细节，比如他的手看起来像什么样子，个子有多高，谁给他造长枪和手枪，他的马又是什么颜色的，答案要让他们满意，要符合他们的心意非常难，我只能尽力而为。当我宣布我的讲演结束时，我的主人，一位有着花白胡子、高个的车手，站了起来，举起手，非常严肃地说：

"有一个世界上最伟大的将军，最伟大的统治者，你一个字也没有告诉我们他的事。我们想知道他的故事，他是一位英雄。他用雷霆一样的声音讲话，他的笑容如日东升，他的行为坚毅如岩石，甜如玫瑰的芬芳。天使对他的母亲显现，预言她怀孕的孩子将会是从来没有过的巨星。他是如此伟大，他甚至原谅了他的最大敌人的罪行，并与要谋害他性命的人像兄弟般握手。他，就是林肯。他服务的国家叫美利坚，距离这里很远，如果一个年轻人要走到那儿去，要花很多时间，直到他变成老人。请告诉我们林肯的故事吧。"

"请你告诉我们吧，我们会送给你最好的马。"其他人叫道。

我看着他们，他们的脸上都放着光，眼睛在燃烧。我看见这些粗鲁的野蛮人是真对林肯这样一位声名和行为都已经成为传奇的人感兴趣，便向他们讲述了林肯和他的智慧、他的家庭生活、青年时代。他们问我十个问题，我只能答上一个。他们想知道林肯所有的习惯、他对人们的影响、他的体格力量。最让他们吃惊的是林肯骑马的形象不够帅，还过着简单生活。

"告诉我们他为什么会被谋杀？"他们中的一位说道。

我只好告诉他们一切。在我讲完了我所知道的关于林肯的所有故事后，他们似乎才满意了。我很难忘记他们表示感谢并索要一张林肯照片时所表现出来的极大热情。我告诉他们说我附近城市的朋友那里可能有一张林肯的照片，这让他们十分欣喜。

第二天早晨，我离开酋长时，得到了一匹非常好的阿拉伯马，作为对我讲精彩故事的谢礼。我们的分别给人以深刻印象。一位骑手愿意跟我去城里取那幅我答应了他们的林肯画像，现在我必须以任何代价拿到它。到了朋友那里，我拿到了一张很大的林肯照片，交给他，并问候他的同伴。有趣的是当他接过我的礼物时，面色沉重，手在颤抖。他默默地凝视着照片好几分钟，像一个虔诚的祷告者；他的眼睛充满了泪水，他被深深地感动了。于是我问他为什么变得如此伤心。思考片刻后他回答我的问题："我为他不得不死在一个恶人的手里而难过。你不觉得，从他的照片来判断，他的眼睛都充满了泪水，他的嘴唇带着一种秘密的悲哀而显得很伤心吗？"

像所有的东方人那样，他用诗意的方式说话，临别前对我多次深鞠躬。这一小插曲证明了林肯的名字有多大的程度在整个世界被人们所崇拜，他的人格又已成为怎样的传奇。

上图是 1865 年 2 月 5 日 Alexander Gardner 为林肯拍摄的肖像（没有人知道当时托尔斯泰送给部落人的是哪幅林肯像，有人认为可能是这幅 [笔者注]）

如今，为什么林肯如此伟大，以致于所有其他国家的英雄都相形见绌？其实他真的不是一个像拿破仑或华盛顿那样伟大的将军；他也不是个像格莱斯顿或腓特烈大帝那样干练的政治家；他至高无上的地位是以他所特有的道德力量和性格的伟大而整体表现出来的。他经过许多艰难困苦和历练，认识到人类最伟大的成就是爱。他是音乐中的贝多芬、诗歌里的但丁、绘画中的拉斐尔、生命哲学中的基督。他立志要成为神——他确实也是。

很自然，在他达到目的之前他必须要经历错误。但无论如何，我们发现他始终忠实于主要动机，那就是让人类受益。他是一位想要通过他的渺小而成为伟大的人。如果他未能成为总统，毫无疑问，他会和现在一样伟大，但只有上帝能欣赏它。世界上事情的判断往往在开始的时候是错的，需要几个世纪来纠正，但在林肯的事情上，这世界从一开始就是正确的。或早或晚林肯会被看做是伟大的人，哪怕他从来没有当过美国总统。但这需要一代伟人把他放在属于他的位置。

林肯过早死于刺客之手，很自然，我们从正义观点谴责罪犯。但问题是他的死亡是否是神性智慧预先安排的？他在那个特殊时候，以那样的方式死亡，对这个国家、对他个人的伟大是不是更好？我们对神性的定律，就是那个我们称之为命运的东西知之甚少，无人能解。基督预感到他的死亡，有迹象表明林肯也有奇怪的梦预感到悲剧的发生，如果这真的是事实，我们是不是就可以幻想人类能防止世界范围的结果或神圣的意志吗？我怀疑。我也怀疑林肯还能做出更多来证明他已经做到的伟大。我相信我们只是一种未知力量手中的工具，必须遵令而行。根据我们的道德品质，我们有某些明显的独立性，可能有利于我们的同伴，但在所有永恒和宇宙的问题上，我们是盲目地跟随神性力量走向预定的目的地。根据那永恒的法律，最伟大的国民英雄不得不死，但不朽的荣耀仍然照耀着他的事迹。

然而，最高的英雄主义是基于人性、真理、正义和怜悯的；所有其他形式都注定会被遗忘。亚里士多德或康德的伟大相比于佛陀、摩西和基督的伟大是微不足道的。拿破仑、凯撒或华盛顿的伟大和林肯的伟大相比只是月光与太阳。林肯的榜样是全世界的，会延续几千年。华盛顿是个典型的美国人，拿破仑是个典型的法国人，而林肯是宽泛到全世界的人道主义者。林肯比他的国家大，比所有的总统加起来还大。这是为什么呢？因为他像爱自己一样爱他的敌人，因为他是完全的个人主义者，想要看到自己在世界中——不是世界在自己中。他的伟大通过简单而展现，他的高贵通过慈善而凸显。

林肯是那些为自由和信念、为真理和正义奋斗的人的强烈典范。爱是他生活的基础，是让他不朽的、成为巨人的特质。我希望他百岁寿辰的日子会在各国产生正义的脉冲。林肯活着是英雄，死了也是英雄，并作为伟大的人物他将与世长存。愿他的生命永远保佑人类。

译于二〇一四年八月

旧石器饮食

最近读到了一篇介绍旧石器饮食（Paleolithic diet）和健康关系的文章，觉得很特别，就多花了点时间看了些相关文章和书籍，才知道旧石器饮食是近年来宣传得很火的健身膳食，其基本主张就是现代人类的食物应该尽量接近旧石器时期（Paleolithic era）人类的食物，食用天然的植物和动物。

这个理论最早是 1975 年由 Walter Voegtlin 提出的，此后又陆续有好些人发表了这方面的文章，不过，由于其他减肥健身饮食的宣传比这个方法的风头更健，比如那个广为人知的阿特金斯饮食法（Atkins diet，鼓吹吃肉减肥的），知道旧石器饮食的人并不多，直到科罗拉多州立大学（Colorado State University）的教授 Loren Cordain 在 2010 年出版了他的流行书籍后这个方法才逐渐为人所知。2013 年，"旧石器饮食"这个词是 Google 上检索得最多的减肥法。当我了解到这个方法时，最让我吃惊的是一反固定的概念，旧石器饮食不但像阿特金斯减肥法那样主张吃肉，食用低碳水化合物食物，还很极端地主张不要吃任何谷物，不要吃豆类和奶，理由嘛，只有一个，这些食物都是旧石器时期没有的。

简单介绍一下：

旧石器时期持续了大约 250 万年，它的结束期距离现在大概是一万年。旧石器时代的人类都是靠狩猎采集过活（hunter – gathers），所以食物来源主要是动物和植物的根，果实，叶片等，没有奶和谷物。有研究表明旧石器时代的人食物的三分之二都是从动物身上来的，包括鱼、海蜇等。那时候的人食用了很多蛋白质，而碳水化合物的摄入量较低，主要从植物果实和野菜得来。

大约在一万到一万五千年前，由于很多大型动物在欧洲、亚洲和北美的绝迹，还有一些容易猎获的动物被捕杀尽了，靠狩猎采集过活的人类必须改变饮食习惯。这就促使了农业的产生和家养动物的开始。农业产生后，麦、稻和其他谷物才成为人类的主要食物，碳水化合物便成为早期人类的常规性食物。

农业让食物有了保证，是一个大转变，考古学家们想知道这个转变究竟是不是有益于人类健康。在这之前，狩猎采集者带回家的食物品种多样，而农业生产让人的食物趋于单一化，品种没有那么多了，营养上就没有那么多的变化，也会造成一些新的问题，例如吃同样食物会引起蛀牙和牙周炎，这个毛病在狩猎采集者身上很难见到。再者人类开始驯养动物和饮用奶后，引入了寄生虫和其他传染病。

主张旧石器饮食的人认为，一万年来，尽管人类的生活方式已经发生了天大的变化，但人的基因却没有变，几乎完全和旧石器时期人的基因一样。旧石器时期延续了 250 万年，从它结束到现在却只有一万年，一万年的时间很短，大概只延续了 300 多代人，在这么短的时间内人的基因不足以通过自然选择的方式改变，以适应农耕产生的食物。换句话说，现代人的基因还是最适应旧石器时期人的食物，就是那些野生的、通过打猎和采集能够得到的食物。农耕产品尚且不行，那些用现代技术加工后的食物就更不适应了，比如糖、精炼油等等。这个就是旧石器饮食的理论核心。

鼓吹这个观点的最主要的学者 Loren Cordian 写了好几部书，他强烈地认为旧石器食物是最健康的食物。人类远祖以打猎为生，人类应该和猫一样是肉食性动物。Cordain 在他的书中列举了一些实验数据和自己的亲身经历，说明旧石器饮食对人体健康的好处。

据介绍，现在世界上还有极少数像旧石器时期的人类那样生活的狩猎采集者，通过对这些人的研究发现他们没有现代人的疾病，如高血压、冠心病和心脏疾病等。Cordain 发现大概这些人中 73% 的人摄入的卡路里有一半来自于肉食，所以他的减肥食物处方是吃瘦肉和鱼，不要喝奶，不要吃豆子和谷物，因为这些食物都是人类有了农业后才有的。Cordain 声称如果我们只食用我们祖先食用的食物，可以避免很多现代疾病——肥胖、高血压、糖尿病、冠心病和心脏疾病。

下面的单子就是应该吃的和不应该吃的食物。

应该吃的食物（我们的基因设计了的）：

蛋、肉、昆虫、海产品；可以生食的食物块根、果实、果仁、种子、野菜、香料、蔬菜、蜂蜜、枫糖、天然的糖。

不应该吃的（基因没有设计的）：

谷物、花生、豆类、豆腐、面粉、豆浆；不能生食的食物块根比如土豆、芋头、萝卜、红薯、精炼糖和油；含酵母的食物、果汁、苏打、咖啡、酒、奶制品、加工过的肉食。

对这个理论当然也有反对意见。研究者首先注意到的是虽然狩猎采集者的主要食物是从动物身上来的，他们最想吃的是肉，但事实上他们能够吃到的食物并不完全是肉食和脊髓之类，因为很多时候并没有猎获到动物，只有很少一点肉吃。考古学家们从对一个现在尚存的非洲狩猎采集族的研究发现他们用弓箭狩猎时，有一半的时间都没有搞到肉，可想而知，我们的祖先连弓箭都没有，打猎就更困难了，怎么可能有那么多的肉吃？在没有肉的日子里，女人和孩子们采集得到的植物便是主食。当然在极地生活的人情况不同，他们主要是靠肉食，摄入的热量99%都来自于海生动物如海豹、鱼等等。

一般认为肉食对人类进化发展作用最大，但有考古学者指出这是一个误区。从某些化石的牙齿上和石头工具的考古发现人类食用谷物至少有十万年之久，这么长的时间足以让我们的基因适应谷物。另外有学者指出农业产生后，人类还在进化，因而能够适应农业化后的食物。一个例子是奶中的乳糖，需要一种叫做乳糖酶的蛋白来消化，而人类在断奶后身体内乳糖酶的生产就会大大减少，一般不能再消化奶。然而，自从一万年前人类开始饲养动物后，欧洲、中东、非洲的养牛羊的人群产生了乳糖酶来消化牛奶，而以农耕为生的亚洲人，比如中国人和泰国人却不能消化奶，很多人都有乳糖不耐受症（lactose intolerant），很明显这是生活方式引起的基因变化。

不少研究旧石器时代的考古学家们指出，尽管提倡旧石器时代食物让我们远离加工后的食品，但鼓吹过分肉食却有失偏颇。一是因为现在的肉食不能反映旧石器时期人类所服用的肉食的多样性。二是因为现在的人也没有旧石器时期的人那么大的活动量让他们不会有心血管疾病。还有，即便都是旧石器时期的洞穴人，他们的食物也不都是一样的，在两百万年以前，应该有很多不同的洞穴人吧。换句话说，没有完全一样的理想的食物。

多说一句相关的话题，最近的观点是烹煮是人类最大的饮食改变。烹煮后的食物吸收更好，产生的卡路里更高。这事不好的一面就是人类摄入的能量太多了，加工后的食物更是如此。所以某种意义上讲，人类是自己成功的牺牲品。

参考文章/书籍：

The evolution of diet

ThePaleo Answer（by LorenCordain，2012）

Paleolithicdiet – Wikipedia，the free encyclopedia

写于二〇一四年九月

散文杂文篇

岁月沉淀了美丽

一个十分平常的周末，湾区的太阳照旧挂在湛蓝的天上，单调地美好着。

我们也照旧外出，很知足地享受着这样的单调。到了我们常去的海边小城，恰巧赶上了当地的街头庙会，名之曰"雾节"。那个小城紧靠海，除了喧嚣的海浪，最值得炫耀的就是雾，一年四季常常云遮雾绕，连它的街头庙会也因此而得到一个富有诗意的雅名。

那天的"雾节"同通常所见的街头庙会一样，什么都有，唯独没有雾。街道两边是林林总总的的小商品，五颜六色的艺术摊，香气扑鼻的吃食，摩肩接踵的闲人。

我们在街上毫无目的地晃悠，忽然间一阵美妙的乐曲飘入耳朵，我的脚便不听指挥了，踩着乐点，不知不觉地被带到了一个临时舞台前。舞台下几位演奏者正在演奏着夏威夷曲子，一首接一首，颇为喜气。台上有八位舞蹈者就着乐声在表演夏威夷舞蹈。她们排成了前后两排，每人身着黑色长裙，头上和脖子上都戴着彩色花环，夏威夷风格的打扮。前排的几位都上了年纪了，这是真正意义上的"上了年纪"，不是徐娘半老，其中有两位可能有七十岁了。她们跳得很投入，很专注，很尽力，突然，我觉得她们好美。

我历来以为唱歌的可以年纪大，跳舞的则万万不能，无论她们体形多棒，舞姿多美，一露脸就风光散尽，把美的画面彻底破坏了。即使是最有名的舞蹈家，晚年的舞蹈画面都让我觉得惨不忍睹，唯有叹息。

多年前还在研究生院念书时，组里有一位老美同学说过一句话，让我至今想起来都胆寒，他说的是他"最不能容忍老女人"，当时我觉得他太狠了。不过，不得不同意女人老了不要奢谈美。"岁月是把杀猪刀"，世间几乎没有任何东西经得起岁月这把刀的宰割。山盟海誓，花容月貌，拔山之力，这一切在岁月面前都是那么地不堪一击，而美人迟暮又是最让人感伤的。所谓优雅地老去，有时候会觉得是自欺欺人，那些网络上到处飞传的所谓优雅老去的模特儿照片也丝毫不能改善我的悲观。每每看见那些曾经的美人儿在老年时包裹进时尚的装束里，就感觉别扭极了，好些图片让我产生的悲哀胜过了欣赏。

可那天怎么了？随着欢快的夏威夷舞曲，看着这些舞者沉浸在曲子里，在她们一抬头一扬眉之间，觉得好美。她们的美不是年轻人的那种青春饱满、无懈可击的美，而是另一种韵味。她们的目光和神色中有岁月的沉淀，饱含了复杂的情感，淡定，激情，喜悦，平和。她们把这些复杂的情感都融合进了优雅的舞姿和沧桑的面容里，这种岁月刻画后的不完美恰恰给她们带来了别样的魅力，有一种让人感动的力量。我竟看痴了。

音乐还在继续进行着……"为什么我年轻时从来没有注意到，也不会欣赏这样的美"？原来人可以不断地发现自己，原来自己对美的欣赏会随着年龄增加而扩容，会因着场景的不同而变化。岁月让我们外表衰减的同时也让内心更丰富，感知力更强，能够感知到内在的光华，对美的领受更深刻，更多样化了，这也是我们在失去岁月时的一点斩获吧。

那天的"雾节"，非但无雾，还赐给我一点澄明。

写于二〇一四年九月

简谈电影《白宫管家》（*The Butler*）

对于电影，我历来比较挑剔，近年来，这个习惯更是有增无减，不少片子只看前面 10 分钟就拔腿离去。我的电影"黑名单"包括凶杀的、阴谋悬疑、太黑暗的，等等，凡此种种，坚决不碰，这样剩下的电影就不多了。常看的是科幻片、喜剧片、儿童片，这类的电影往往只是娱乐效果，看后很快就忘记了。

最近看了部 2013 年上映的反映美国黑人民权运动的历史故事片《白宫管家》（*The Butler*），让我触动不小，看后一直沉浸于电影画面里，男主人公那张毫无表情、双目拉搭的脸总在我眼前晃悠。

《白宫管家》讲述的是一位在白宫里服务了七位美国总统的黑人管家塞舌尔·根尼斯（Cecil Gaines）的故事。故事开始于 1926 年，在美国南方佐治亚州的棉花种植场里，满身戾气的白人农场主把一位混血黑人妇女吆喝到棉花地旁的小屋里，接着传来这女人的惨叫声，女人的黑人丈夫略露不满，就立刻被农场主用枪击毙了，目睹这幕惨剧的除了地里干活的黑人，还有受害者七岁的儿子塞舌尔。

或许是出于恻隐之心，这之后农场主的祖母把七岁的塞舌尔安排到家里干活，把他训练成了家仆。1937 年，塞舌尔 18 岁时义无反顾地离开了种植场和他那被强暴后再也不说话的母亲。几经周折，落脚华府，最后在 1957 年进入白宫，做了服务人员。这以后他一直待在白宫，做到了管家的位置，服务了七位美国总统：艾森豪威尔、肯尼迪、约翰逊、尼克松、福特、卡特、里根。最后，在他人生的晚年，亲眼见到了第一位黑人总统奥巴马入主白宫。

这部电影是根据 2008 年华盛顿邮报上的一篇文章 *A Butler Well Served by This Election* 改编而来的。在真实的故事里，确实有一位叫做尤金·艾伦（Eugene Allen）的黑人是白宫管家，他经历了杜鲁门等八任美国总统，最后亲见奥巴马当选，是一位历史见证人。

《白宫管家》是著名电影制片人 Laura Ziskin 的最后一部片子。Laura Ziskin 曾制作《麻雀变凤凰》（*Pretty Woman*）、《蜘蛛侠》（*Spider - Man*）系列片等多部著名电影，于 2011 年逝世。导演 Lee Daniels 是一位集演员、制片、导演于一身的多料人才。演员阵容也颇为强大，用了好些影视明星和歌星。这部影片在手法上有点像阿甘正传，以一个人的人生折射出美国历史，着重点在于美国黑人民权运动历史。故事开始时距离林肯总统解放黑奴已经有五六十年了，但由于得到自由后的黑人没有赖以谋生的资源，经济上十分贫穷，依然得受白人雇用，没有地位。尤其是在美国南方，由于 1890 年后的种族隔离政策，黑人的实际境况并没有改善多少，才会有电影开始时那黑暗的一幕。

这是一部比较沉重的片子。如前所述，影片里最让人不能忘却的是男主角那张目无表情的脸。扮演男主角的是第 79 届奥斯卡影帝、非裔演员福里斯特·惠特克尔（Forest Whitaker），他的表演极为精到，很投入，细微之至。在经历了幼年的惨景后，男主人公塞舌尔知道若要免于他父亲那样被惨杀的命运，必须把自己包裹起来，不露形色。他的黑人师傅也告诉他黑人应该有两幅面孔。此后为了自保，塞舌尔始终像戴着面具一样。凭着这样的处事方法，他成功地进入了白宫。影片刻画了白宫里黑人服务人员的生活，他们的生存之道是在总统跟前要像不存在似的，什么也听不见，不能出声。偶尔，剧中的总统似乎想和塞舌尔说话，塞舌尔几乎从不正面回答，总是小心翼翼地问道："你还有什么需要我做的吗?"这一点给我的印象太深了。对于这样的情节，不禁让人好奇在白宫里这种应对方式是职业要求还是跟单纯种族歧视有关? 或许这也应该是职业要求吧。我想即使是白人侍者/管家，恐怕也不允许在总统和各位大佬商谈国事时发出声响。

电影里除了塞舌尔在白宫的主线外，还交织了另一条重要的支线，就是他儿子的人生，从旁展现了美国黑人民权运动的史实。塞舌尔和夫人格萝瑞娅（Gloria）生养了两个孩子，大儿子具有理想主义色彩，年轻气盛，投入了反对种族隔离的运动中，参与了一系列活动，最初是静坐，后来参与马丁·路德·金博士等人在南部种族隔离极严重的伯明翰组织的示威游行、1963 年的华府反种族隔离大游行，经历了马丁·路德·金被暗杀、肯尼迪总统被暗杀、三 K 党的暴行、黑豹党运动以及黑人的大规模城市骚动等等。小儿子参加了越战，阵亡。塞舌尔由最初的坚决反对大儿子参与民权运动到最后自己也参与支持。影片把父子之间的矛盾和感情纠葛描绘得很出色。由于涉及的历史事件很多，内容压缩得很厉害，镜头变换很快，对那段历史不太了解的观众或许会觉得很晕。

剧中另一重要角色是塞舌尔的妻子格萝瑞娅，由著名的脱口秀演员欧普拉扮演。个人觉得她演得不错，把握住了这个角色的性格。格萝瑞娅作为白宫服务人员的妻子，长期忍受孤寂，因为丈夫工作时间长，很少在家，对丈夫充满了抱怨，以至于酗酒，但并没有失去对丈夫深切的爱，依然以丈夫为骄傲，所以能抵挡外遇的诱惑。在他们的大儿子以轻蔑的口气评论塞舌尔的职业时，她一怒之下打了儿子一记耳光。这些细节，在真实版的白宫管家艾伦的身上能看见痕迹。真实生活中艾伦的妻子也以他的职业为骄傲。

网上关于欧普拉在剧中表演除了正面的评论，也有好些负面的评论，比如戏份过重，抢了太多的镜头，以至于要与主角塞舌尔平分秋色了。对此我倒没有觉得不好。一个故事可以从不同的角度来讲，只要好看，抓得住人就行。还有的观众觉得欧普拉的表演没有脱离她的脱口秀风格，在影片里给人的感觉还是欧普拉，而不是格萝瑞娅。我因为很少看欧普拉秀，没那样的感觉。影片结尾安排了格萝瑞娅猝死的情节，看片时候觉得是画蛇添足，过后回味起来，倒有些暖意。死亡的情节给人以暖意，有些奇怪。

对这部片子网上也有不少批评，有些人认为这是政治宣传片，夸大了黑人所受的歧视，有人也质询历史描写的真实性。比如电影里完全没有提及罗莎帕克。还有的批评是针对这部片子与真实的尤金·艾伦的故事的关系。真实版的故事里艾伦只有一个儿子，没有死于越战，于是有的观众对电影里的处理很不以为然，以为这违反了真实性。其实电影作这些改写是为了让故事更有戏剧效果，应该是可以的，毕竟这是故事片，不是个人生平的纪录片或者历史资料片。虽然历史背景必须尽量遵从真实，故事情节应该允许一部分虚拟。

有不少观众，包括里根总统的儿子，对电影中关于里根总统的描写极不满意（个人倒是喜欢电影中的里根和简方达扮演的南希）。电影里把里根描绘成在种族问题上自相矛盾的人。一方面里根总统夫妇是所有总统中最善待塞舌尔的，提拔了他，还邀请塞舌尔夫妇作为嘉宾参加白宫的宴会。另一方面，里根总统不支持南非黑人运动，不支持80年代对南非进行制裁。对此描写，里根总统的儿子迈克尔·里根（Michael Reagan）高调抗议，他的解释是里根不支持制裁南非与种族问题无关，而是冷战的地理政治需要。影片中的塞舌尔因此而愤然辞职，离开了白宫，加入到抗议的人群中。这个从小目睹黑人受压，一辈子小心翼翼从不反抗政府的人，在他的晚年来了个大转身。

这部电影给我最大的感受就是我们以为是很久以前的种族隔离的历史，其实距今并不遥远。说到历史，人们总会觉得是很久远的事。看了这部电影后就会强烈地意识到在并不久远的过去，美国有如此不光彩的一面。黑人不能和白人坐在一块儿吃饭，不能用白人的厕所，不能……民权运动确实存在过。电影里主人公活到当今，亲身经历所有的变迁，让我们在感叹美国社会进步的同时，也清楚意识到从废除种族隔离到如今也就不过是几十年，一个人短短一生的时间，那么如果在今天的社会里还能见到种族歧视的痕迹，不必感到奇怪。

写于二〇一四年十二月

整理家谱

去年夏天，儿子回国一趟，回来后从行李箱里拿出一个圆柱形的硬纸筒，像是装酒的，顺手递给我："妈，这个给你"。

打开"酒筒"一看，里面装着一本残破的线装书，原来是先生家族的家谱。这是儿子临要离开中国时从他爷爷手里接过来的。以前曾经听我公公讲过他家族有家谱，我们都没有太在意，儿子却很感兴趣，大概这边长大的孩子都有寻根的欲望吧。回中国的时候跟他爷爷询问此事，又主动向他爷爷提起要把家谱带回美国来整理，爷爷欣然同意了。

"妈，你知道我读这样的中文还是有难度，请你把它打出来好吗？"儿子很慎重地对我说。好小子，你大包大揽地接下这个活，现在就变成我的事了。

可不是吗，儿子把家谱交给我后，自己就万事大吉了。这本家谱也不知是从哪一年传下来的，没有封面，没有开头，最后一页也不知道是不是真正的结尾。公公很珍视它，用红丝线捆起来，放进酒筒里。再仔细一看，"酒筒"里还有一个笔记本，里面是公公续写的家谱，当然是从他开始的，记载了他以下的子孙。

我的整理工程就开始了，主要的事就是一个字一个字地打字，还有拍照。由于是残本，也因为我从来没有接触过这样的东西，对家谱文体不熟悉，刚开始时有些迷糊，慢慢地就明白了。这本残本家谱有两部分，第一部分世传，是叙述文字，按照历史年代记录历代祖先，分别介绍各人的字号、时代、职官、封爵、婚配、子嗣、葬所等，第二部分是示意图，简洁标明各代的关系。打字不算麻烦，但花时间，只能蚂蚁啃骨头，有空就打几字。让我偶尔会头疼的是少数不认识的字，还有就是写成别样的字。家谱是毛笔誊写的，抄书者对某些字有他自己喜好的写法，好些字不是标准写法，都变了模样，乍一看还不敢确定是什么字，多读一会儿后，根据上下文才破解了出来。靠着手里的一本新华字典，大部分不确定的字都找出来了，极少数的字实在辨认不出，现在还没有想到好办法。

家谱

再说拍照，家谱很破烂了，不敢使劲地压，简单拍照和扫描似乎都不行，边角上的字弄不下来。或许以后回国可以找个地方去装裱。

这活儿本来很单调烦琐，但奇怪的是我居然很喜欢，枯燥的字句一点也不枯燥，让我严重怀疑这辈子专业选错了。家谱里记载的老祖宗在历史上还算个人物，他的显赫地位曾经世袭了十代，这也可以解释为什么家谱会一代一代地保存下来。把这个发现告诉儿子后，儿子小小地兴奋了几秒钟，然后立即意识到在他身上那位老祖宗的英武 DNA 应该所剩无几了。特别让我开眼界的是墓葬记录，包括每一代男女主人，详细到葬在某县某村呈什么形状（虎形，蛇形，等等），什么方位（比如庚山甲向）。上网查询后，才知道坟茔是家谱的一个重要内容，原因在于"坟墓所以藏祖宗之形骸，为子孙根本之地也"，为防备"时远世迁，桑田沧海，城郭且为之蚯墟，祖坟淹没"，所以一定得明确记录下来。

素来喜欢感慨，家谱上久远的名字也不免让我思绪横生，这些名字对应的曾经都是活生生的人啊，人类社会就是这样一代一代地传承下来，生生不息。不禁想象那些男人当初是什么模样，女人又是怎样的风姿，环肥燕瘦？喜怒哀乐？她们如惊鸿照眼，飘风般地逝去了。在家谱中，女人都没有名字，就留下了一个姓氏。那个世界是男人的，女人只是点缀。

儿子和爷爷奶奶（1993 年）

这些文字整理出来有用吗？这倒是个好问题。很努力地想了一下，直接的回答是没用。它们不会进博物馆，也不会有其他实际功用。然而，作为这个家庭的传承，是一件宝贵的东西。这里转借一下庄子的话："人皆知有用之用，而莫知无用之用也。"我现在一个字一个字地敲键盘整理家谱，其意义应该算是无用之用吧。其实要讲有用，除了基本生活的吃穿，大部分的东西都是没有用的，很多精神层面的东西也都可以说没有实际用处，但精神追求是人类生活所不能缺少的，所以无用又是有用。当然，我这是对庄子名言的歪解。先生看我为家谱忙活，开玩笑说以后他的家族在美国分支的家谱就由我负责了，听了这话我只能哈哈，实在是不敢确定自己有这么大的志向，但可以肯定的是，整理好这本残破的家谱一定可以让年迈卧榻的公公得到一份安慰。

写于二〇一五年二月

神思　灵感　微信

　　雨中车流迅速地向前方移动。天已经黑了，尾灯冒出的红光在地面的雨水里反射出来，成了两条红色的光柱，无数的光柱随着车流行驶，高速路上翻动着红色的火龙。

　　火龙之间忽地跳出一个画面，一幅叫做"惊叫（Scream）"的名画，画里的人儿张着大嘴，声嘶力竭地对着我，背景是红色的火龙，我不由得一惊，立刻中断了之前的沉思。

　　"真危险"！我对自己说道，开车得集中注意力啊。几年前，车里的音响系统出了毛病，偷懒没去修理，竟给自己造就了一个安静的开车环境。车里没有音乐，也没有 NPR 电台的新闻，真所谓无丝竹乱耳，无俗事分神，于是大脑清空，变得单纯，思维如脱缰之马，自由发散，灵感亦不期而至，驾驶时间竟成了我的文思时间，不知不觉地构思了好些文字诗词，包括这篇小文。我非常享受这段时光，尽管这么做很危险。

　　除了开车，一人步行时也是思维最活跃的时间，有些平时根本没有想到之事甚至奇怪的念头在行走时飘然而至。与在高速公路上开车的情形很相似，那种时候明明身体甚至头脑都不是完全静止的，大脑却似乎处于很特殊的一种静态。这里的关键恐怕在于独自一人，而且要心思单纯，心地放松，似乎是一种无所事事的状态。

　　这样的静态，我想每个人都会有的，每个人都有属于自己的独特的灵感产生方式。一个有趣的例子是关于我的顶头上司的，他的科研灵感常常产生于沐浴的时候。每当他有了新主意便会来和我们分享，开场白总是："我今天早上淋浴时突然想到……"几次这样的故事之后，我便给他的科研灵感命名为淋浴灵感，想来淋浴时必定是他最放松的时候。

　　照理来说睡觉也是一种静态，可惜大多数人睡就睡了，最多做个梦。记忆如我这么坏的，醒来之后一会儿就彻底忘记了梦里的天地，记忆力好的比我运气好，醒来还能记得梦里的离奇和多彩，但却一般不会有什么开悟的事。极少数的人睡觉时思路大开，灵心浮现，睡梦中或者是半醒半睡之中能吟诗赋词，甚至于解白日之惑。一个有名的传说是有机化学里苯分子结构的拟定。据说弗里德里希·凯库勒因为梦到一条首尾相连的蛇受到启发，提出了苯环具有单双键交替排列的共轭结构，即现在所谓"凯库勒式"，这应该是日有所思夜有所梦吧，做这类的发明梦应该是白日里不断思考的延续。我自己偶尔也有梦中灵光乍现的时刻，只是醒来后灵光多半褪色了，即使想起来也会认为是荒诞的主意，所以对我来说，睡眠的静态与高速路上的静态似乎有差别。好奇的是，如果从神经生物学的角度来分析，睡梦灵感与淋浴灵感的产生会不会是基于相同的机理？

说了这么些，其实本意是自我反省，想通过自己在无音响开车的情况下思维活跃的现象来审视自己的生活方式。倘若我的汽车音响没有出问题，或者音响及时得到了修理，我博客里本来就不多的文章可能会减少很多。这样说来大脑的空闲反而让我有所收获，少便是多。如此，不禁继续联想，我们日常的忙碌会不会让我们的大脑时时被塞满，越来越远离深度的思考？

近十几年来，网络彻底颠覆了人类的传统生活方式，资讯的便利对我们日常生活的改善是前所未有的，但是，这种便利并没有让我们有更多闲暇，我们比以前更忙碌了，常常都在同时做几件事情，就连走路时手眼都没有闲暇，忙着看手机，听音乐，与人聊天。我们忙着，并快乐着，变得越来越聪明。同时似乎也越来越没有时间进行慢思考，享受"慢文化"，一切都是快餐，大部头的书读的人少了，知识的获取靠读网文。对于华人来说，微信的广泛使用更加强化了这一点，如今就连博客这种不够严谨、比较随意的写作方式都快要被更为随意的微信取代了。我们匆匆忙忙，几乎没有机会让大脑放空，甚至得靠着微小的闲暇，比如上班开车时，来进行一些有意思的思考。当今世界，饮食上的快餐正在被越来越多的人所放弃，社会提倡回归自然，吃原始的食物，而不要吃精加工的工业食物，文化上却似乎与之相反，正走向快餐。多少年后，我们会不会像反思饮食上的快餐一样再来反思文化上的快餐？

古代曾经产生过很多思想大师，可以想象他们一定有很多独自思考、一心一意的时光。像我们现在随时都在一心三用，很难沉下心来作真正的思考。这几十年来人类的生活方式发生了巨大的变化，如果说人类几千年来生活方式都没有多少变化，那么近百年，尤其是这几十年的变化彻底改变了人类生活，生活品质的提高是先前的人难以想象的，而这种变化对人类以后的发展又会是怎么样呢？这里的方方面面，好好坏坏，远非我能想清楚的。我能够提醒自己的恐怕就是在充分享受现代科技带来的好处时，也要保持一点自己的空间，给大脑留点空闲，让自己在交错的各种信息之中能找到一点宁静。当然也希望我的这个小小的坚持，不要被年轻人看做是九斤老太似的坚持。

写于二〇一五年六月

行走北美篇

查尔斯顿和美国南北战争第一枪

去年圣诞期间去了美国南部的历史名城查尔斯顿（Charleston）。查尔斯顿位于南卡罗来纳州，面临大西洋，是美国最漂亮的城市之一。除了众多林立的教堂和因此而得的"圣城"（Holy City）之名外，查尔斯顿与美国历史上的好些大事相关联。在美国独立战争中，这个城市给予美国第一次决定性的胜利，在南北战争中（1861~1865），南军又在这里打响了向联邦政府的第一枪。

这个城市最显著的特点就是它保存完好的历史古迹。查尔斯顿老城城市不大，街道窄窄的。与大多数城市不一样，繁华不属于这里。这里没有高楼大厦，也不见匆忙上班的路人，整个城市十分幽静，只偶尔听见载着游客的马车踢踏踢踏地走过。为了保留历史原样，查尔斯顿的几千栋百年老屋基本保存完好，很多重要的老屋前都有牌子介绍该房屋的来历。城市里甚至还保留了好几段鹅卵石铺就的街道，像极了中国的老街。当双脚踏在鹅卵石上面时，在这个年轻的国度里，也能感到些许历史的厚重。由于查尔斯顿地理位置靠南，更有四季海风吹拂，气候较为暖和。我们去那里时虽是冬天，身上仅着一件薄毛衣就够了。漫步在静悄悄的街头，冬日的阳光暖暖地照在身上，仿佛时空倒置，回到一百多年前，感受那随风而去的文化……

查尔斯顿最有趣的是它的房屋造型，不少房屋都是窄窄长长的，只能容下一间屋的宽度，门从侧边开，称为单房（Single House）。据说这是因为当初的房产税是根据房屋面街的宽度来收取的，所以大部分的房屋就修成这样以减少交税额。尽管如此，不少房屋都带有让当地人引以为自豪的美丽的私家花园。探头望去，园子里花草茂盛，生机盎然。让人想起美国内战前那些南方富豪们奢靡的生活。如今房屋依旧，人事已非，斜阳还照深深院。

行走在街上，偶尔也能看见零零星星的人从那些门上挂有介绍该房屋历史的小牌的院子里走出。在一栋挂了牌子的房前，一位老者正在悠闲地修剪花木，我们走上去问道："这是您的私房吗？""是"，老人骄傲地回答。于是我们由衷地称赞他有多幸运，能拥有这样一栋房屋。在我们的赞扬声中，老人一脸笑开了花。据说拥有这样的百年老房是很昂贵的，因为保养房屋的花销很大。

除了这样的民居外，我们还按照旅游书的指南，沿街参观了一栋又一栋的各种旧屋，每一栋屋都有一段有趣的故事。其中有一栋粉红色的小楼，被称为 Pink House，是查尔斯顿历史第二悠久的房屋。该房屋于 17 世纪 90 年代中期建造，当时是个酒吧，现在则是一个小小的画廊。我们进去小逛了一会，主人是个热情和蔼的老妇人，陪着我们前后参观。房屋的后面有一个非常小的花园，房顶上有一间极小的阁楼，古色古香，韵味十足。一个城市的历史能保存得这么好，让人赞叹。

查尔斯顿的单房（Single House）

傍晚时分，肚里饥肠辘辘，我们便沿街寻找吃饭的地方。美国南部出名的食物是烧烤，不过查尔斯顿面临大海，海产也是这里的特色。在一个名叫 Jayman 的海鲜餐馆门口，看见排着长队的人，我们马上猜到此处的菜一定做得不错。询问排队等待的人，才听说此店是这里的一等好餐馆，价格也极为公道。虽然已经很饿了，我们还是决定排队耐心等候，在等待期间店里的服务生不断地端出新炸好的用玉米做的果子请大家品尝，解了急。半个小时后，我们才得以入座。店里的菜果真不错，尤其是招牌汤菜蟹肉奶汤，有些像蛤肉奶汤（Clam Chowder），只是用蟹肉代替了蛤肉。蟹肉鲜美，奶汤浓郁，顶级功夫，不枉我们在门口等待那么久。晚饭后我们又回到城里，走访了夜幕下的查尔斯顿老城。为了保留历史风味，老城里不少的街道没有现代化的街灯，照明的是挂在每栋房屋前的暗暗的煤气灯。一眼望去，灯里的火苗在黑夜里跳动，给这个城市添加了几分神秘。

查尔斯顿很有名的去处是当年南方农场主的种植庄园，可惜我们没有时间去。第二天我们乘渡船去参观海上要塞小岛萨姆特要塞（Fort Sumter）。此要塞距查尔斯顿城大约有半小时的渡船，是一个用北方石矿里采来的花岗石修成的人工小岛。这是我第一次见识海上要塞。在百年以前，把守这样的要塞

萨姆特要塞一角

可以控制很大一片海域，所以在军事上非常重要。1860 年，当林肯被选为美国总统后，南方贵族们因为害怕黑奴制被废除，南卡罗来纳州率先宣布退出美国联邦，南方另外六州随即也宣布退出美国，并于1861 年二月成立了南方邦联，制定了自己的宪法并选举了总统。当时位于查尔斯顿港内的萨姆特要塞却还在美国联邦的北军掌握之下，南军切断了要塞的一切供给，使之成为孤岛。林肯打算送食品到萨姆特要塞，却被南军认为是进攻，于是对萨姆特要塞打出了南北战争的第一发炮弹，引发了一场长达四年之久、美国历史上死伤最为惨重的内战。

进入此要塞，看见的是座座炮台和残缺的堡垒，当年的风烟，如今都付与了断墙残垣，只留给游人指指点点，摄影留念。从这份残缺中，人们去叹息这场战争给所有人带来的灾难，去庆幸先进战胜了落后，去珍惜我们今天难得的和平时光。短短的两天，让我对美国历史的了解比纸上得来的多了很多，很多。

写于二〇〇五年

行走北美篇

死谷记游

（一）沙漠里的露营地

死谷国家公园（Death Valley National Park）位于加利福尼亚州东南部靠近内华达州边界，是美国本土上最大的国家公园。这里有着壮观的沙漠景致、罕见的沙漠生物、复杂的地理条件、沉睡的荒野和不少历史遗迹，非常独特。更有世界级的地理特征吸引全球的科学家。死谷是北美最低、最炎热、最干燥的地区：低于海平面的面积达 1408 平方公里，最低处低于海平面 86 米，为西半球最低点；盛夏烈日直射，平均气温高达 52℃，地表温度曾达 88℃；平均年降雨量不足 50 毫米，偶尔甚至终年滴雨不下。它是世界上自然景观最为荒凉和自然条件极为严酷的地区之一，充满了神秘，给人无尽的遐想。

牧豆树下的帐篷

一直倾心于死谷的荒凉美，想去那里的荒野徒步。圣诞期间，我们终于得以成行，去那里露营。那天我们一大早就起身出门，从旧金山开去，驱车 900 公里，花了约 10 小时。进了公园后，为了赶在天黑以前把帐篷搭好，我们立即奔向露营地。死谷有好几个露营地，每个都要求提前几个月预订。我们在三个月前就预定好了位于死谷中间的露营地，名叫 Furnace Creek，主要是看中它位置适中，方便去公园的各个景点。原以为沙漠里的露营地肯定是光秃秃的，哪知到那儿一看，露营地里居然树丛环绕，整个儿一个沙漠里的绿洲。

不过绿归绿，那里生长的却只有一种树木，名叫牧豆树（Mesquite），是那片沙漠里唯一能够生长的树木。牧豆树形态很张扬，枝干龙飞凤舞地伸向八方，别有风姿，给我们的营地添了几分情调。我们很快在弯得像拱门似的牧豆树枝下搭起了帐篷，又从车里取出了折叠椅，再在树上拉起晒衣物的绳子，野餐桌上铺上塑料桌布，放上煤气灯和煤气炉，算是搭起了临时的家。以后的几天，每日我们都是黎明即起，天黑方归，忙得不亦乐乎：忙着登山，爬沙丘，忙着看干枯的盐湖，忙着去寻找分散在四处的采矿业遗迹。晚上回到露营地后，做上一顿简单而可口的饭菜，再去参加公园组织的自然讲座，或者去观星。一切都忙完后，才慢悠悠地点起篝火，坐在火旁取暖，发呆，听着火里传出的噼里啪啦的烧柴声，看着松木在熊熊的火焰里化成灰烬。

冬季真是访问死谷的绝佳时期，气温正合适，白天二十多度，晚上稍冷，摄氏 5 度到 10 度左右，非常舒服，只是气候异常干燥。外出徒步时，我们的背包里除了装有干粮外，剩下的全是水，整天几乎都得一直不停地喝水。即便如此，离开死谷的前一天，我们的嘴唇还是全都干裂了，疼得张都张不开，喝水也没用。回到旧金山后过了好些天才慢慢恢复。可以想象若是夏天，谁要去死谷，绝对是想尝试对人类极限的挑战。在死谷呆了近五天，每天马不停蹄地奔跑，临走时还兴犹未尽。死谷迷人的地方太多了，充满了神奇。

（二）谜一般的山石

约在 300 万年前，由于死谷附近强烈的地壳运动，使部分岩块突起成山，部分倾斜成谷。到了冰河时代，大量的湖水灌入较低地势，淹没整个盆底，形成一个巨大的盐湖。以后的几百万年间，在火焰般日头的蒸熬酷晒下，这个太古世纪遗留下来的大盐湖终于干涸而尽。如今展露在大自然下的死谷，是一层层覆盖泥浆与岩盐层的堆积，构成了奇异的山景，幻觉般的世界。

在死谷的每一天，我都被这里的山感动着。这里的山势态奇特，或呈波涛形，延伸连绵起伏不断；或似楼阁城墙巍峨矗立。蓝天下，它们静静地排列在谷的两边，让人充分领会到大山的肃穆威严和神秘，产生出对大自然的深深敬畏。更让人能体会到"相看两不厌，唯有敬亭山"所描绘的物我两忘的境界。由于这里气候恶劣，山上几无植物，裸露的山石在阳光下呈现出斑斓的色彩。驱车而过，但见远山含黛，近岭多彩。黄色、褐色和棕色主要来自于含铁质无机物，而绿色和深灰色则来自于火山灰和火山熔岩。奇特的山色，尤其是那些酷似火星的赤色山峰，使这里被用做好些科幻电影片的外景场地，电影"星球大战"便在这里拍摄了不少镜头。置身于此处，有身处外星之感。特别是黄昏之际，行走在黄金峡谷（Golden Canyon）或 20 骡队峡谷（20 Mule Team Canyon），在微弱的光线里，隐隐约约，似乎都能看见 Darth Vader 和 Luke Skywalker（电影星球大战中的角色）快步移动的身形和闪动的刀光剑影。

最让人难忘的是这里的清晨与傍晚。由于死谷视野开阔，天气晴朗，日出和日落是这里的一大景致，不少地方的最佳游览时间是清晨和傍晚。刚到的第二天，我们便按照旅游书的指南，赶去观景点 Zabriskie Point 看朝霞沐浴的山峰。天还是黑蒙蒙的时候我们便从帐篷里爬了出来，很快用冷水抹了抹脸，漱了漱口，便开车直奔景点。一到那里，发现好些人已经在等待了。天还是黑色的，靠近地平线处露出了一抹红色，我们赶紧往山上奔跑，跑到山顶，山麓虽还很暗，却被东面的红光染上了红晕，渐渐地越来越亮，整个山麓都沐浴在晨光中。我们忙不迭地拍照，直至太阳完全升起，那种震撼的感觉令人难忘。以后的几天，我们每日都是在太阳初升时便匆匆出门，日出之景几乎到处都能见着。当太阳光刚照在山尖上时，是一团小小的亮点，这亮点逐渐扩大，亮晃晃的山顶越来越大，最后是满山通红，美不胜收。

清晨是如此美丽，傍晚更让人流连。那几日，我们几乎每天都在追赶夕阳。根据介绍，好几处地方都应该在日落时分去观赏，比如名为"艺术家的调色板"的山峰（Artists Pallet）、Zabriskie Point、沙丘等处，所以我们每天傍晚都赶在 4 点左右去看夕阳。有一天日落时分，突然发现怎么满天的云彩全都变得通红了，尤其是那些长长的大云，似火烧一般，景象之壮观平生第一次经历，目瞪口呆之余，马上决定要开车到某处高坡上去观看，但又担心太阳一下子全落下去了就什么也看不成，急得不行。一路狂开车，紧赶慢赶，待赶到目的地时，时已晚矣，红日西沉，只剩下恹恹一线光亮。站立在飕飕的寒风里，失望之极，顿觉浑身上下，里里外外都冷透了，但转念一想，我们一路奔跑，与晚霞同行，夫复何求？

（三） 谜一样的淘金故事

除了这里的山以外，死谷奇特的地理特征和它的采矿业遗迹也令人十分着迷。死谷的平均年蒸发量高达 3810 毫米，几乎是平均年降雨量的百倍。由于强烈的蒸发作用和地壳的变动，数万年前的盐湖变成盐盘或盐沼，留下了不少奇异的地貌。最为人知的当数恶水盆地（Badwater）和魔鬼高尔夫球场（Devils Golf Course）。恶水盆地是一片很大的盐碱地，一眼望去，好一片"白茫茫大地真干净"。这里是西半球的最低点，低于海平面 86 米。在这里我们意外地遇上了一家十多年不见的老朋友。他们从明尼苏达来拉斯维加斯旅游，顺道到死谷来待几小时，竟在这短短的时间里和我们不期而遇。于是我们带着他们家的两个小男孩，在这白茫茫的盐碱地上踩来踩去，奔跑了好一阵子才分手。聚散匆匆，虽有一丝遗憾，更多的却是欣慰，有缘，才会在千里之外相聚。

离恶水盆地不远处便是"魔鬼高尔夫球场"。2000 年前，这里曾经覆盖着一个 30 英尺深的盐湖，岁月流逝，湖水渐渐干枯，留下了厚厚的盐层，高温和干燥的空气吸干了盐上的所有湿气，变成了照片上所显示的那样一块块的盐。这些盐是 95% 的纯食盐，非常坚硬，踩在上面像踩在硬石上，很扎脚，也只有魔鬼才敢在这里打高尔夫球。据说在万籁俱寂无人之际，常能听到啪啪的声响，这声响来自于非常干燥的空气正在从这片土地上吸干最后一丝湿气。我们去那里时，已经有不少人在那里，有些是专业摄影师。此地照出相来的效果非常令人震撼，所以每年都有不少专业摄影师到此聚会。

死谷有如此丰富的矿物质，采矿业一度非常兴盛。从 1849 年的"淘金热"开始，死谷的采矿业兴盛了多年，有金银矿和其他矿藏如硼砂矿。如今那些矿井虽然荒废了，却留下了不少遗迹供游人参观。除了废矿以外，这里还有好些城市，在淘金热时人气兴旺，如今也是一片废墟了，统统被称为"鬼城"。我们参观了几处废矿和鬼城，的确很荒凉，到处是破败的建筑物，不见人烟，连游客都没有，让我想起了古楼兰。这些城市曾经都有过繁华，如今却都像谜一般地消失在历史的长河里了，追溯其原因，恐怕都是因为缺水。繁华终究敌不过风沙，人类总是得在有水的地方才能延续生命。没有水，采矿业难以为继，所以才会落得今天这样，荒山依旧在，几处鬼城空。

值得一说的是 Hormony Borax Works，死谷里一处非常有名的采矿业遗迹。这里曾是一个硼砂矿，1881 年硼砂被发现后，很快就成了死谷的"白金"。硼砂矿到火车站有 270 多公里，硼砂全靠骡子拖着大货车长途跋涉运到火车站。20 世纪 50 年代到 60 年代期间，有个很有名的电视剧叫做《死谷岁

魔鬼高尔夫球场

月》（*Death Valley Days*）讲的就是骡队的故事，美国前总统里根曾主持并出演过此节目。当年硼砂矿里雇佣了不少华工，他们干的活就是用榔头敲碎硼砂石块，每天辛苦下来，收入仅 1.3 美元，还得从中扣除伙食费和住宿费。站在废墟上，可以看到当年运送硼砂的大货车，脚

运送硼砂的大货车

下仍然能看见富含硼砂的砂石。如果细细聆听，似乎还能听见风儿悄悄耳语，述说当年的淘金故事和华工开采硼砂矿的血泪史……

（四）传奇般的城堡司科提（Scotty's Castle）

在死谷的山上，荒凉的大漠里，一座豪华别墅突兀而起，它就是司科提城堡。司科提城堡是死谷最耐人寻味、最有趣的骗子成名的故事。

20 世纪初，有一位名叫司科提的混混，他最大的本事就是吹牛，用现在的流行语来说就是忽悠。他忽悠的本事之高，可以让人相信一个边缘有缺的盘子是太阳把它晒缺的。凭着他的三寸不烂之舌和几块从科罗拉多搞来的金矿石，说动了芝加哥的一位百万富翁约翰逊投资好几千美元在死谷开采金矿。当时的几千美元可是一大笔钱。约翰逊一等再等，金子的影子

都没有。每次询问都被司科提以各种借口搪塞了，诸如死谷发洪水、疾病流行等等，并有本事哄得约翰逊继续源源不断地给他资金。久等无奈后，约翰逊只好亲自来死谷查寻，司科提对此自然惊慌，想尽办法让约翰逊尽早离开。约翰逊曾因火车事故而背部受伤，不能骑马，明知如此，司科提却偏偏让他骑马，指望他旧病复发，几日内就可以把他打发回芝加哥。没想到死谷温暖干燥的空气反而使约翰逊的身体状况大为改善。司科提见一计不成，又生一计，安排他的狐朋狗友在山沟里埋伏好，待司科提和约翰逊走近时，鸣枪吓唬约翰逊。结果走到预定地点时，不想那帮家伙喝醉了酒，真的对着他们开枪，打伤了司科提和同行的兄弟，这下司科提急了，立马叫这帮人停止，事情也就败露了。

约翰逊是学采矿出身的，早就看出司科提根本没有办什么金矿，再加上所有发生的事情，完全明白了这是骗局。奇怪的是，他却没有责怪司科提的行骗行为，反而感谢死谷让他恢复了健康，并与司科提结成了好朋友，他们的友谊延续了一生。这以后约翰逊每年冬天都到死谷来过冬。10 年后，约翰逊

司科提城堡

的夫人建议他们干脆在死谷里修一个豪华别墅，作为常来居住之地。虽然这是约翰逊的别墅，司科提却到处吹牛，说别墅是用他采金子的盈利修的。明知是撒谎，约翰逊夫妇也不更正，这栋别墅也就被称为司科提城堡。随后成千上万的游客和不少记者蜂拥而至，参观世界上最富有的金矿开发者司科提的住处，司科提城堡因此而名扬天下。

我翻阅了不少文章，试图了解司科提和约翰逊的友谊之谜，却没有见到任何的说明。在司科提城堡参观时，身临其境，又听导游讲解，让我可以猜测这个颇具戏剧色彩的友谊了。司科提和约翰逊二人性格完全不同，约翰逊是虔诚的教徒，很受人尊重。而司科提却是一个喧闹而又有些狡猾的家伙，但吹牛侃大山的本领一流。据说每当约翰逊来到司科提城堡时，

司科提就会逗留在城堡里。最有趣的故事是晚餐时，司科提常充当约翰逊家人和朋友的"专职侃爷"。为了说书方便，司科提总是早早地在厨房先用过餐，待大家围桌而坐共进晚餐时，他却坐在餐桌旁的沙发上，给大家侃各种笑话。可以想见司科提是一个能让大家开心的人，天生我才必有用，正是他的这种有趣的性格赢得了约翰逊的友谊，而这份友谊，造就了这个传奇的城堡。如今城堡的主人早随着大漠风沙化为乌有，唯有城堡连同司科提的名字一起留了下来。

　　几天时间匆匆而过，离开死谷时，我们知道还有太多的地方没去。我们没见着传说中的会走路的石头、会唱歌的沙，没能去死谷最佳景点"但丁之景"（Dante's Point）瞻望全谷，因为那里正在维修道路，景点关闭了，还有好几个峡谷和沙丘也没能去。不过我还是很满足，毕竟，我们来过了，剩下的地方就留待以后吧。

写于二〇〇六年

徒步大峡谷

终于来到大峡谷了！这个举世闻名的国家公园位于亚利桑那州，每年都要迎接大约五百万世界各地的游客。人们到了这里，不得不为大自然的杰作而惊叹。坦露的大峡谷除了向人们显示侵蚀作用的鬼斧神工，昭示大自然的宏大与壮观，也给人们展示了一部地质历史书籍。面对这样的大自然，我们只能感到自己的渺小。

大峡谷是我们大圆环之行的第一站。去大峡谷，最为刺激的当然是到峡谷里徒步，横穿峡谷。出发前曾读过关于在大峡谷徒步的描述，勾起了我强烈的好奇心。据说在大峡谷徒步，与任何其他地方徒步的经历都不一样。在峡谷里徒步过的人出来后只有两种反应，"爱"或者"恨"，绝无中间立场。如此极端的反应，对任何一个喜欢徒步的人来说都太有诱惑力了。我虽然能力极为有限，不知道自己能否去潇洒走一回，但仍然向往这样的经历。能在那样的地方徒步，也算是人生之一大幸事。带着这样的愿望，大峡谷被我想象成了一片荒野。到了那里一看，大失所望。这个国家公园已经被开发得像一座城市，太完善了，飞机、火车、汽车，应有尽有。主干道上有红、蓝、绿三条汽车线路，各跑一段，可以通到所有的景点，乘客无须买票。车上更是装满了世界各地的游客，讲着不同的语言，像一个小联合国。哪里是我向往的荒谷啊？不过，稍作逗留后便意识到这里的妙处：各类游客都可以找到适合自己的游玩方式。年老体弱和时间不多者，可以乘巴士直接到景点，下车观景照相。愿意走动的，可以在峡谷边缘小道（rim trails）上步行，更近地感受峡谷。而对于背包一族，徒步到谷底当然是最佳选择。如此，皆大欢喜，无怪乎每年这里会有那么多的游人。

一到那里，我们首先就寻找那条最受游客欢迎的峡谷边缘小道。这是一条非常容易行走的小道。恰如其名，小道几乎就在峡谷边缘上。路的一侧是松林，阳光从松树之间斑斑驳驳地洒进。另一侧即是悬崖。走在这条小道上，听着风声涛声，大峡谷的风光尽收眼底。大峡谷是东西向的大裂缝，长约466公里，平均宽约16公里，深1500米，地形险峻绮丽。我们的所在地是峡谷的南面。往峡谷里看斑斓的层层断面露出不同颜色的花岗石，色彩夺目壮丽之极。科罗拉多河从峡谷里穿过。这条河流在亿万年间刻出了神奇的大峡谷，至今仍然涌动在谷底。不过我们离谷底太远，看不见河水的流动，只看见红黄色的河流弯弯曲曲穿插在峡谷之中，提醒着人们是至柔的水创造出了大峡谷的洋洋大观。往北面看，峡谷的表面好像被刀切出来一般，非常平展，地球便明明白白是圆的，蓝天如冠盖罩着我们，真的感觉天人合一。根据地理学家的研究，当初科罗拉多高原升起时，峡谷的表面是座座山峰，后来经年累月的风化竟让山峰夷为平地。古乐府诗中有首爱情诗"上邪"是这样写的：上邪！我欲与君相知，长命无绝衰。山无陵，江水为竭，冬雷震震，夏雨雪，天地合，乃敢与君绝！原以为"山无陵"只是夸张的比喻，见了大峡谷，方知这世界上还真有此事。

大峡谷全景

行走在小道上，偶尔会见到其他一些徒步的人，甚至还见到了一个几岁的小孩被父母牵着摇摇晃晃地边走边大声叫道"me，scared"（我害怕），可爱极了！一路上我们不时往下看，探望峡谷。除了赏景外，更是观望峡谷里徒步的人，他们身影很小，只是隐约可见。看见他们又让我想起了大峡谷徒步的梦，好嫉妒！但一看公园介绍，峡谷里高温没水，没遮荫，且山道险峻，心内便很犹豫。曾经有一位波士顿的马拉松女运动员，她可以在三小时内跑完马拉松，却因没带足够的水而死在大峡谷里，几天后才被人找到。公园里的规定是不允许任何人在一天之内来回徒步到谷底的科罗拉多河，怕出意外。所以真要下去不是一件简单的事。

走了五公里以后，发现我们带的三瓶水全喝光了，不敢再走。尽管我们是在平地徒步，没水还是很危险的事，只好打道回露营地。到了游客中心，看见那里的徒步建议，突然想到我虽没能耐徒步横穿峡谷，或走到科罗拉多河，走一部分总还是可以的，否则回去后我肯定会后悔。咱们这个年龄了，要紧的是别给自己留遗憾，于是下了决心徒步一小段。挑选了一段风景最好路途最短的路线，决定第二天上午下峡谷。

第二天一早我们就起来了，赶到徒步小道的起点时刚七点钟。这条小道名曰"南 Kaibab 小道"，很陡，但路很短，小道来回只有 5 公里，但有 347 米的落差，路上没有水，必须自己背上足够的水。其实另外一条小道也让我们很动心："光明天使小道"（Bright Angel Trail），这是从前的印第安人用过的小道，徒步的人最多，也是骑驴游峡谷用的小道。比较了好一阵后，我们选择了"南 Kaibab 小道"，因其风景更好。果然，一往山下走，便见奇峰异石，十分壮观。小道是砂石路，有时有滚木做成的梯子，一面靠山，一面是悬崖。下山后不久便见到一组游客，由公园管理人员带队，讲解峡谷地质地貌，我们马上决定加入他们。带队的是个女孩，个子小小的，能量却很高。一路上她不停地讲解峡谷的各种岩石、植被、动物，包括动物粪便、足迹的识别。由于这里曾经是海洋，峡谷的岩石是经年累月一层一层地积淀起来的，故沿着峡谷往下走，岩石越来越古老，颜色形态也有所不同。

下山途中见到的几乎都是"全副武装"的背包族，他们下到谷底后，至少要在那儿露营一夜，所以背包里应有尽有。有趣的是下山的人精神抖擞，每每一见到人就兴高采烈地打招呼："嗨！"而上山之人却已累得有气无力，淡淡地回应："嗨。"路遇一老者，手持登山棍，身背背包，精神矍铄地迎面上山而来。带队的女孩向他打了个招呼，并问他：这是你第几次过峡谷了？答曰：第 74 次，顿时我们的眼睛全都瞪大了。74 次，没搞错吧！一问才知道老者是这附近的名人，叫 Maverick，今年 80 岁了。他从峡谷的北面横穿过来，21 英里（35 公里）只花了 10 小时。南北横穿，除了路途长，还要上下山，功夫了得啊！Maverick 告诉我们每年他过生日都要邀请朋友和他一起穿越峡谷，打算在有生之年穿越 100 次。听他这么一说，让我好惭愧！

走了一半山路时，到了一个岩石上，叫做"Ooh Aah Point"，境界豁

Maverick（左）和作者丈夫（右）合影

然开朗，峡谷风光奔来眼底。可以猜想当初一定有人走到这里时，被这景致惊得大叫"Ooh Aah"，因而得名。越往下走越能感到峡谷的宏大，自己实实在在地被峡谷包围了。环望四周，像在观望立体电影，峭壁林立，峡谷岩石层层叠叠，流光溢彩，美不胜收！那种震撼的感觉是在峡谷上面无法体会到的。

到了目的地 Cedar Ridge，景色又不一样。往下看还有路通到山谷，但我们不打算再走了，稍作休息后，即往回登山。这下要真功夫了。山很陡，我只得走走停停，一有阴凉处便稍作歇息，所以并不感到特别累，只是赏景的心情减掉了一半，照相机也成了累赘。很庆幸下山时没有贪多，只走了这么一小段。这下顿悟出为何这里徒步与其他地方不同。其实与我们曾经徒步过的地方相比，大峡谷山路的难度并不是最高的。这里的路况颇像加州的 Pinnacles National Monument，不算最差，只是下山在前，上山在后，但要命的也就是这一点。其他地方登山总是先上山，后下山。在大峡谷却相反，当你走得筋疲力尽之时，该上山了。怪不得有人来过后便诅咒发誓再也不到这儿徒步了。登到山顶后，先生问我徒步的感觉，爱耶？恨耶？我毫不犹豫地回答：I love it（爱）！不过转念一想，不对，若让我的路程加倍，答案很可能就会完全相反了。爱和恨总是那么紧紧相连，互相转换。

当天下午，我们意犹未尽，便又继续去步行头天没能完成的峡谷边缘小道。我们在临近黄昏时开始行走，面向西方看着落日，不时停下来欣赏夕阳下峡谷里金黄色的光线交错。当最后一抹落阳消失在山脊上时，我们刚好走到小道的尽头。如此美妙的巧合，为我们的大峡谷徒步画上了一个圆满的句号。我不由得大声地自言自语道：Hiking in Grand Canyon，I just love it!（徒步大峡谷，爱煞我也!）

写于二○○六年

待月拱石下

位于犹他州的拱石国家公园（Arches National Park），以它的两千多个天然拱石而得名。其中最有名的"精致拱石"（Delicate Arch）因其雕塑般的造型和恢宏的气势而名扬天下，已作为犹他州的标志印在汽车牌和邮票上。2002年冬季奥运会的火炬也曾从它下面经过。

拱石国家公园的奇景之一是拱石托月。曾见过这样一帧照片：黄昏的荒野里，红色的精致拱石的上方悬挂着一轮昏黄的圆月，构成温柔与苍凉的绝妙组合。若能亲身体验这样的景致，将会是一生中难得的经历。于是当我们计划犹他之旅时，拱石看月便成了最重要的主题，整个旅游行程都围绕着它而定。我们择日择时，安排了月圆之日——阴历十五、十六日两天去拱石公园。公园内没有旅馆，只有露营地，公园外有个小镇叫Moab，很多游客都住那里。为了方便赏月，我们毫不犹豫地选择露营，这样就不必在赏月之后摸黑开车回Moab镇。打听到露营地很紧俏，仅50个位子，赶紧早早定位。精致拱石位于山顶，欲得亲近，必须登山，故又仔细地研究了登山小道。一切安排妥后，我们兴奋不已，希冀着在月圆之夜，徘徊于拱石之下，仰观明月冉冉升起的那一刻。

那日清晨，我们从梅莎维德（Mesa Verde）国家公园出来后便驶向拱石公园。一路风景甚是荒凉，车内蔡琴的嗓音又不失时机地唱起"天涯何处是归程"，给人徒添一份漂泊感，一股淡淡的苍凉。快到拱石公园时，景色渐渐奇特，心情也陡然转变。我们来到了一个红砂石的世界，这里大块的红色岩石构成了荒山。不同的是，这些荒山给人的感觉却是暖暖的。同科罗拉多高原的其他地方一样，拱石公园的奇石也是由水和冰、极端的气温和地下的盐床运动造成的。然而，由于岩层的不同，拱石公园的石头不像其他地方的岩石那样锋芒毕露，它们被大自然打磨得没了棱角，表面都是圆乎乎的，呈粉红色，千姿百态地立在蓝天之下，像一个粉红色的童话世界。岩石中造型惊人的有如"平衡石"，奇特的有如鱼鳍，憨态可掬的有如"三学者"。当然最为吸引人的还数这里的形态各异大小不同的天然拱石。这些拱石遍布于各处，或立山之颠，或在路之旁，或隐石林中，或在你回眸之时，突然出现在你的视野内，让你惊呼不已。

走近这些岩石，像翻开一部立体的童话故事书，其中的人物房屋都栩栩如生，只有情节需要自己去构造想象。最让人开心的是这里的露营地完全散布在粉红色的岩石之中，是我见过的最有情调的露营地。就在我们的帐篷背后不远处有一片石丛，那里有一个不知名的大拱石。一搭好帐篷，我就急不可耐地一个人逛到那个大拱石那里去了。奇妙的是当我一人独自走到石丛中时，感觉这些石头都有生命似的，我冒昧地闯进了属于它们的世界。于是只好静静地坐在岩石上，用心去聆听"石语"。

刚到公园的那天上午，天气欠佳，但中午便云开日出，真是喜出望外。心想咱们这一路出来一直很顺利，巧的是这里圆圆的山石也暗合了我们待月的心情，今晚看月肯定有望。没想到下午天气又突然转坏，狂风四起，吹得帐篷摇摇晃晃。尽管这样，我们仍然期待着奇迹，决定按原计划登山待月。查到当晚月亮升起的时间是七点四十分，近六点便开始登山，直奔精致拱石。

通往精致拱石的登山小道设计得非常妙。妙就妙在整个路途中完全看不见精致拱石。小道全程约 5 公里，属于中等难度的徒步小道。路的前半部分是荒山，无甚好看。然后是很大的一个红石山坡，登上此坡后便容易多了，而且风景也越来越好。靠近拱石时山路险峻。小道的一边是陡峭的山岩，另一边是悬崖，悬崖下面是浅红色的山石，构成了奇异的大厅。在这里我遇见了几位日本老妇人，一身上下装扮得干净利落，很惊奇她们居然也爬上山来。其中一位见着我就说，"不远了"，然后又补充一句，"每跨一步都很值得"。果然如老妇所言，一转过峭壁，精致拱石"轰"的一下便矗立在眼前，销魂夺魄。左边是万丈悬崖，右面不远处即是粉红色的拱石，立在右边的悬崖旁，真的是无限风光在险峰。奇哉，壮哉，美哉！

终于到达了目的地，我们一路辛苦攀缘，为的就是在这拱石上的最后等待。可奇迹却并没有出现，当时已七点左右，天空中阴云仍然未散，赏月无望。结局如此，我实在是不甘心，想在此多待一阵，或许还能够捕捉那云破月出的瞬间。谁料突然雷声大作，闪电也隐隐可见，接着就打雨点

了。该来的不来，不该来
的来了，万般无奈只得下
山。这个策划得几乎完美
的拱石赏月计划就这样泡
汤了，人算不如天算啊！
那天在拱石待月的除了我
们外，还有其他的人。他
们也查好了月亮升起的时
间，专门在黄昏时登山，
结果和我们一样，落得个
失望而归。下山途中经过

著名的精致拱石

那个大坡时，见一位身穿制服的公园管理人员在坡上徘徊，问之何故？原
来他今天当值，知道月圆之日会有众多的人在拱石下观赏，赶来作讲解。
但一看这雷，这雨，便踌躇不前了，打雷之时山顶上不安全。听他这么一
说，我们好庆幸没有在山顶上逗留，更加快了步伐，顶着电闪雷鸣，匆匆
下山。回到露营地后，天已全黑了，雨仍然下得很大。雨中露营，颇为狼
狈。胡乱吃了些食物，然后裹着睡袋，听着风雨声在帐篷里酣然入睡。

　　第二日雨停了，我们去参加了一个由公园管理人员带领的高难度徒
步。徒步小道叫做 Firey Furnace Trail。这是拱石公园里最受人喜爱的一项
徒步，每天限制只能有 50 人参加，每次 25 人，分上下午两班。小道一共
只有 5 公里，但很多时候都在岩石上攀登，很有挑战性。这一路的徒步果
然是终生难忘的经历。小道完全穿凿在像迷宫一样的山石里，时而峰回路
转豁然开朗，时而乱石险道一线观天，徒步者需手足臀并用。景色之奇
绝，是对外开放的徒步小道所不能比拟的。徒步的快乐，聊补了头一天的
失落。

　　徒步结束后，云散了，又露出了蓝天。好天气持续到了傍晚。看见天
色如此之好，心想老天还是挺眷顾我们的，十五的月亮十六圆，今晚有
戏！只是没力气再登山去看精致拱石了。公园里另外一个极好的赏月地点
是"南北窗"，这是两个相隔很近的拱石，处于平地，位于东方，所以无
须登山也能见到月倚拱石的景致。于是黄昏时分我们又匆匆地赶往那里，
爬到拱石上慢慢等待月出东山。不料稍等了一会儿天色就开始变了，只见

行走北美篇

西方的天际上乌云开始聚集，夕阳从厚厚的云层里挣扎着露出了个模模糊糊的脸，冒出一团红球，然后便消失了。渐渐地这乌云便侵袭到整个天空。我们在拱石上坐看云起远观游客，倒也快意，只是这月亮老不出来，惹人着急，乌云已经快伸展到东边了。近八点时，远近已不见任何游客，月亮却依然无影无踪，乌云布满了苍穹，我们只得爬下拱石，快快离开。这一路又是雷鸣电闪，摸着黑回到露营地，失望之极。

半夜，闻帐外风声稍驻，起身走出帐篷，却意外地发现天空中明晃晃地挂着一轮秋月。月亮就这样在不经意中一下子出现在我们的头上，让我又惊又喜。真的是踏破铁鞋无觅处，得来全不费功夫，可遇不可求啊！那晚的月亮出奇的亮。曾经在旧金山海湾边见过初升的、最最温暖的、形如南瓜灯的橙色月亮，也在东部大烟山国家公园（Great Smoky Mountains National Park）附近见过最最凄美的冷月，那晚见到的却是最最明亮的圆月。月亮像天灯一样悬在旷野之中，四周清晰可见，感觉如白昼，满地的银霜映着我们长长的影子。生平第一次见到这样的明月，欲歌却无词了。于是在银色的月光下来回走动了一会儿后，才恋恋不舍地回到帐篷里，真想把帐篷顶上的那块塑料布掀去，让水银般的月光密密麻麻地透过帐篷的小孔，洒进帐篷。

心里惦念着圆月，清晨天还没亮我又走出了帐篷。发现明月西沉，正好悬挂在帐篷背后的红色岩石上，依然明亮，又是一幅旷古奇景，赶紧摄影留念。收拾帐篷时，想到这两天的际遇，心里很感慨，拱石待月，终究没有落空啊，老天还是很眷顾我们的！这世间之物多是可遇不可求，在茫茫人海中求一知音固然如此，即便是江上之清风，山间之明月，耳得之而为声，目遇之而成色，却也是要有缘者才能耳得目遇。不过，理虽如此，人们还是在继续追求着，寻觅着，期望着。这世界只要有人类，就会有追求。也许，寻寻觅觅，期期惘惘，就是人生的乐趣和价值所在，就是人生的真谛。

写于二〇〇六年

锡安小忆："情花"，窄峡，处女河

    2006 年曾到犹他旅行。回到旧金山后，好一阵都觉得不对劲，城市附近似乎永远是雾蒙蒙的，怎么也看不清楚。每当此时犹他的山水便又浮现到眼前，真让人怀念啊！那里远离尘嚣，空气几近透明，一眼即能看清天边的每一丝云彩，就连吹过的山风都带着野味。时光流逝，生命中的不少往事都渐行渐远，慢慢淡出记忆，但有些经历，有些画面却越来越清晰地定格在脑海里，犹他之行就有不少这样的记忆。

    犹他众多的国家公园各有特色，锡安峡谷国家公园（Zion Canyon National Park）是我们最喜爱的公园之一。这个公园里游客访问的最主要的地区是锡安峡谷。锡安这个名字被摩门教解释为"避难之处"。摩门教的先驱们在 19 世纪 60 年代将此名冠以这个峡谷。谷底有一条河流，名叫"处女河"（Virgin River），弯弯曲曲，从峡谷间穿插而过。游人到此都是先进入谷底，自下而往上观看。峡谷四周的山，山势雄伟，一峰连着一峰，不少山峰一半是峭壁，一半是绿荫。和犹他地区的其他公园相似，最常见是红色的山石。峭壁上的岩石红白相间，夹着些黑色，增加了凝重感，好像油画。

    与犹他其他公园不同的是谷底穿凿了一条处女河。河水从谷底流过，孕育出了无数的植物（如常青树、柳树、佛利蒙三角叶杨、仙人掌、仙人球等），也造就了锡安的风景，使它在险峻之中不失秀丽，一见便觉得有一种强烈的亲切感。

    由于丰富的植被，这里曾经是印第安人生息之地。我们去时正值初秋，谷里盛开着黄色毛绒绒的兔刷花（Rabbit Brush）和野生的向日葵，还有一种伏地而生的白色野花。此花形态酷似喇叭花，但比平常所见的喇叭花要大出很多，甚为稀奇。故而向当地人打听这究竟是什么花，原来这是一种有毒的植物，人服用后会产生幻觉。早期的印第安人用此植物来开发超凡能力，据说食用后，人们看见一些平时看不见之物，故而名叫 Sacred Datura。不少人服用后中毒丧生。听这么一说，原来这毒喇叭花竟然和金庸笔下绝情谷里的情花有异曲同工之妙。情之于人亦若迷幻剂，让人迷幻不能

锡安国家公园的山

自拔，世间才生出了这么多生生死死的故事。"问世间情为何物，直叫人生死相许"，于是我再见到这花时，便添了好几分的小心，不敢靠得太近。

　　锡安峡谷里最有名的地方被称为"Narrow"，中文可译为"窄峡"，顾名思义，"窄峡"即是峡谷里最狭窄的一段。去"窄峡"得先经过一条河边徒步小道，这是供大多数游人行走的路，铺得很好，小道的尽头便是处女河。要想真正见识"窄峡"，须得下水，顺着处女河涉水而行。去锡安之前我们作了准备，知道要下水，那天便顶着飕飕的冷风，脚蹬凉鞋，身着短裤去了那里。一到水边，我们毫不犹豫地跳了下去。见我们如此爽快，几位一路同行的台湾美眉惊得花容失色。她们中还有人穿着高跟鞋来爬山，当然没有料到需要这样下水，只好望而止步。

　　这水道实在是非常新鲜刺激，河底全是鹅卵石，清澈见底。起初水很浅，越走越深，最深处及腰，且水流湍急，很难站稳。我们跌跌撞撞地走了好一阵，看见不少老美追了上来。他们俱是有备而来，每人手拄特制木

运气真好，看见了这么大一群大角羊

棍，脚穿水鞋，比我利索多了。我没准备水鞋，蹚水走路欲速不达，好几次摔进了水中，连衣服都湿了，整个儿成了"落汤人"，只好死命地护着我的相机。后来凉鞋因吃不住水，也坏掉了。幸好随身多备了一双旅游鞋，赶紧换上，又踩进水中。尽管狼狈不堪，却是乐趣无穷，记不得长大成人后什么时候像这样痛快淋漓地闹腾一通了。路途虽不算太遥远，因行走缓慢，我们在水里泡了约四小时，走到两条河流分界处再走回原处。刚开始时，一直询问究竟这条水路有多长，后来听说很长，一天走不完，只好放弃要走到尽头的打算。

行走在峡谷里，观看奇特的风景。这里一水中流，石裂双扉，最窄之处只有几米。山高水急，在峡谷里听着水声，亦步亦趋，亲身感受锡安峡谷是怎样被处女河雕凿成这般模样的，颇有返璞归真之感。想古人外出时，爬山涉水，恐怕也是这般模样。不禁戏而作歌曰：

处女河涉水

> 处女河兮，清且涟漪，
> 凿彼锡安，绵延逶迤。
>
> 处女河兮，以阴以凉，
> 我持木棍，溯流而上。
>
> 高山巍巍，河水洋洋，
> 扶我木棍，涉水而上！

回到窄峡起点后，全身湿淋淋的，只好坐在河床上晒干鞋袜，也顾不得是不是淑女所为了。窄峡之游，算自己空前绝后的壮举，是我们锡安之旅重彩的一笔。很多年以后，锡安之行的大部分细节都会忘却，唯有窄峡里水中跋涉之乐和岸边晒鞋之窘，将会永远刻在我的记忆中。

锡安忆，最忆是窄峡……

写于二○一一年

华盛顿故居弗农山庄

华盛顿故居弗农山庄（George Washington's Mount Vernon Estate）位于华盛顿郊外，距离首府华盛顿约半小时车程。弗农山庄既是华盛顿故居，又是他和夫人玛莎的最后安息地——他们的墓地也在此。独立战争胜利后，华盛顿为了防止军人权力过大，干扰政府，主动辞去官职，解甲归田，回到了弗农山庄，过着真正的农耕生活。他以农夫的身份为骄傲，精心研究农耕技术，有不少发明。可惜四年以后，全国一致推选他为第一任总统，只得离开此处，入主白宫。八年后，他卸任又回到这里，两年后在这里辞世。

弗农山庄

一进庄园，远远就见到华盛顿居住的主楼（上图）。由于雪后初晴，地面上白雪皑皑。主楼的红瓦白墙在雪地里异常醒目。主楼背靠波托马克河（Potomac River），依山傍水。波托马克河绕着建筑群顺弓流过，好似玉带缠腰，风水甚佳。

我们在导游带领下，参观了主楼。主楼里不允许照相，本来买了一本导游书籍，内有不少主楼的照片，结果离开庄园时发现书被我搞丢了。主楼里有客（餐）厅、卧室、起居室、书房、客房。室内的摆设满有品位的，在那个年代应该算是很奢华的了。楼里不少的装饰画都打上了农人的标志，如画有麦穗等农家物件。唯一奇怪的是主楼里好几间房屋墙壁的颜色是绿色，有些刺眼。据导游讲，在他们那个年代，这种颜色是地位和身份的标志，代表了上流社会，因为当时绿色颜料很昂贵。导游也让我们参观了华盛顿和玛莎的卧室。卧室不大，华盛顿就在那张床上辞世。华盛顿辞世后，玛莎即锁上了那间房屋，搬了出去，两年后她也去世了。卧室外有一道楼梯，华盛顿每日清晨四点半准时起床，从楼梯走出去工作。可以想见，他是一个非常勤劳的人。

从主楼出来便去看旁边那些小楼，然后再去墓地和农场。这些小楼是工具房、厨房、纺织间等。这下让我认识了更加真实的华盛顿，华盛顿不仅仅是一个成功的总统，也是一个成功的农场主。老子那句"治大国如烹小鲜"，这里可以更改为"治大国如管农场"，整个庄园是在华盛顿的精心管理下的。在他经营山庄的 30 年里，面积从 2000 英亩扩大到了 8000 英亩，主楼也从几个房间的小楼扩展到约 20 个房间的大楼。他的山庄基本上是自给自足。庄园里有 300 多个奴隶，其中约一半属于他，一半属于他夫人玛莎。

山庄里除了常住的几百人外，每年还有约 600 个来访客人，光吃饭都不是一件简单的事，所以有专门的腊肉烘烤房。华盛顿雇用了好几位管家替他监管日常事务，每位管家每周都要向他提交书面报告。华盛顿是个非常注重细节的人，他对庄园的每一项工作都有详细的管理要求，诸如果树的栽培、纺织的要求、冰窖（主要用作食用冰）里的冰应如何保存，等等。曾经读到过华盛顿的性格属于"监护（Guardian）"，到此一看，一点不虚。监护性格是在所有的性格里最勤劳、最具有逻辑思维、最知道如何保存自己的类型，而华盛顿当属这类人里最优秀的。有人曾评论道，天佑美国，当初指挥独立战争的幸亏是华盛顿，而不是其他人，方才能够在强大得多的英军面前保存自己，并与之抗衡八年，最终取得胜利。

华盛顿和夫人玛莎的墓地有两处，最初他们葬在旧墓地，但华盛顿去世前就估计旧墓地太小，不能容纳他家族的所有人，便在遗嘱里指示另一处地方建新墓。后人们果然遵照他的遗嘱，将墓地迁到了他指示的地方。

从墓地出来后去了农场。华盛顿对自己的定位首先是农夫，其次才是政治家。绝然不同于中国古代那些弃官不做或在官场失意后寄情于农耕的悠闲文人。这是一位真正热爱农耕、以农耕为荣，并有农耕抱负的人。他的梦想是有朝一日这里能成为世界的粮仓。我们看了他的打麦场，一栋圆锥形的房屋，室内有两层，楼上的地面分内圈和外圈，外圈的地板用木条稀疏钉成，麦子铺在上面，让马踩过。踩碎的麦粒从木条之间的空隙漏到底层，这相当于中国农村打麦，只是省去了人力。这是华盛顿的发明。

从农场出来后，再去了展览馆，然后结束了一日游。原以为这里没多大，只需要 2～3 小时便可，结果我们待了 5 小时，花了很多时间阅读，也观看了几部电影。这些电影更多的是介绍了他在政治和军事上的功勋。一部电影名为《我们为自由而战》，介绍了弗农山庄的相关历史。另外的电影则介绍了独立战争中华盛顿指挥的几次重大战役。这些电影都非常不错。华盛顿身为第一任总统，可以说是第一个吃螃蟹的人，他为后世的总统们设立了标准。当时没有人知道如何当总统，如何与国会合作，等等，甚至连总统的称谓都是个问题。有人建议仿英国皇家方式，称总统为 Your Highness President（总统阁下），华盛顿却决定采用最简单的称谓，Mr. President（总统先生），这个称呼，至今仍然被沿用。后世的总统们都以他为准则，效仿他。人格上华盛顿也让人敬佩，他有一颗仁爱的心。他在晚年很为奴隶制困惑，显然奴隶制与美国的立国基点有悖，违反了他所信奉的人人平等。可是当时要解除奴隶制还为时过早，更加上建国初期，需要稳定，所以他没有能在制度上作任何改变。但是，华盛顿在他的遗嘱里给予他自己的奴隶以自由，他去世后释放了所有属于他自己的奴隶。

写于二〇〇七年

西部奇观：火山熔岩公园

在加州北部靠近俄勒冈州的地方，有一个加州境内最为偏僻、鲜为人知的国家公园——火山熔岩公园（Lava Beds National Monument），由于交通不便，它几乎被人遗忘了。

一个初秋，在斑斓的草色里我们一路颠簸，驶过了很长一段尚未铺好的山路后，到了这个公园。下车一看，果然不虚此行。这里是一片火山爆发后遗留下来的荒野之地，景致非常奇特，火山喷发的各种遗迹比比皆是，如锥形山（Cinder Cone）、火山坑、火山熔浆洞穴（Lava Tube）等，其中最年轻的遗迹来自一千多年前喷发的火山。

此处最独特的地貌当数像隧道一样的火山熔浆洞穴，不同于常见的石灰岩溶洞，这类洞穴是火山喷发而形成的。火山爆发后，喷出的大量熔浆形成了流动的河流。由于地面温度低，最外面的一层熔浆受凉后凝成了硬壳，而内部温度仍然很高，熔浆依然可以流动。待喷发停止后，熔浆流干后便形成了管状的洞穴（下图）。

火山熔岩公园有好几百个这样的隧道状熔浆洞穴，是美国境内最密集的熔浆洞穴之地。这些洞穴纵横交错，密密麻麻地分布在这片土地上，颇似抗战时期的地道。目前大约有二十个洞穴对游客开放，我们参观了七个。除了有一个洞穴里装有电灯外，其他洞穴全无照明，漆黑一片，游客必须自带电筒。这些洞

火山熔浆洞穴

穴大小不等，形状各异，难易有别，昭示着大自然的鬼斧神工。大者如同大厅，可纳百人，而小的洞穴，单人通过亦需匍匐行走，稍不注意就会头撞洞顶岩石，疼痛难忍。最安全的办法当是带上头盔，谨慎行走。我们没

准备头盔，偏我又粗心，好几次头顶被撞，疼得嗷嗷直叫。同行之人见我屡屡不吸取教训，叹息之后，便谆谆告诫道："朋友，做人该低头时就得低头啊！"

在公园的北面，还有两个值得一观的景点：古印第安人留下的岩画和国家野生动物保护地。古印第安人的岩画在一块很大的石岩上。很久以前，这石岩附近是个湖泊，湖泊之中有一座火山喷发，形成了孤岛。印第安人驾着小船来到这个孤岛，刻下了不少壁画。后来湖水退却，这个岛便成了像一堵墙似的石岩。

来到石岩边，我仔细在岩上寻找，想从经年累月风化过的石头上找出特别的岩画。或许是我鉴赏力太差，除少许图像看得出是人类雕刻的外，看不出更多的门道。倒是这石岩在金色蓬草的衬托下，构成了一幅地老天荒的景致，仿佛这是在远古时期，现代文明离这儿很远很远。有意思的是在靠近底部的石岩上留有不少现代人刻下的字迹（当然是英文），多为人名，以示"孙猴子"曾到此一游。人类的行为总是惊人的相似，幻想着流芳百世的显然不仅仅限于中国人，古今中外皆然。

公园附近有个国家野生动物保护地，叫做 Tule Lake。这是在蛮荒干燥的土地上荒草丛中包裹着的湖泊。湖中芦苇丛生，一派江南水乡景色，让我的双目为之一亮。水是生命的源泉，在这荒寂之处有这么一湖碧波，便有了生命。这里是成百上千水鸟的栖息之地，更是观鸟者的天堂。尤其是春秋两季，当候鸟迁移之时，成群的各种鸟类在此歇息，景象非常壮观。我们去时虽是初秋，还没有到候鸟最多的时候，但已看到各种鸟类结队成行，呼呼飞过。还见到了好些稀奇的鸟，如形似鸵鸟的鸟类、鹤类等等。湖面上更有大大小小的野鸭，无忧无虑地戏水，快乐地享受着生命。鸭群经行之处，湖面上勾画出道道有序的波光。

伫立湖边，极目远眺，秋风渐起，芦苇摇曳，不由得想起诗经秦风里的《蒹葭》一诗和围绕着它的争执。"蒹葭苍苍，白露为霜。所谓伊人，在水一方。"人们一直认为这首诗描写的是秋景，后世因此而衍生出了"秋水伊人"这样美妙的词句。不久前读到一篇文章，考证该诗究竟描绘的是何季节的景色。按此文的说法，诗里描写的不是秋天，而是夏季。所谓白露，指的是植物表皮的白色分泌物，而非秋霜。若果如此，那么千百年来人们一直在沿袭着一个美丽的错误。不过此时此刻，面对着眼前的芦苇丛，我更愿相信这首诗是秋景的写照，因为它蕴含的意境比描写夏季要美得多。

绕湖一圈后，天色渐晚。此地还有一个重要景点：Captain Jack´s Stronghold，这是一处历史遗迹。1872 年，当地的印第安人因为拒绝迁移到"保留地"，52 个处于半饥饿状态的印第安人利用火山熔浆洞穴的奇特地形，与兵力 20 倍于他们的联邦军队对抗了整整 5 个月，最后当然还是被俘或被杀了，这就是历史上有名的 Modoc War，现在这块地方已被开辟出来让游人参观，可惜我们没时间了，因为要赶在日落前上路，甚是遗憾。

写于二〇〇五年

仙斯塔山之缘

（一）初见仙山——2004 年

仙斯塔山（Mt Shasta）是加州北部一座雪山。如果用一个字来形容它，那就是"美"。在高速公路旁连绵起伏的苍翠山峦之中，仙斯塔山的双峰拔地而起，直插天空。山顶上白雪皑皑，在蓝天的衬托下闪着圣洁的光辉。当我乘车飞驰而过第一眼见到它时，就被它那突如其来、让人措手不及的美深深地感动了。平生从不相信"一见钟情"，可就这么匆匆一眼，便再也忘不掉这座雪山了。

这是一座随时仍然有可能喷发的火山，也是座充满了神秘的灵山。山高14400英尺，比美国本土上最高的惠特尼峰（Whitney）略低一点。北加州的印第安人视它为圣山，而早期的探险者和登山者则从这里获取灵感。像中国的神农架一样，仙斯塔山充满了传奇，是传说中的小矮人、大脚怪和不明飞行物 UFO 的出没之地。此山也更是各类宗教活动的场所。20 世纪初，几本有名的书籍的出版使这座山进入了文学家和诗人们的笔下。

著名自然主义者兼作家约翰·缪尔（John Muir）曾这样描述道："当我第一眼望见它时，我正孤独而又疲惫地行走在距离它50 英里外的萨克拉门多低洼而又崎岖的山谷里。顿时，我血管里的血液便都变成了酒，疲惫一扫而空。"

"When I first caught sight of it over the braided folds of the Sacramento Valley, I was fifty miles away and afoot, alone and weary. Yet all my blood turned to wine, and I have not been weary since."

美国诗人乔奎因·米勒（Joaquin Miller）也写下了这样的诗句："孤高如神，皓若冬月，仙山突起，独立于北加州的黑色森林之中。"

"Lonely as God, and white as a winter moon, Mount Shasta starts up sudden and solitary from the heart of the great black forests of Northern California."

热爱自然的美国总统西奥多·罗斯福（Theodore Roosevelt）说过："仙斯塔山的黄昏暮色是我见到过的最为壮观的景致之一。"

"I consider the evening twilight on Mt. Shasta one of the grandest sights I have ever witnessed."

而我，则在一年之后有幸见到了罗斯福总统所见到过的最为壮观的仙斯塔山的黄昏夕照。

（二）终了此愿——2005 年

2005 年的秋天，我终于如愿以偿，专程来仙斯塔山附近露营几天，零距离地亲近了这座北加州最为瞩目的山，见识了美丽的雪峰下真实的一草一石。秋日的雪山，大部分的积雪都已消融，是登山的好时机。第一天我们驾车到了半山腰，然后沿着光秃秃的山往上走。山上除了有一点贴在地皮上生长的植物外，几乎没有绿色。脚下全是火山灰，很干燥。山坡上随处可见各色的石头，有红的、黑的等等，想必都是火山喷发时带出来的。由于上山属危险活动，上山的人都必须填好申请表，写明家庭住址、车的型号、何时下山等等。若打算登顶，还得另外申请"登顶证"，以防万一。山上几无人迹，只遇到了两位身穿防寒服、头戴头盔、脚踏登山鞋、全身披挂的登山客。他们是早上三点开始爬山的，登上了山顶。我们见到他们时，已是下午 5 点，正值他们的下山途中。由于我们去的时候太晚，没敢爬太高，只在光秃秃的山上走了一阵便依依不舍地下山，去了山下的草甸。这草甸是印第安人拜神的地方，他们的圣所。在这里他们对着青青草地低声祭拜。让我们吃惊的是草甸里野花竞放，秋花竟如春花般绚烂。

徒步仙斯塔山

第二天，我们挑选了另外一条登山之路 Bunney Flat Trail。此路从山下开始攀登，是一条缓缓上坡、非常美丽的登山之路。时值初秋，天高云淡，穿越稀疏的松林，踩着一路的黄花，盘旋上山，好不快意。途中偶尔也能见到其他的登山之人，大都是真正的登山之人。他们背着完整的行李包，里面装有食物和帐篷，以便途中住宿。不少人手中还有登山棍，以助登山。荒山上行走，遇到任何人都是快事。真可谓相逢何须曾相识，见面之时，总要打声招呼。从山上下来的人往往是一脸疲惫，但神情中却难掩成功的得意；上山的人英气勃勃，虽比我晚来，却很快就能超过我而前行。

走了大概 8 里山路，便到了一个称为马营（Horse Camp）的地方。等待在那里的是一幢石头砌成的小屋，还有一眼清泉。早期的人骑马上山，马营是他们在半山腰的一个栖息站，现在这儿已不允许马上来了。从马营登上山顶，有经验的登山者大概需 7 小时。由于我们没有足够的装备，也没经过训练，没敢继续攀顶。离开仙斯塔山时，望着那在夕阳中泛着红光透着圣洁的山峰，万般不舍，遂作歌曰：

> 少时醉流水，中年更爱山。
>
> 山水皆有情，仁智可两全。
>
> 脚踏火龙地，悠然登仙山。
>
> 秋卉添画色，松风林中旋。
>
> 渴饮清泉水，饥餐牛肉干。
>
> 路遇同行人，点头笑灿然。
>
> 同为登山客，相惜更相美。
>
> 美哉仙斯塔，天地汝接连！

（三）再续前缘——2009 年

第三次接近它是 2009 年 5 月底。同第一次一样，我们只是从它身边驶过。这次山峰积雪更多，它的美有增无减，依然让我感动不已。车飞快地开着，我贪恋地望着它，隔着玻璃窗不停地按动相机。望着那高耸入云的山峰，回味着读到过的描述此山的最好的一句话：MT Shasta，where heaven and earth meet——仙斯塔山，天地连接之处。

写于二○一○年

熊乡遭遇大灰熊

刚去了大提顿，黄石，冰川公园。那一带是熊的出没之地，被称为熊乡（Bear Country）。出发去黄石公园前两天，听到了大灰熊（Grizzly Bear）在黄石公园攻击人的新闻，有些吃惊，也略有些担忧。很多年前去过黄石，连熊影子都没见着，怎么现在有熊主动袭击露营地的事？真得要小心才是。于是打算到了公园就马上去买防身所用的辣椒喷雾剂，以备徒步所需。

到了大提顿（Grand Teton）后，与不少游客交谈，问及他们是否见到熊，都说没有。这些游人之中包括好几位背包族，他们在汽车不能去的荒野里徒步了四天仍未见到熊。当告诉我们没有见到熊时，紧接着他们都要庆幸地补充一句："感谢上帝。"恐熊之深，略见一斑。后来我们在冰川公园徒步时，见到大多数徒步者都带有驱熊辣椒喷雾剂，不少人还挂着熊铃，走起路来叮当作响。当然这是后话了。

在大提顿的一个小湖边我们遇见了一位拖着独木舟的当地人，名叫约翰。约翰原是学地质的，据他说地质专业不能谋生，故而改做木匠。因喜欢大提顿地区，在此定居了30多年。木匠约翰极爱户外活动，最近刚从阿拉斯加回来。我们自然又聊起了熊。从他那里我们知道了最早喂熊的是公园管理人员。早期的管理人员甚至在公园设立了喂熊地点，定时定点喂野熊以飨游客。熊很贪嘴，什么都能吃，尤喜垃圾食物。且又记忆力极好，嗅觉特灵，一旦吃过的东西就记住了。以后有机会，会不惜一切去夺取食物。如果游客的帐篷里有食物，就会勾起熊的馋虫，人就危险了。所以在熊乡不准任何食物暴露在外，以免勾引熊。我们问木匠约翰最近是否见着熊，他说最近没有在大提顿见到熊，但在阿拉斯加见着十只黑熊排着队离他不远走过。乖乖，十只，幸好是在阿拉斯加。听他这么一说，再联想到其他人的经历，似乎我们此行见到熊的机会很渺茫，这驱熊辣椒喷雾剂之事也就不了了之了。果然，此后的两天，只有一次远远地望过飞奔远去的熊屁股。

离开大提顿开往黄石公园的路上，前面有辆施工车挡住了路，我们的车只得慢行。我注意到前面有人拿着相机在比划，马上也下意识地去摸相机。这时听见我先生大叫：熊！话音刚落，离我几米远的树林边一只棕色的大熊一下子就跃入了我的视线。这只熊好大，我根本没看清它在做什么便慌手慌脚地比划着按了两下快门，然后我们的车就匆匆开走了。当时幸好是在车里，要不这么大的熊，这么近的距离，不知会被吓成什么样子，后果或许会很严重。其实在车里也不是百分之百的安全，好在这只熊完全无视我们的存在，眼睛都不往我们这里瞟，也就没有什么危险。拿到匆忙中拍摄的照片（下图），不敢肯定是黑熊（Black bear）还是灰熊（Grizzly bear）。一到黄石公园就忙着找公园管理人员辨认，经四位管理人员一致确认是灰熊，主要因为灰熊肩背上有块凸起的肌肉，而黑熊没有。他们都恭喜我们能拍到这么好的照片，更恭喜我们是在汽车里见到这个宝贝的。灰熊是所有熊里最凶悍、最危险的，绝不是可爱的熊宝宝。如果遇上黑熊进攻，人可以反抗，甚至还可以打它一耳光。但若是灰熊进攻，唯一的求生方法是趴在地上装死，以躲过一劫。若要抵抗，这家伙准会灭你没商量。

和我们短兵相接的灰熊

后面的事就奇了，似乎是这只大灰熊开了个头，咱们的"熊缘"也就接二连三地来了。黄石公园虽是熊乡，大多数的人都只是隔老远用高倍望远镜看熊，而我们进了黄石后，几乎每天和熊都有一次"约会"。

离开冰川公园那天，一盘点，居然总共见到了十只熊，其中四只都是近距离接触，相距几步到十来米。最亲密的一次接触居然比在大提顿相遇的灰熊还近，仅有几步之遥。那是一只小黑熊，它在树林边大口吃着树叶，完全不理会我们在一旁观看。当然啦，熊每天需要纳入15000卡到20000卡的热量，又以素食为主，必须不停地吃才能摄取足够营养，哪里还顾得有没有人观看。我们就趁机在车里看了个饱，还留下了它的靓影，并为它录了像。除了正在贪吃的熊、我们还有幸见着了在水里游泳的熊、乱走乱跑居然闯入高尔夫球场的熊、在路边大摇大摆行走的熊和被徒步的人吓得掉头就跑的小黑熊。总的感觉是熊一般不理会人，更不会主动进攻人，除非受到了惊吓。离开熊乡后，好一阵子我都不习惯，不敢相信我们不必再防备熊了。回家的路上突然想到此行见了这么多的熊，似乎有些不妙，应该不会昭示着大熊市吧。好在咱们在黄石见了更多的野牛，算是牛多于熊。现在啊，咱特希望有人来问我见到了熊没有，除了可以得意地说一声"见着了"，也还会庆幸地补上一句"感谢上帝"！

写于二〇一〇年

行
走
北
美
篇

魔幻世界：奥林匹克公园的温带雨林

高大的树木，纵横交错，树上蒙有厚厚的一层寄生苔藓。新生的枫叶透着鲜嫩的绿色，地上也覆盖着各种蕨类植物，蔓草、苔藓。苔藓大都为暗色调，有着经年累月的痕迹，给这片林子的色彩增添了层次。空气湿漉漉的，似乎也带着绿色。一切都是原生态。此处叫做 Maple Grove，是奥林匹克国家公园的霍河温带雨林（Hoh Rain Forest）里最奇异的一处景点。

霍河温带雨林

我们几人仰望着这些树木，有点手足无措了。我拿着相机左比右画，这么高大的树木，这么宽阔的景致，怎么也照不下全景，心里那个急呀！

这是我们第五次造访华盛顿州的奥林匹克国家公园。奥林匹克国家公园集海滩，丛林，雪山，雨林为一体，但最主要的看点是温带雨林。论海岸，奥林匹克公园的海岸远不及俄勒冈海岸和加州海岸。论山势，奥林匹克公园的飓风山脊（Hurrican Ridge）虽然山势雄伟，有大提顿的韵味，却没有大提顿山峰那种拔地而起的英姿。这里最独特的便是温带雨林，奥林匹克国家公园也因此而被联合国列入世界自然遗产名录。

地球上的温带雨林主要分布在北美和南美的西部。奥林匹克公园是温带雨林的代表。这里太平洋带来的潮湿空气提供了每年 60 ~ 200 英寸的降雨。与热带雨林不同，温带雨林有季节变化，所以温带雨林比热带雨林的生态系统要简单，物种也要少很多。不过，这里还是有非常丰富的物种。

来到这里马上就能感觉到这里的植被明显与加州的森林不同。加州有很多红木林，也有很多橡树林。橡树林里的老橡树张牙舞爪很是诡异，每次见到它们总让我很惶惑，怎么也想不通橡树为什么会成为中国诗人笔下讴歌的对象。奥林匹克公园雨林里的树木多是各类杉树：道格拉斯冷杉、北美云杉、美西红侧柏和铁杉（The Douglas – Fir, The Sitka Spruce, The Western Red Cedar, The Western Hemlock），都穿着厚厚的"外衣"。阳光从森林顶部注入，一束束的光柱照在挂满了蔓草和苔藓的树枝上，令人眩晕，像是走进了魔幻电影里。一方水土养出一方的故事，原来哈利波特和指环王那样的电影是有生活原型的，人类的想象力终究不能超越生活。

　　我们今年又一次来到奥林匹克国家公园是为了了结一个心愿，在雨林里徒步。说来难以相信，之前的四次造访，居然都没有在雨林里痛快徒步过。理由很可笑，没有信心能走完不到两英里的路程，而那几乎是 20 年前的事了。如今两英里对我而言实属小菜一碟，这才有机会真正目睹了北美最好的温带雨林。

雨林里的杉树

　　有机会去那里的朋友，除了去公园西南部的最典型最著名的霍河雨林（Hoh Rain Forest）外，建议有时间应该也去另一处，叫做 Quinault，那里游客较少，有不少地方类似于霍河雨林的 Maple Grove。要紧的是到了那里一定要用脚走路，无限风光，尽在脚下！

写于二〇一一年

总统山，疯马，黑山

"在荒草的海洋中，黑山犹如孤岛"……这句话是我在南达科他州的黑山（Black Hills）的某个景点里读到的，形象而准确，就记住了。

的确，美国中西部荒草连绵，了无尽头，驾车经过，很久都是同样的景色，不免乏味，黑山的出现让人立即振奋。这好比大海乘船，刚开始看见大海时非常激动，恨不得高喊"大海呀大海"，几天过后，面对云水苍茫，变得漠然，直到看见海上的岛屿才会再度兴奋起来。黑山，就是中西部荒草海洋中的孤岛。

黑山位于南达科他州，起源于南达科它的西部，延伸到怀俄明州，最高峰高达 7244 英尺。之所以叫做黑山，是因为山上覆盖着的松树让山看起来是黑色的。虽然黑山的知名度远不及犹他和科罗拉多那一带的落基山脉，但在当地却是印第安人的圣山。很早以来黑山地区就有印第安人居住，后来这里发现了金子，曾经有过淘金热，现在旅游业逐渐取代了采矿业。

来到黑山地区的南达科他，最让我们感受深刻的有两点。第一是这个州有"本钱"，完全可以傲视其他州。有本钱，指的是旅游资源。黑山突兀而起，造就了南达科他地区的奇特地貌。它山势奇巍，有的地方像云南石林。黑山附近地面由于风化腐蚀造成了像恶土国家公园（Bad Lands National Park）那样的风化地貌，地下又有地质奇观风洞（Wind Cave），还有北美最大的猛犸象化石坑（Mammoth Site）。这些奇特的景观，给南达科他州带来了繁盛的旅游产业。在那儿的感觉就是南达科他不是我想象中的穷州，相反，它的公共设施比加州好得多。

第二点印象是南达科他的人怎么都这么"憨"，动不动就雕一座山。黑山地区有两处巨大的石雕，都是直接雕刻一座山。一处是有名的四总统头像（Mt Rushmore），另一处知道的人可能不多，它是一位名叫疯马

（Crazy Horse）的印第安人的雕像。

最早提出在黑山雕刻著名人物的像以吸引游客的是南达科他的历史学家罗宾逊（Doane Robinson）。他希望能雕刻几位早期开拓美国西部的人物像路易斯和克拉克（Lewis and Clark），于是找到了丹麦裔的艺术家古充·博格努（Gutzon Borglum）。博格努提出应该刻上总统头像，并选中 Mt Rushmore 作为雕刻地点，因为此山面朝东南向，雕像可以接收清晨的阳光。1927 年这个工程得到了政府的资金，雕像开工。博格努把他的时间全都奉献给了这个雕像，于 1934 年到 1939 年完成了总统头像的面部。1941 年 3 月博格努逝世，他的儿子林肯·博格努接着干，到了 10 月份才彻底完成。现在每年有三百万的游客来总统山参观，的确给南达科他带来了巨大的旅游业收益。

总统山雕刻的最初打算是刻上三个总统头像，华盛顿、杰弗逊和林肯。华盛顿是开国总统，他领导独立战争让美国独立，后来又高瞻远瞩，不当皇帝，只当总统先生，为美国的民主制度奠定了基础。杰弗逊是独立宣言的主要执笔者，也是美国第三任总统。他对美国的另一重要贡献是低价从法国买进路易斯安娜（The Louisi-ana Purchase），让美国领土翻倍。

总统山近景（从左到右：华盛顿、杰弗逊、罗斯福和林肯）

我对他最深刻的印象是他与美国第二任总统亚当斯的友谊。早年杰弗逊与亚当斯是政敌，晚年却惺惺相惜，成了挚友，最后他们俩在同一天逝世，那一天恰巧是美国建国 50 周年的日子，真是难以置信的巧合。林肯是美国内战时期的总统，他带领美国战胜了分裂，维持了国家的完整，并解放了黑奴。第四位总统头像是西奥多罗斯福，最初的设计里没有他，后来雕刻家博格努发现还有多余的位置可以放下一个头像，于是罗斯福"幸运"地得以入选。罗斯福最主要的贡献是保存了美国自然资源。在他就任期间，建立了国家公园制度，保护了森林、公园、纪念碑、鸟、濒于灭绝的野牛，等等。此外，建立公平交易法案，遏制大公司垄断，还开通巴拿马运河，让美国在世界事务中发挥巨大作用，是现代美国的塑造者。

　　黑山的另一尊巨雕是疯马雕像，记录了历史的另一面。疯马是一位印第安人领袖，抗击白人的英雄。他以勇猛善战著称，是北美印第安战争的灵魂人物之一。印第安人为了纪念他，聘请了一位波兰裔的艺术家 Korczak Ziolkowski 在他们的圣山黑山上为他雕像。这个雕像是目前世界上最大的石雕，他的头就有 27 米高，比总统头像高得多，总统头像只有 18 米高。目前疯马像的雕刻还在进行之中，不知哪年能够完成。Korczak Ziolkowski 已经逝世，按照他设计的雕像模型，他夫人和子女正继续完成这份雕山的任务，这有些像愚公移山的故事，子子孙孙雕下去，总有一天会完成。

尚未完成的疯马雕像（Crazy Horse）

　　疯马像景区目前还在筹款阶段。按照现行计划，景区最终会办成一个印第安人文化中心，并有学校。能不能实现计划，甚至究竟是计划还是梦想，或者忽悠，都未可知。对我来讲，最让我动容的是这尊雕像所描绘的场景。雕像里的疯马手指着大地，这是他在回答一位白人的提问。白人问疯马：哪儿是你们印第安人的土地？疯马指着大地说道："哪里埋葬有我们的亡者，哪里就是我的土地（My lands are where my dead lie buried）。"这句话读得我血往上涌，它会让我永远记住疯马。

写于二〇一二年

高高的落基山：科罗拉多印象

在科罗拉多落基山高山上行车，真有点坐过山车的感觉，一会儿上，一会儿下，一不留神车就开到了海拔一万多英尺的高处。车行到高处时，看见远处的雪峰硕大而清晰，慌忙拿出相机，还没有来得及拍摄，又下坡了，美景迅速消失在眼前的大山背后。"唉呀"一声后，只好把相机捧在手中，"时刻准备着"，一旦有好景就猛拍一气。就这样在上坡与下坡之间挣扎一整天后，高高的落基山消磨了我们的时间和汽油，也让我们收获了美景和满心的喜悦。

除雪山外，落基山上最诱人的另一道风景是成片的北美颤杨（Aspen Tree）。北美颤杨枝干挺拔，树干上像涂有一层白漆，树皮光光的，看起来像白桦树，在树海里十分醒目。高山上的春天来得晚些，六月初北美颤杨的叶子还是嫩绿色，苍翠欲滴。北美颤杨翠绿色的海洋与深绿色的松林交错，构成了鲜明的色彩层次，美极了。成片的北美颤杨最美，协调得好像团体操，极富韵律感。秋天，颤杨树叶会变成金黄、金红，可以想象漫山遍野的黄红色该是何等的美丽。

根据地质学家的考证，落基山的造山运动属于 Laramide 造山运动（Laramide orogeny）的一部分，始于大约 8000 万年以前，结束于 5500 万年前，那个时期地球板块移动，发生碰撞。碰撞的结果之一就是落基山大幅度抬升，造就了美国西部的奇特地貌。之后，大约4000 万年前，落基山爆发了很

落基山的北美颤杨（Aspen Tree)

多火山，产生的火山熔岩和火山灰富含各种金属如金、银、铜、锌，给科罗拉多带来了非常繁盛的采矿业。如今这里的采矿业虽然萧条多了，不少采矿的小镇经过华丽转身，变成了旅游小镇，但这些矿业小镇的亮丽外形和丰富的历史内涵给落基山的自然风光加入了人文景观，使其增色不少。

一方水土养一方人，早就听说科罗拉多人的体形最好，2007 年统计的结果是科罗拉多只有 18% 的人肥胖，患糖尿病和高血压的排名在全美排列第 50 名。2010 年再次统计科罗拉多患糖尿病者仍然低于 20%。到了那儿一看，果然如此。这是一个崇尚户外运动的地方。高山上和汽车抢道的是三三两两成群结伙骑山地车的人，骑车者遍及男女老少，在很险的山道上也能见到他们的身影。清晨天刚亮，就能看见在户外跑步锻炼的人，山林里带着小孩子登山的家庭更是比比皆是。无从知道究竟是落基山造就了当地人户外活动的习惯，还是喜欢户外活动的人才决定定居在科罗拉多，有一点可以肯定，如同重庆姑娘的美腿与山城有关，科罗拉多人的健美体形应该和落基山有关。

我们这次出游，集中在两个地区。一是南达科它州的黑山地区，二是科罗拉多州丹佛以西的落基山地区，横跨了落基山。我们主要是冲着两类地方去的，一是国家公园和国家纪念碑，二是国家风景岔道（National Scenic Byways）。南达科它州的黑山与落基山比较起来，我们更偏爱落基山，在科罗拉多待了九天（一共出行 14 天）。黑山地区美则美，气势比落基山差多了，相比起来可以算是小家碧玉。落基山脉是南北向，山势宏伟，从加拿大的 British Columbia 到美国新墨西哥州，连绵 3000 英里。所谓高山仰止，应该指的就是这样的大山吧。

写于二〇一二年

猛犸象：一失足成万古恨

听说过猛犸象吗？就是传说中的生长在西伯利亚的古象。

在美国南达科它州的热泉城（Hot Spring）有个世界上最大的猛犸象研究基地：猛犸象化石坑（The Mammoth Site），游客们可以实地参观猛犸象化石发掘场地。

猛犸象是一种已经灭绝了的动物，它们和现代象的祖先属同一家族。猛犸象长着长而弯曲的牙，其中一个生活在北方的种类身上还覆盖有很长的毛，它们生活在北半球的第四纪大冰川时期，大约是从500多万年前到4500年前，其灭绝的原因尚在争议之中，可能与气候变化、人类过度狩猎以及疾病都有关系。

下面的故事介绍了南达科他州猛犸象化石坑的来源。

（一）二万六千年前

故事发生在大约两万六千年前。在美国南达科它州的黑山地区，地质变化引起地下的岩石塌陷，出现了一个坑。周围的沉积物随着泉水流进那个坑，坑里慢慢地积了水。

坑的附近有很多植物，水草丰茂。一只猛犸象偶然地走到了那个坑的附近，或是觅食，或是随便溜达，也不知是主动的还是被动的，反正它进入了坑里。坑的边缘很陡，又很滑，猛犸象折腾了很久，始终不能爬上来，就在坑里饿死了，当然也可能是淹死或累死了。总之，它是一失足就铸成了大错。

掉进坑里的猛犸象自然是没有机会出来警告它的同类，于是这样的故事继续重复着。每十年大概有几只猛犸象不小心酿成了失足之恨。这个过程持续了大概300年到700年。

沉淀物继续流入坑内，掩埋了猛犸象的尸骨。慢慢地水越来越浅，坑被填满了，不再有动物掉入坑内，只在上面留下了脚印。经年累月后，这些猛犸象的尸骨变成了化石，很偶然地被保存了下来，曾经的偶然就变成了永久。在茫茫的星空下，时光抹平了地面上所有的痕迹。

（二）二万六千年后的现在

1974 年，某人买了块地，打算在上面盖房子。挖掘时发现了猛犸象化石。他拿去找专家鉴定，确定是猛犸象后，把这块地卖给了一个非营利组织，只收回了他付出的购买这块地所花费的钱。此后，这里便成为世界知名的猛犸象研究中心，打开了一扇通往远古大冰河时期的窗口。

到我们去的时候为止（2012 年 6 月），这里已经发掘出了 59 只猛犸象化石，其中 56 只为哥伦比亚猛犸象（Columbia Mammoth），3 只为毛猛犸象（Woolley Mammoth），而最新的总数是 60 只了。

猛犸象化石坑

这些化石大多数都在洞穴的边缘，可想而知这些动物当初很挣扎，力图出洞，情景一定非常惨烈。这些猛犸象化石相互重叠，很难弄清哪些骨化石是属于同一动物的，最完整的一套被命名为美丽（Beautiful），还有一头 47 岁的猛犸象被命名为拿破仑。这里还发现一个短脸熊的头盖骨，这种熊是熊族里个子最大的一个种类，弯着背部都有人那么高。这里还有些其他的动物，但最密集的是猛犸象化石。

如今这里已经是世界闻名的猛犸象研究中心，每年都会邀请访问学者来做研究。当然，这里也对公众开放，让我们这样的普通游客有机会长长见识，更让孩子们从小就能培养对神秘的大自然的了解和兴趣。

写于二〇一二年

感恩节的沙漠之旅

"感恩节快乐！"图桑（Tucson）沙漠博物馆里口齿伶俐的鸟飞行表演解说员快乐地向游客们嚷道，结束了她的解说。

那时我正全神贯注地按下最后一张飞鸟照片，听到这祝词，方才记起已经是感恩节前一天了。天，我怎么会把感恩节忘得干干净净的？往年这天是最忙的，忙着为第二天的火鸡大餐做各种准备。

来加州 15 年了，大概只有 2～3 次自己没有操办聚会，每年照例是要烤上一只大火鸡，邀来几家好友，忙碌而热闹地度过这个节日。虽然火鸡肉对我没什么诱惑力，但我就是喜欢烤得红而发亮的大火鸡出炉的样子，那份温馨和富足感，大概是人类从远古带来的饥饿基因的作用。

今年突然想来点改变，不再搞聚会，而是利用那一周时间外出，去我们一直想去的南方，看望巨大的仙人掌。于是挑选了几个去处，约书亚国家公园（Joshua Tree National Park）、仙人掌国家公园（Saguaro National Park）、红石之乡塞当那（Sedona），以及几处古印第安人的遗址。其中亚利桑那州的仙人掌国家公园是我们最想去的地方，几年前就盘算过要去。约书亚国家公园以前去过，是儿子还小的时候去的，留下了不少难忘的记忆，还想再去，算是去怀旧吧。塞当那则是从朋友那里听来的，都交口称赞。除了塞当那，所有这些地方都是沙漠地带，九天的行程大约有一大半的时间花在沙漠里，剩下的时间花在塞当那的红色山石中。红色山石曾在犹他体验过，沙漠在其他地方也体验过，但没有用心体会，这次的沙漠体验算是最独特而深刻的。

说到沙漠，以前总以为沙漠就是像死谷和大沙丘公园里的沙丘，完全由沙粒构成。在沙漠行走就像那些撒哈拉沙漠里的镜头，包着头的汉子牵着骆驼，踩在沙上一步一个坑，夕阳不仅把人和骆驼都染上金黄，也在沙丘上打理出美丽的纹路，错也！准确地说，沙漠是根据降水量来定义的，大多数沙漠的平均年降水量少于400毫米。通常定义的沙漠为平均年降水量小于250毫米的地区，准沙漠的降水量则为250毫米到四五百毫米之间。沙丘是沙漠的极端情形，更多的沙漠只是干寂的土地。沙漠里不仅有植物，还有动物，有鸟，那些鸟肯定还会生蛋，延续生命。在荒寂的外表下，沙漠可以蕴藏强烈的生机。

北美有四处大沙漠，大盆地沙漠（Geat Basin）、莫哈韦沙漠（Mojav）、索诺兰沙漠（Sonoran）以及奇瓦瓦沙漠（Chihuahua）。前三处都在美国境内，奇瓦瓦沙漠则主要在墨西哥。我们这次去了两处，莫哈韦沙漠和索诺兰沙漠。莫哈韦沙漠的标志就是约书亚树（Joshua Tree），这是一种丝兰类植物，叫做短叶丝兰。索诺兰沙漠的标志则是巨大的仙人掌。当你看见这些标志性植物时，你就会知道你身处哪个沙漠了。

沙漠里还有其他的植物，虽然种类不算太多。在这缺水的恶劣环境里，它们的生存能力让人惊叹。这些植物个个都有绝技来对付老天爷的残忍。仙人掌没有叶子，它们就靠表皮进行光合作用，表皮上的孔朝合夜开，最大限度地保存水分。墨西哥刺木长着天女散花一样的树枝，用叶子来调节水分，有水的时候树枝上长出叶子，没有水的时候叶子全掉光，剩下光刺刺的树枝非常醒目地立在沙漠里。沙漠里最常见的是一种叫做牧豆树的树木，它们长着细细的叶片，结出的豆荚曾经是印第安人的重要食粮。

仙人掌的一个品种：Cholla Cactus

在这样的生存环境下，除了植物，居然还有不少古印第安人的遗迹，也不知他们当初为什么会挑选这样的地方来居住。古印第安人引水入沙漠，种玉米，种南瓜，最大限度地利用沙漠植物，在这种地方顽强地生存了很多年。如今在这些遗址里到处都有小牌子介绍印第安人当初如何使用这些沙漠植物，一路下来，学到了不少。很难想象如果把现代人扔回大自然里他们还能坦然地生存下去。

外出短短九天，像是离家很久，这炎热的沙漠让我们感觉距离感恩节非常遥远。每天起早贪黑地在沙漠里折腾，不免感慨，如果我们待在家里，除了增重，不可能增加这么多的见识。人能够有机会不断地学新东西是非常快乐的。以后的感恩节，如果可能，我们还应该外出，给火鸡放生。

写于二〇一二年

仙人掌国家公园

"Sah – Wah – Row"，上了年纪的女公园管理员对我们一个音节一个音节地念着巨形仙人掌（Saguaro）的名字。

不是"Say – Gua – Row"？我大吃一惊。

"当地人没有那样念的。"她在绿棍树（Palo verde）的树荫下摇晃着头，得意地笑了起来。

"喔，是这样。"原来 Saguaro 这个词里的那个字母 G 不发音。我们要是不来到亚利桑那州，恐怕永远也不知道这个词该这样念。

Saguaro 就是巨形仙人掌，索诺兰沙漠（Sonoran Desert）的标志性植物，亚历桑那州的独特风景。据说在亚历桑那就看两样宝物，一是日出和日落，二是巨形仙人掌，而巨形仙人掌最密集之处是在仙人掌国家公园（Saguaro National Park）。

漫山遍野的巨形仙人掌

仙人掌国家公园建立于 1994 年。公园分两部分，分别在大城市图桑的东西两边。西边公园海拔较低，景色以巨形仙人掌为主。东边海拔较高，温度稍低，除仙人掌外还混杂有其他树木。

车从西边开近仙人掌公园时就看见漫山遍野的翠绿，全是巨形仙人掌，它们成行成列地站立在高高低低的山坡上，青翠之间提醒着人们沙漠里也有生命。很多仙人掌没有分枝，落落地独立山岗。不少仙人掌像人张开着双臂迎接来宾，还有些有好几个分枝，似高举着多重手臂向远山呼唤。长满仙人掌的山林像森林，但比森林的树木要稀疏得多，每棵植物之间都有相当大的距离，均匀地分布着。想见沙漠里土壤营养有限，这些仙人掌自然不可能生长太密集，因为没有足够的地力来支撑。

黄昏时分的仙人掌公园

Saguaro 仙人掌是美国的仙人掌家族里体形最大的成员（在全世界算不上），可以长到 50 英尺高，重 8 吨左右，85% 都是水分。它生长很慢，一般需要 47 年到 67 年才能长到 6 英尺高，其生命周期为 150 年至 200 年。这个植物有个特点，在没有意外的情形下，它们的分枝永远向上，这才让它们有了始终如一地张开着双臂的热情外表。Saguaro 的热情外表当然不是虚假的，它们是沙漠里好些动物的生命支柱，其果实汁水甘甜，不少动物赖以生存，而植物本身则是鸟类的家园。

亚历桑那州就看两样东西，日出日落和 Saguaro 仙人掌

在仙人掌密布的沙漠里我们见到了不少做锻炼、走路或跑步的当地人，以老者居多。跟他们聊了聊，知道冬季是沙漠地带生活的人的户外活动季节，夏季太热，这里的人只能在早晚出门，其余时间猫在空调屋里。人类在这样的沙漠地带生存真是一件艰辛的事，现代科学虽然能让人舒服地生活在这样的生存条件下，也付出了代价，就是环境的毁坏。仙人掌公园紧靠着大城市图桑，图桑城市的进一步扩大在很多方面，尤其是水源方面给公园的生态造成极大的威胁。尽管这里是国家公园，多年后能不能见到如今的景致值得打上巨大的问号。

写于二〇一二年

重访约书亚树国家公园

天上挂着一弯新月，极亮，漆黑的天幕上星光点点。我们从约书亚树国家公园（Joshua Tree National Park）出来，在黑夜里行驶，奔向下一站。我呆呆地望着窗外的繁星，神志还停留在公园里，停留在约书亚树上，脑子里突然冒出一段儿歌：

把我唤作树，是个美丽的错误。

我名叫约书亚树，却不用年轮计数，丝兰是我的本家，松柏与我无亲无故。

但在这沙漠里，我就是这里的"树"，在这儿造福众生，我就是这里的树！

是的，约书亚树（Joshua Tree）确实不是树。它虽然有高高的个头，树一样挺拔的身姿，孤独的气质，却和丝兰（Yucca）是一个家族，叫做短叶丝兰。因为它不是树，当然也就没有年轮。这种植物是莫哈韦沙漠（Mojav）的标志，其生长最密集之处就是约书亚树国家公园。

晨曦中的约书亚树

说约书亚树是沙漠里造福一方的树，一点也不夸张。很久以前，在沙漠里生活的古印第安人就知道了如何利用约书亚树。坚韧的叶片被用来编织篮子筐子和鞋，花和籽是食物，而树的得名据说来自摩门教徒。19 世纪中叶，摩门教徒集体往西大迁徙，当这些先驱者看见了这种植物时，便用圣经里的人物约书亚来命名，因为它伸展的树枝像是在给他们西行指路。

有趣的是我脑子里竟会冒出儿歌一样的句子，想是因为这趟旅程有些怀旧，怀念儿子幼小的时候，心有所感，文字便有所流露。那一年，我们第一次来这儿，儿子还是个小孩子，听说要进山，他马上很紧张地在厨房里找刀，说是要用来对付山狮。山狮是影子都没有，这种独特的"树"还是让我们大开眼界。除了树，我们还被这里的山石迷住了。约书亚树公园里怪石嶙峋，让我们联想起西游记里描绘的荒山野岭，石头山，我和儿子便把这些石堆唤做妖怪住的地方。那次只有短短的大半天，只能走马观花，剩下的时间去了棕榈泉附近的山上。

十多年一晃就过去了，始终想着还要再来这个公园，这次终于如愿以偿。旧地重游，心情起伏，每到一处，我们都很努力地回忆上次来访时的细枝末节，寻找上次走过的路。以现在的眼光来看，这里的亮点除了约书亚树，就是它的石堆了，既独特，又耐看，堪为一绝。这次有一天半的时间，我们尽可能地开车游遍各处，还跟着公园导游参观了一处历史遗址：一个农场。这个农场曾经属于一户人家，他们的故事记录了美国早期西部开发者是如何在沙漠的艰辛条件下谋生并且养育后代，令人非常感慨。在那个年月，在这样的生存环境下，男主人很男人，有强壮的体魄和十八般武艺，女主人也很女人，独自担负了所有养育孩子的重任，他们的生存方式是今天的人难以想象的。

此行还是有个遗憾，没有能在公园露营。这样的地方，星夜当会非常美丽。望着车窗外与我们同行的星斗，我深深地叹了口气，这个心愿不知有没有机会实现了。

写于二〇一二年

夏威夷，寻找快乐

临去夏威夷之前，和好些人探讨过这样的问题：夏威夷究竟有何迷人之处？尤其是加州的人，对美丽的海岸沙滩已是见惯不惊，为什么提起夏威夷依然会眉飞色舞？答案居然是惊人的一致：夏威夷是快乐之地。男人们说因为沙滩上有众多"辣妹"，而女性朋友们的回答则朦胧多了，夏威夷的快乐似乎说不清道不明，是刻在骨子里的那种。不信，清晨试着去檀岛（Oahu 岛）的 Waikiki 海滩上走走。无论是在那儿喝咖啡的还是戏水的人，个个都从里到外透露着轻松和快乐，连空气都充满快乐。

在阴冷的一月，带上多年都没穿过的短裤和泳装，怀揣着一肚子好奇和寻找快乐的愿望，与朋友夫妇相约来到了檀岛。我们挑选的旅馆就在著名的 Waikiki 海滩旁。下了飞机安排好住宿后，就迫不及待地直奔海滩。可到那儿一看，顿感失望。这是个周末，沙滩上躺满了晒干鱼的人，拥挤不堪，也显得有些脏乱，心目中的想象立马大打折扣。那天已是下午，阳光把沙滩晒得热气腾腾的，我们踩着沙子行走，又没做下水的准备，一会儿就被蒸得吃不消了，于是便开始怀疑夏威夷那传说中的魅力了。

Waikiki 海滩

从第二天开始，才慢慢地体会到夏威夷的妙处。最明显的好处是这里的气候，几乎是百分百地完美，有夏日的明媚却无夏季的闷热。据说这里一年四季气温都差不多，白日短裤长裙，晚上只需薄被单。Waikiki 海滩其实并不是最美的海滩，岛上其他地方的海滩更值得一去，尤其是北部的海滩。虽然貌似加州海滩，夏威夷海滩比加州海滩温暖多了，任何时候都可以下水。在清浅的海水里戴着水下呼吸管潜游（Snorkeling），是亲近鱼类和海龟最自然的方式。这些鱼儿很漂亮，个头儿很大，大概有一尺以上，根本不怕人，在人的身边悠哉游哉地游来游去，完全无视我等的存在，吾虽非鱼，却也能感知鱼之乐也。

除了悠然来往的鱼儿，岛上人的生活节奏似乎也是慢吞吞的，即使不是周末，海边仍有不少当地人钓鱼弄潮。岛民大都长得黑黑胖胖的，一幅心宽体胖的样子。不知道他们是否有汤加岛那样的以胖为美的审美观，民俗村里见到好些黑乎乎的胖妞也在船舟舞蹈表演队里起劲儿地扭着，显然她们的身材不妨碍她们成为明星。生活节奏慢下来，人也就更可爱。曾经碰见了几位女人，有游客，也有当地人，都是逮住我们就喋喋不休地开聊，似乎没有时间概念。一位大概 60 多岁的单身老妇，向我们快乐地抱怨她已经在海滨待了两天了，居然没有碰上"好男人"。"好男人都到哪儿去了？"她笑着问道，"问得好"，我们附和着，然后相视而大笑。

在夏威夷最不能错过的是这里的植物，它们恐怕是岛上最快乐的群体。檀岛七日，我们的足迹遍布多处植物园、果园和山间小道，充分见识什么叫做植物的乐土、植物的天堂。除了白云蓝天和近乎完美的气候外，频繁的雨水是这海岛的奇妙之物。这雨水可以是哗哗大雨，但更多时候是淅淅沥沥的小雨，随意而来，随意而去。常常是在不经意的时候它飘然而至，而当我们忙不迭地拿出雨伞时，它却又无影无踪了，恰如缘起缘灭，不可捉摸，更不可贪恋。频繁的雨水，在阳光下幻化出七彩长虹；我们几乎每天都有机会见到彩虹。在这奇幻多变的世界里，植物要风得风，要雨得雨，尽其所能恣意生长，在阳光和雨水里快乐地享受生命，延续生命。

岛上的植物至少有三个特点：一是个头大。这里的花花草草都长成巨无霸，无论是仙人掌，还是芭蕉，大得惊人，且普遍有着肥厚的叶片，一看就知道营养充足。以前看电影《侏罗纪公园》时，从没搞清楚那些巨大的植物是真是假，到了夏威夷才知道是真的，《侏罗纪公园》的不少外景镜头是在夏威夷岛屿上拍摄的。第二个特点是品种繁多，到处生长着我们从来没见过的奇花异草，有些是岛上原生的，有不少是外来的。为了控制岛上的植物品种，夏威夷地方政府对带进去的植物品种管理很严格，下飞机就要求填写表格，申报带进去的物种，以免破坏了这里的生态。第三个特点是什么样的植物在这里都能开花结果，快乐地繁衍它们的后代。在岛上有不少是各地都有的热带植物，只是从来没见过这些植物开花，而在这里它们都开着花挂着果实。

我们的植物知识极为有限，绝大多数的果实都不知其名，不过，这丝毫也不妨碍我们在这里享受分分秒秒的快乐，留下好些"历史性"的镜头。镜头之一：在茂密的竹海里被蚊子追咬得飞跑。岛上树林里的蚊子多极了，我们一进去蚊子就蜂拥而来，女友是它们的最爱，几秒钟就可以在她四肢裸露之处留下一串战果。镜头之二：柚子树下，几人席地而坐大嚼柚子，这些柚子都是刚从树上掉下来的，美味远胜四川名产梁山柚子。镜头之三：几人得意忘形，鬓边插上一朵鲜花，对着镜头扭捏作态。哈哈，"别人笑我太疯癫，我笑他人看不穿"，今朝有花今朝戴，乐莫乐兮老少年！

在这快乐的岛屿上，也有一点点凝重，那就是珍珠港。珍珠港修建有纪念博物馆，游客还可以乘船去参观"亚历桑那"号（Arizona）的纪念碑，准确地说，这个纪念碑应该叫做"纪念囮船"。这是一个船形的建筑物，立在水面上。当年在珍珠港之战时被日本打沉的美国战舰"亚历桑那"号就直接位于纪念船下面。在纪念船上，望着天蓝蓝海蓝蓝，很难想象当年的战火与硝烟。往水下看，"亚历桑那"号的沉骸依旧斑驳可见。尤其让人惊叹的是，沉船之处的水面上不停地泛着一圈一圈的油，这油显然是从"亚历桑那"号沉船里冒出来的。从1941年12月7日日本偷袭珍珠港到如今已经近70年了，战舰上的油还这么源源不断地从水底涌出，真叫人感慨万千！阳光下，这泛着五彩之光的油圈真真实实地把那段历史再次凸显。夏威夷，你的快乐不是没有代价的！

写于二〇〇八年

行走北美篇

科威夷岛的鸡

科威夷岛给我们的第一印象竟然是鸡。

到达科威夷岛的第一天已经是晚上。这个岛比较荒，从机场出来的路上几乎没有灯，什么也看不见。摸着黑开车找到了旅馆，胡乱吃点东西，匆忙洗洗就睡了。第二天清晨，天还是黑的，伴随着哗哗的海涛声，竟然传来一阵公鸡的叫声。久违了，这么充满田园味道的声音，心底淌过一道亲切。出了旅馆，就看见附近走动着不少鸡。公鸡有着黑红的毛，很精神的样子，时不时把头往上一伸，咯咯咯……想起了飞机上邻座的话，她是夏威夷大岛的居民，告诉我岛上的人喜欢养鸡。果然如此，我猜想这些鸡都是附近的住家户养的。

再多走些地方后，发现太蹊跷了，怎么到处都是鸡在跑。公鸡们的模样很相似，母鸡外貌相差大一点。搞笑的是公鸡打鸣的声音此起彼伏，不仅仅是清晨鸡叫，白天也不停歇，几近荒唐。这些鸡个头不大，大概最多就两斤重，奔跑迅速，急了还能变成飞鸡，飞起来老高。公鸡聚集在一起时不时还有斗鸡表演，能飞上树，厮打后又从树上飞下，互相追逐。看这阵势，我们断定这些鸡是野生的，只是它们的外貌一点也不像野鸡，是家鸡的模样。

科威夷岛上的鸡

到了一处博物馆，赶紧请教。管理人员哈哈一笑，那善解人意的表情让我们知道我们不是第一个问这个傻问题的。这些鸡是最初波利尼西亚人迁来夏威夷时船载而来的，确实是家鸡，后来可能是走失了还是什么的，就变成野的了，已经生存了上百年，如今是受保护的。在网上看见的另外一个解释是1992年的飓风 Iniki 摧毁了不少当地的养鸡场，鸡们得以胜利大逃亡。无论是哪种版本，根本原因在于岛上没有鸡的天敌，它们可以任性地繁殖。这个奇景在夏威夷的其他岛上看不到，因为其他岛上有偷鸡蛋吃的动物蒙鼠（Mongoose），把鸡给灭了。科威夷岛没有蒙鼠，成了鸡的天堂。看见这些随时都在打鸣的小公鸡，真的忍不住想笑，再看见小公鸡和小母鸡恩爱地一前一后，小母鸡还时不时地在公鸡身上亲昵地嗛毛，发嗲，居然有点小小的感动。科威夷岛上的鸡真幸福，当加州圈养的生蛋母鸡在欢呼它们从今年元旦开始终于拥有了可以把翅膀打开的空间特权时，这里的鸡们却毫无阻碍地享受着蓝天白云，大把地挥霍宝贵的自由。这世界上人和动物生下来就是不平等的啊，生在不同的地方，命运截然不同。

打油七绝一首记科威夷岛雄鸡：

唱彻云归唱晓霞，密林深处自安家。

举冠阔步柔情载，来伴亲亲嗲小丫。

写于二〇一五年

夏威夷大岛（1）：地火奇观

"太有激情的海岛"，这是我一位大学同窗好友对夏威夷的评语。若要再补充一句，夏威夷群岛里最有激情的当数那个最大的岛——大岛（The Big Island），也叫夏威夷岛（Island of Hawaii）。激情之源是火山。很多年前，当海底的火山挥洒激情，喷发而出时，就形成了夏威夷群岛，而大岛是其中最年轻的，至今仍然时不时地有火山爆发。

我们去大岛，就是冲着它的活火山。尽管去之前有足够的思想准备，到了大岛还是被雷住了，太奇特了，整个岛屿都覆盖着一层黑乎乎的火山熔岩，有呈喷发撒开状的，乍一看像黑色泥土；也有浆状的，尽管早已冷凝结成固体，仍然保持液体的流动状，一圈一圈，或有波纹。当漫山遍野都是黑色的火山熔浆时，那种震撼是读再多的旅游指南都不能预料到的。这些熔岩有的已经褪色，风化成泥土，上面舒展着绿色的生命，有的却是刚喷不久的，带着野性而又浑厚的黑色。由于这个岛一直有火山喷发，熔岩就有各种年代产生的，像个巨大的陈列馆。在大岛的海岸边，从山上冲下来的火山熔岩一直铺到了海里，可以想象当初通红的熔浆入海时，水火相遇，沸海升腾，该是多么的摄魂夺魄！由于火山熔浆源源不断地喷发到大海，这个岛屿还在继续增大。

夜幕下的 Halema'uma'u Crater 火山口

1983 年，大岛的 Kilauea 火山爆发，之后定期喷发熔浆。目前 Kilauea 火山有两个喷发口，一个在火山国家公园里，叫做 Halema'uma'u Crater，这个火山口有一个足球场的大小，底部是熔浆构成的湖。白天远远望去只看见火山口烟雾缭绕，没有火光。当太阳落山，夜幕降临之时，火山口里渐渐地出现红色的火光，随着黑夜的深入，火光和烟雾也越来越强，实为罕景。游客可以在距离这个火山口一英里外的火山国家公园的 Jaggar 博物馆看到这个奇观。

Hwy130 附近冷却了的新熔浆　　　　　　　　**夏威夷岛上的风光**

　　Kilauea 火山的另一个喷发口于 2014 年 6 月 27 日喷发，熔浆向东方奔涌，最终入海。虽然所经之地都比较偏僻，也威胁到了大岛的一些民居，烧毁了房屋。由于受波及的地方是私人的地盘，不能对公众开放，游客不能从地面上观看红火的火山熔浆前行，更没有机会一睹熔浆入海。不过，火山熔浆穿过了州公路 Hwy130，在那附近有大片冷却了的新熔浆可供游客零距离参观，我们抽出时间去了。熔浆是流动状的，气势逼人。黑色的一片，浩荡而来，所过之处，摧枯拉朽，树木焦枯，房屋毁掉。熔浆虽然已经冷却了，还是能感受到那巨大的威慑力量，有游客甚至告诉我们他们还能感受到热度（我们倒没有感受到），让人严重怀疑人定胜天的神话。在那里我们还读到了一则让人莞尔的小故事，是关于那儿的鸡。据说当火红滚烫的熔浆一路冲出的时候，聪明的鸡很快地跑到熔浆的下方，等候在那里。很多小虫子逃命，爬出来了，鸡们就守株待兔，趁机猎杀，享受盛宴。灾难里也有发了横财的。

　　除了火山景观，大岛让人惊奇的地方还很多。大自然在这里施展了魔力，让多种奇迹汇集：比珠穆朗玛峰还高的山峰，鸟声婉转苍翠欲滴的雨林，挂满椰子的椰林，黑色闪亮的沙滩，温暖明澈的海水，美味的夏威夷果，醇香的科纳咖啡，足够让我们奔忙七天，足以召唤我们再次造访。

写于二〇一五年

夏威夷大岛（2）：遭遇狂风

大岛第三天，按计划我们从火山国家公园（Hawaii Volcanos National Park）开车去 Kailua Kona。一早走出旅馆，发现一地都是树枝。茫然中听见先生说："昨晚一宿的狂风，你知道吗？"是吗？我竟然睡得那么死，什么声音也没有听到。

收拾起行李，也收拾起依依不舍的心情，驱车开往预期的路线。想到再没有机会去走火山公园里那条 4 英里的徒步道（Kilauea Iki Overlook & Trail），很有些不甘，那条步道可是大岛最好的步道之一啊。无奈那条步道的方向雨雾浓浓，白茫茫的一片，如果徒步的话什么也看不见，不值得花半天时间，只好舍弃。

快快地开着车，先去鸟公园，发现通往那儿的道路也被掉下的树枝封了，这才意识到昨晚的大风不是开玩笑的，只好又一次放弃，直接去有名的黑沙滩（Punalu'u Black Sand Beach）。这一天好像要走霉运。

一路前行，突见七彩霓虹跨过整个天空，美极了。这是我们在大岛第一次看见彩虹，心情骤然转好。正在忙着拍照欣赏彩虹，车停了下来，往前一望，好家伙，堵了一长串呢，原来公路又被倒下的树干堵住了，在等着有关人员清理道路。一时无事，先生便下车来和当地人聊天，这才知道我们赶上的是大岛二十年不遇的大风，真不知是该得意还是叹气。

等了好一阵，路终于通了，我们直奔黑沙滩。一进公园就看见一个小池塘，远看似乎有莲叶，水面上漂有白色的东西，"是狂风吹来的异物"，我自作主张地猜测，走近一看，惊喜从天而降，原来这是个飘满淡紫色莲花的池塘，莲池里还浮有野鸭，那野鸭模样丑丑的，头上顶着大肉球，但很可爱，它们悠哉游哉地穿梭于莲叶之间，好一个小小的童话世界！风过莲池，卷起涟漪，若闻仙乐飘飘。兴冲冲地奔向海滩，黑沙滩果然名至实归。这里的沙都是黑色的，由火山熔岩打磨而成，在阳光下闪着黑色的亮光，粒粒都似笑颜灿灿。除了黑色沙粒，这里还有大片的火山熔岩，当然也是黑色的，熔岩上长着翠绿而又健硕的植物。在水和沙滩之间据说有绿色的海龟出没，此刻没有踪影。

风很大，海边几乎站不稳。大风吹落了椰子，随处都能看见，我们没有捡，因为没有工具打开它们，只好看着这些椰子在地上滚动。一位岛上的土著人把大树的树枝削尖，然后把地上捡来的椰子砸向尖树枝，就破开了椰子，非常聪明。拜这场大风所赐，他可以收获很多椰子呢。

我们还有很多地方要去，只好告别黑沙滩。打的算盘是开车到美国最南端的一个小镇，去旅游书推荐的餐馆用午餐。于是忍着饥肠辘辘开车，盼望着美美地吃一顿。终于到了想去的餐馆，却吃了个大闭门羹。小镇上的人告诉我们昨晚大风，现在到处都停电，问题的严重性升级了。这个岛上很久没有遭遇这样的狂风，当地人没有应急的准备，而我们距下一个镇子还远着呢，要饿肚子了。正在彷徨之际，看见一家子也出来找饭吃的当地人，他们发现餐馆关门，就去了附近的一家点心店，那里挤满了人。我们赶紧跟上，买点心充饥总比饿着肚子强，不成想歪打正着，去了一家非常好的点心店，这是美国最南端的点心店，它出售的甜面包是当地一绝，软软甜甜的，有着东方式的口味。

美国的最南端南点（South Point）

啃着面包顶着风我们又出发了，结果又在预期的道路上被一棵很大的树干堵住了。帅气的公路管理人员很耐心地告诉我们应该走另外一条道，让我们临时改道。改道后发现那条路可以去美国的最南端——南点（South Point），先生当机立断，决定去那里。

公路很好，我们一路御风而行，很快就开到了南点。除我们外，路边还停有好些车辆，都是赶来体验最南端的。那儿的风好大，人都有些站不住了。海浪卷得老高，泼上海岸，又被狂风吹散，像雨花飘落下来，打湿了我一身，飘进嘴里是咸咸的，照相机也湿了。忙着把照相机塞进我的薄衫里，鼓鼓的，也不管自己成了什么模样。南点附近长着密密的荒草，很深，风吹草低，好似来到天尽头。海边还修了个框架，像一扇门，大概是示意这里是美国最南端的国门吧。游客们争先恐后地站在门框里拍照，我们也不例外，站在门框里顶着强劲的风做飘飘欲仙状，兴奋和刺激无以言表。这场大风让我们意外地来到了美国的最南端，真是祸福相依，又一次让我明白为什么我喜爱旅行。除了能看到不一样的世界，旅途生活的不确定性也让人着迷。虽然平平淡淡是福，生活中还是需要时不时地有点惊奇。

写于二〇一五年

夏威夷大岛（3）：飘雪的咖啡花

在夏威夷大岛的科纳（Kona）地区第一次见到了咖啡树开的花，有些惊讶，从来没有想到它会是这副模样。花是洁白的，一缕缕地挂在咖啡树上，飘雪一般（下图），而成熟了的咖啡果却是鲜红色的，原来浓郁醇香的咖啡是由如此轻盈出尘的花朵幻化而来的。古人以花拟雪佳句流芳，"未若柳絮因风起"，"一天风露，杏花如雪"，"雪似梅花，梅花似雪"，他们若看见被称为科纳雪的咖啡花，不知会再写下什么样的词句。

继续我们的大岛遇狂风的故事。下午四点过，我们在一个叫做 Hula Daddy Coffee 的咖啡种植园里，一边捧着杯子，小口小口地品尝着当地的特产科纳咖啡（Kona Coffee），一边听着咖啡园的导游玛丽给我们科普咖啡种植烘烤知识，心里充满了感激。那天我们遭遇大风，一早从夏威夷大岛东边的

科纳咖啡花

火山公园紧赶慢赶，算着时间，想在下午四点之前赶到这个咖啡园，因为他们为游客安排的导游参观时间四点结束。到了咖啡园一看表，差 5 分钟到四点，心里便不抱任何希望了，只打算在咖啡园外面看看，拍拍照。没有想到咖啡园里的接待人员玛丽居然推迟她的下班时间来接待我们，专门给我们两个人做导游讲解。

喜欢喝咖啡的人恐怕都听说过科纳咖啡。科纳咖啡是咖啡中的贵族，其美味和昂贵仅次于牙买加的蓝山咖啡（麝香猫咖啡除外）。纯粹的科纳咖啡只出产在科纳地区的一个狭小腰带形状的地段，大约 1 英里宽，30 英

里长。在这个"腰带"之外的咖啡就不能叫做科纳咖啡，只能叫做夏威夷咖啡（Hawaii Coffee）。咖啡在科纳是大事，大到了如同加州那帕谷（Napa Valley）的酒庄，这一点是我们始料不及的。我们开车来的途中看见不少房屋上挂有邀请游客品尝科纳咖啡的牌子，让我联想起酒庄品酒，当我把科纳与那帕谷的类比讲给导游玛丽时，她点头称是。科纳有大约 800 个咖啡种植园，平均占地不到 5 英亩，都不大，是家庭式的。我们参观的这家 Hula Daddy Coffee 咖啡园有几十英亩土地，在科纳地区应该不算小。

成熟了的咖啡果

玛丽仔细介绍这个咖啡园的来历。园主夫妇是 2002 年从加州来夏威夷的，在这之前完全不懂咖啡，只因为想换个活法，来到这里毅然决然地买下了 11 英亩奶牛牧场种植咖啡，还聘请了专家。不知道他们是钱多了想任性一把，还是美国人胆大，没钱也任性。经过这么些年的经营，咖啡的质量不断上升，获得了很多大奖。玛丽还仔细地给我们讲述他们遇到的虫害问题、野猪问题，又给我们展示了烤咖啡的装置和操作，以及一些关于咖啡生产的基本常识，这里边学问不小啊，大开眼界。

让玛丽下班了还陪我们这么久，很过意不去，尽管我们不喝咖啡，还是在店里购买了各种产品，有巧克力咖啡豆、咖啡豆皮做成的茶、巧克力夏威夷果等。回家后才发现这家咖啡园的巧克力咖啡豆太香了。由于咖啡豆是高浓度的咖啡，一次我只敢吃一颗。每次打开那个袋子就会闻到强烈的科纳咖啡香味，真像是天外之物。嚼着咖啡豆我就会想起那串串白色的咖啡花和那个大风之日暖洋洋的下午，还有那位敬业而又对咖啡充满激情的玛丽。

写于二○一五年

夏威夷大岛（4）：深谷探幽

"汪，汪"，阵阵狗叫声从小村里传出。一抬头就看见了挂在一家院子外的牌子："别怕这里的狗，倒是要担心这儿的主人"，旁边还画了一支枪，原来这里的人家是有枪的。这标语大概是用来吓唬小偷的吧，让我忍俊不禁。

这个小村庄坐落在山谷底（Waipiʻo Valley），散布在葱茏之中。山顶叫做 Waipiʻo Valley Overlook，是大岛最美的地方之一，从那儿往下能看见美丽的山谷。从山顶到山谷是一段非常陡的公路，必须要四轮驱动的车辆才能开下来。当然还有一个选择就是从山顶走下来。从山顶到这个山谷一共就 1.5 英里

小村里一家院子外的警示牌

的距离，按照我们的徒步能力应该是小菜一碟。但问题是这山很陡。临来大岛之前，公司里的同事麦克给我看了他们在大岛拍的照片做成的挂历，其中之一就是这个山谷，他说这个步道很难。"这段徒步道究竟有多长？"当时我问道。"你不明白，问题不在于路有多远，而是它的坡度，太陡了。"麦克皱着眉头对我说，没有告诉我步道的长度。

现在知道这条山道只有 1.5 英里，我们没有丝毫犹豫，在路边捡了一根棍子就拄着下山了。这里比较有意思，过往游客留下了不少木棍，都整整齐齐地摆放在山道旁，以方便后来者使用。我们本来从旧金山带有登山棍来，在茂夷岛转机时不慎丢失在了机场，现在这些木棍帮大忙了，走山

路，多一只脚要轻松很多。

　　下山很容易，很快就到了谷底。之后有两条路摆在我们目前，我们决定先往左边走，于是就来到了这个鸡鸣狗吠的小山村。这里仿佛是世外桃源，宁静安详，到处是热带爬藤植物。一家门口挂着腊肉，另一家门外种了一小块芋头，还有几匹家养的马慢悠悠地走过山路。继续往前走，看见一条小溪。正在犹豫要不要脱鞋踩水过河，一辆卡车开来了，要从小溪上直接开过。我举起相机准备拍照时，车上一位圆脸的当地女人笑盈盈地问我："要不要上车过河?"先生反应快极了，一声 OK 之后翻身上卡车，我也随即紧跟，手足并用爬上卡车（好多年没有干过这勾当了）。这里的乡民可真淳朴啊。过河后我们跳下卡车，沿着青翠的小道继续走，直到前面路封了才倒回。路的尽头刷有标语：please do not spray，当然是针对游客的，我的脑子转了好几圈才明白这 spray 指的是啥。

谷底

　　走回到下山的山口，我们又换个方向，向另一条路走去。路的尽头是美丽的黑色沙滩。稍作逗留，最后还是费了些力气沿着陡峭的山路上行 1.5 英里，回到 Waipiʻo Valley Overlook。上山的路上不由得又想到了同事麦克谈起这条道时的表情，暗自得意，因为我真还没有觉得这条山道有多难。如此葱绿古朴的山谷，真值得一访。

写于二〇一五年

阿拉斯加：风情印象

阿拉斯加，一个令人十分向往的地方，有着广袤的土地，蓝荧荧的冰川、雪山、草地，最常听到的一句话就是："阿拉斯加，最后的疆域"（Alaska，the last frontier）。

今夏七月，我们怀着探看最后的疆域的愿望来到了阿拉斯加作自驾游。当我们的车行驶在那片土地上时，望着窗外无尽的绿色，开始有了点小小的不满足。觉得它不像我们心目中的白雪皑皑的北国（冰川除外），也不像我们想象中的荒野。然而，当我离开了阿拉斯加之后，这种不满足感便渐渐地消失了，代之以怀念。这种怀念随着时间的沉淀愈加明晰，可以说现在比在路途中更有激情来记录这次旅途。

阿拉斯加很大，我们从阿拉斯加的最大城市安科雷奇（Anchorage）出发，北上，南下，东行，再回来绕一圈，行程约 2500 英里，在阿拉斯加的地图上来看只是个小小的圆圈。这条路线几乎就是游客能够自驾车到达的地方了，其余的地方荒无人烟，道路或者是尚未被开发，或者是碎石路。陆地游只能看到一小部分阿拉斯加，其他的要靠坐船和乘飞机来补充。对绝大多数人来说，自驾荒野游只可能是梦想，能达到的地方几乎无险可探。

阿拉斯加最常见到的景致当是那里的干河床。这些河床往往在两峰之间，宽大而平坦。河床是干枯的，或者有浅浅的水，浅水中有时会有小岛，小岛上长着树，生着绿草。天气好时往往能望见远处的山峰，天气不好时河水绿树一起构成了水墨画。浅水上还常见人垂钓，网捕，拍照下来，就是非常独特的阿拉斯加画面。干河床

冰川（**Exit Glacier**）前面的干河床

总是能唤起我悠远的想象。它们显然是冰川时代的痕迹，冰川向前推进，毫不留情地把大地打磨成这么平坦的模样，然后又退缩了，露出了干河床。当然，这只是我这个外行的猜想，不知道地质学家是否认同我的臆想。不管如何，在今后的岁月里，提到阿拉斯加，除了冰川外，第一个跳入我脑海的应该就是它了。

夏日的阿拉斯加是绿色的，点缀着绿色的是成片的名叫火草（Fireweed）的粉红色野花。这里的绿色完全不同于加州草木的干绿，是水气充足新生出来的嫩绿，水盈盈的。阿拉斯加的植物生长期很短，就只有夏季三个月，其余时间都是冰天雪地。夏日里北极的长日照、丰富的降水，还有植物延续生命的紧迫需要，让那里的植物发疯似地生长。从每片绿得让人伤心的叶子上我看到了生命的强劲与飞扬。

在小城 Valdez，我们见到了我今生所见过的最美的云，没有之一。那是个阴雨天，我们到达 Valdez 时已经是晚上 10 点半钟，由于极昼的关系，天还是亮的。突然看见车的左面有一条长长的河流，上面轻纱飘荡，河边是山峰，山峰上也是轻云缭绕，眼前的整个世界似乎都是虚幻，天地混沌之间，云急剧地奔行着，穿梭游离，从眼前到天尽头。在它们灵动缥缈的舞蹈中，我被感动得特别想哭，为这种绝世的美。

行走世界，最诱人的风景线自然还是人。不同地域人的生活方式、风情习俗永远是旅行者的关注点。旅途中我们有幸接触到一些土生土长的阿拉斯加人，还进入他们的家里做客，初步地领略了他们的生活风采。对阿拉斯加人来说，狩猎是日常生活的一部分，商店里和私人住户都能见到动物标本，最常见的是鹿子和棕熊，偶尔也见到北极熊、北极狼和传说中白狐，白狐漂亮得惊人。当地人告诉我们熊肉非常难吃，他们从不食用，熊掌就更不在考虑之列了。鹿肉是那里常见的食用肉，安科雷奇的超市里能买到驯鹿（Caribou）肉做的香肠，餐馆里也出售鹿肉汉堡。

运气不错的是在小城 Kenai，偶然的一眼让我注意到了远方河里立着一排排木桩似的东西。好奇心驱使我们走近，发现原来立在河里的不是木桩而是捕鱼的人，密密麻麻站成几排。我们意外地见到了一个非常值得见识的季节性场景：网捕三文鱼。这是一个只有阿拉斯加当地人才能参加的草根性质的活动。河边上搭着一个接一个的帐篷，当地人在河边安营扎寨，住上几天，用网子捕鱼。7 月份是三文鱼回游的季节，它们从海里游回淡水中，回到出生地产卵。路途中这些可怜的生命就遭到捕杀，被熊，被鸟，也被人，谁让它们在食物链里处于低端呢？当地的规定是每户主要的成员限量捕鱼25条，每多一人再多加十条。捕鱼的人告诉我们，阿拉斯加的冬季太长，夏季太短，捕鱼也就是他们享受阳光的绝好机会。当然，更重要的一点是捕到的鱼够他们享用一冬。这样的活动的确是群众运动，家家户户老老小小都出动了，捕到的鱼立即片下来，放在冰上保鲜，几日后带回家做成烟熏三文鱼，冬天就有吃的了。

这是一种古老的生活方式，应该是那些爱斯基摩人曾经的生活方式，人们在严冬到达之前必须作好过冬的准备。如今虽然是现代社会了，这种古老的习俗仍然存在。我们戏称他们这样是"就像熊一样，要准备过冬"。听到我们讲这话时，当地人都会心地笑了，表示赞同。一位追随爱情从加州到阿拉斯加生活了多年的女人对我

捕捉三文鱼的熊（**Katmai** 国家公园）

说，阿拉斯加生活环境恶劣，这里的女人必须非常能干，能干粗活，譬如劈木头，才能生存下来。在那样的生活环境里，想来像林妹妹那样的女子，不光贾府里的焦大不会爱上，恐怕健硕的阿拉斯加汉子也不愿娶进门来吧。旅途中听到的人的故事永远是最动人的。

在距离北极圈140英里的地方，有一个商店，是历史古迹，曾经是个贸易店。现在的店主夫妇在这个地方生活了很多年。女主人名叫南希，她告诉我们他们在这个靠近北极圈的地方一共育有23个孩子，其中6个是亲生的，其他的都是从世界各地领养的，有日本的、韩国的、印度的。在这么严苛的生活环境下抚养大这么多的孩子，其中不为外人道的艰辛难以想象，他们的爱心让我们钦佩不已。

旅行的两周里最恼人的有两件事。一是那里的蚊子，当地人开玩笑说是阿拉斯加州的州鸟，不少地方我们得带着防蚊子的头网。另一件事则是阿拉斯加的白夜。到达安科雷奇的第一天晚上，我们从超市购物出来时已经是晚上10点半，太阳居然还挂在天边，没有沉下去的意思。第二天去访问者中心时才知道那天的日照时间是19小时。再往北行走，到了

Fairbanks，日照就更长了。事实上我们根本就没有见过阿拉斯加的黑夜，半夜起身外面也明晃晃的。如果旅馆里的窗帘遮得不是很严，透进来的白光便十分晃眼，几日之后我们都抱怨睡眠不好。去之前曾经傻傻地希望能在最靠近北极的城市 Fairbanks 看见极光，到了那儿才发现怎么会有这么笨的想法，白夜哪里去寻极光啊。突然想起人们总是咒骂黑夜，歌颂光明，原来黑夜也很值得想念，阴阳之道才是宇宙的正道。不能想象冬季的阿拉斯加，没有白日，整日黑夜的时候又当是什么光景？不过，这为以后冬天再去阿拉斯加增加了一点诱惑。

　　阿拉斯加，最后的疆域！

写于二〇一四年八月

阿拉斯加：名女人与狗

提到阿拉斯加的名女人，大多数人可能立马会想到那位"曲棍球妈妈"，美女州长佩林（Sarah Louise Palin）。错了，我这里着笔的是一位在阿拉斯加广为人知的叫作苏珊·布切尔（Susan Butcher）的人（下图）。

去阿拉斯加之前，并不知道苏珊·布切尔。如果不是去访问了狗拉雪橇竞赛的总部（The Headquarter of Iditarod Trail Sled Dog Race），也会错过了解这位阿拉斯加人引以为骄傲的女子的机会。

苏珊·布切尔

还是先从阿拉斯加的狗拉雪橇竞赛——艾迪塔罗德步道雪橇犬比赛（Iditarod Trail Sled Dog Race）谈起吧，这是阿拉斯加最流行的运动。在阿拉斯加，由于地理的原因，狗拉雪橇是极地附近主要的运输方式，当然现在也是重要的旅游项目。

艾迪塔罗德步道雪橇犬比赛是一年一度的长途狗拉雪橇竞赛，每年三月初狗拉雪橇从安格里奇（Anchorage）出发，跑到终点站 Nome 城。比赛的起因得追溯到 1925 年的冬天，Nome 附近流行白喉，由于气候过分恶劣，无法靠飞机运送救命的抗毒血清，就采用狗拉雪橇的方式来运送。当时动用了 20 个赶狗人，约 150 只狗，5 天半时间跑了 674 英里到达目的地 Nome，拯救了 Nome 城里和附近的病患，一时间赶狗人和狗狗都成了美国的英雄。那只最先跑到 Nome 的狗狗的雕像现在还立在纽约的中央公园里，那段史实被称为"仁慈大赛"（Great Race of Mercy）。

为了纪念阿拉斯加狗拉雪橇的传统和 1925 年运送血清的那段历史，1973 年开始了艾迪塔罗德步道雪橇犬比赛。赶雪橇的人带 16 只狗，从安格里奇跑到 Nome，要跑 9 到 15 天，而且终点线上必须要有 6 只狗。这项活动最初是用来测试最好的赶狗人和团队，现在发展成为竞争性很强的比赛了。目前为止的最快的纪录是 2014 年 Dallas Seavey 创立的，只花了 8 天多。

竞赛有两条线——北线和南线，逢偶数年时跑北线，奇数年跑南线。虽然每年跑的距离有微小差别，大致的距离是 1049 英里（1688 公里），尾数 49 是为了纪念阿拉斯加作为美国的第 49 个州。这是一段艰难的行程，路途上翻山涉水，还要经过大风雪白化地区和冷至零下 73 度的超低温地区。

去阿拉斯加之前，我对这项阿拉斯加人异常热爱的运动居然一无所知。所幸先生知道，在我们行程中安排了参观竞赛总部（位于 Wasilla，距离安格里奇不远）。那天是个阴雨天，蒙蒙细雨中我们找到了这个总部的木屋，见房门紧闭，周围也没人，以为季节不对，不对外开放。没想到试了试，门居然能打开，里面一位老太太在柜台上坐着。

总部的木屋是圆木建筑，外屋是商店，卖纪念品，里屋即是展览室，展出这个竞赛的历史介绍和纪念品。墙上挂满了照片，都是赶狗人获奖者的照片。照片墙上一位女子微笑的面孔一下子抓住了我的眼。她看起来很乡村，身着红衫，乐滋滋地抱着几只小狗，淳朴开朗，在男人的照片堆里显得分外亮眼。多看了几下，才知道这位是连续四次获得艾迪塔罗德步道雪橇犬比赛冠军的非凡女子苏珊·布切尔，不由得心生敬佩。

来不及更仔细地了解苏珊的故事，那位柜台上的老太太建议我们观看雪橇犬竞赛活动的电视短片。待我们和后来加入的另外一家三口坐定后，老太太开始作电视短片前的介绍。这才知道她和她丈夫都曾经是赶狗人，对这个活动自然是激情满满，且了如指掌。老太太仔仔细细地向我们介绍，仔细到了狗吃什么样的狗食，等等，听着听着，听众中的一位由于连日劳累就不知不觉地闭上了眼。老太太目光如炬，对着那位闭眼者说道："啊，你睡了？难道我的介绍这么乏味？"闭目者一惊，瞌睡全没了，中文竟不经意地溜出来："没，我没睡……"老太太放心了，继续滔滔不绝，半小时一眨眼就没了。我们开始着急起来，看这架势，电视片不知什么时候才可以看，我们当天还有很多活动，要赶路呢。伶牙俐齿的儿子急中生智，举手向老太太提问，抢过了话语权后，再客气地道谢，告辞。

有了这段让人忍俊不禁的经历后，我们便对狗拉雪橇这个运动另眼相看了，每到一处看见有雪橇犬都忍不住要去看看。刚开始我心里可怜那些狗儿，怕它们拉人太辛苦，后来发现完全不是那么回事。那些狗狗每每看见游客走近，全都亢奋起来，叫的叫，跳的跳，好像战争之前要摩拳擦掌一番，太有意思了。一位养狗的朋友告诉我说阿拉斯加的哈士奇狗就是喜欢拉着东西跑，应该是长期选择性繁殖的结果吧。嗨，"子非鱼，焉知鱼之乐"，我也就不纠结了，还坐了一次狗拉车，与狗同乐。

再多看一些地方后才知道狗拉雪橇是阿拉斯加人多么喜爱的运动，也越来越熟悉苏珊·布切尔这位奇女子的名字了。苏珊并不是出生在阿拉斯加的人，她出生在麻省剑桥，爱狗，爱户外活动，从科罗拉多州立大学毕业后，最终选择从事兽医工作。由于她热爱养狗和狗拉雪橇运动，专门搬到了阿拉斯加的 Wrangell 荒野的大山里，在极地恶劣条件下为雪橇犬比赛进行训练。

1986 年，苏珊第一次获得冠军，是第二位获得此项运动冠军的女子，此后的几年她连续夺冠，是第一位五年里连续四年夺冠的赶狗人。上世纪的八九十年代苏珊非常有名，获奖多多，可惜天妒能人，2005 年苏珊不幸患上了血癌，2006 年在与疾病顽强搏斗后辞世。2008 年，阿拉斯加的女州长佩林亲自签字定下每年三月第一个星期六（艾迪塔罗德步道雪橇犬比赛的开始之日）是阿拉斯加州的苏珊·布切尔纪念日（Susan Butcher Day），以纪念这位阿拉斯加人引以为骄傲的女子和她身上所焕发的阿拉斯加精神。

苏珊虽然离世，她的养狗场还在。在北部城市 Fairbanks 乘河船游览时，我们的船在苏珊的养狗场边上停下，她丈夫出来向游客致意，并让苏珊热爱的雪橇犬们兴高采烈地给我们作拉车表演。这个养狗场紧靠河流，背后又有一汪清水，狗和人都快乐地在那里跑跳着。观望之时，不禁感慨，雪橇犬比赛，长时间，极端的生存条件，人和狗都需要有非凡的耐力啊。苏珊·布切尔这位不平凡的女子以她短短的生命为阿拉斯加这片神奇的土地增添了一段传奇！

写于二〇一四年

缪尔的圣殿：优山美地国家公园

　　风光迤逦的优山美地国家公园（Yosemite National Park）以它险峻的山峰和清流飞瀑闻名于世，更以它方便的地理位置吸引了大量的游客。可是，在乐山乐水的人流中，有多少人了解约翰·缪尔（John Muir，1838 ~ 1914）为保护优山美地的山山水水所作的努力？

　　被誉为美国国家公园之父的约翰·缪尔，并非土生土长的北美人，而是苏格兰人。这位自然保护主义者、作家，终其一生为保护美国的生态环境奔走呼号，改写了美国的历史，也改变了世界。他写下的大量充满自然灵性的山水文字，像山风一样的飘逸，朝露一般的清亮。优山美地是缪尔一生的最爱，它的奇峰峻石是缪尔的圣殿；在这里缪尔找到了他的上帝。

　　这个长着一对宝石一样的眼睛的苏格兰人，在他活着的时候就已经近乎一个传说了。他可以在野外与树木交谈，可以在优山美地大地震时兴奋得在飞瀑附近奔跑。最带传奇色彩的故事是他和喜欢骑射的牛仔总统西奥多·罗斯福在优山美地一起露营了三天，对着篝火深夜长谈，随后不久，优山美地便成了国家公园。

　　缪尔之死也与优山美地有关。1906 年旧金山大地震后，为了引入新水源，旧金山市打算在优山美地里的赫奇赫奇（Hetch Hetchy）上修水坝。Hetch Hetchy 是缪尔认为最美的一处峡谷。缪尔虽然强烈反对，但最终落败，修水坝的议案通过了。1913 年，Hetch Hetchy 山谷被毁，不久，缪尔在郁闷中辞世。缪尔的努力没能拯救 Hetch Hetchy，但这段史实却唤起了美国民众的环保意识，成功地阻止了后来在另外几处国家公园修筑水坝。

写于二〇一〇年

优山美地公园（1）："抢"来的露营地

"遭了！"一声大喊把我从半睡眠中惊醒，只见一辆又一辆的车刷刷地从我右边开过。再回头一望，排在我们车后的十多二十辆车全都没了，都开到我们前面去了。排在我们前面的车也都不见了，只剩离我们最近的那一辆，估计车主和我们一样也迷糊过去了，才没有注意到露营地的大门已经开了。

这是 7 月 15 号清晨，我们于六点四十左右到达优山美地公园（Yosemite National Park）的这个露营地。到了这儿发现大门要八点半才开，但路边已经有二十多辆车在排队了，就赶紧跟着排了进去。这个地方叫做 Bridalveil Creek Campground，位于冰川观景点上（Glacier Point）。此处露营地不能预约，而是按先来后到的次序分配，今年 7 月 15 号第一天对外开放。在这之前因为冬季积雪过多，一直关着的。优山美地公园有好些露营地，我们本来想预订去谷底的露营地，不幸遭遇美国黄牛，没有订上。不甘心，又查那里的小木屋，也没有了，只好孤注一掷，试试这种不能预约的露营地。为了保证赶在其他人之前，7 月 14 号晚上下班后我们即动身，开了近三小时的车赶到离公园还有两个半小时的小镇里住旅馆。15 号清晨我们四点钟离开旅馆，摸黑顶着一轮大月亮开车到优山美地，然后排队等候，指望八点半开门后即刻进去。安排得煞费苦心，没想到在车上打盹儿，错过了开门的时刻，居然被后来的车给超过了，好不恼人！这一急，咱瞌睡全没有了。

先生手忙脚乱地发动我们的车，紧追上去，开进了营地。营地设在树林里，比谷底的营地隐秘得多，林间尚有残雪。"这里一共有多少露营位？"我担心地问。先生说大概有一百个位子。一估摸，把我们前后的车全算上也不会超过 50 辆，这才松了一口气。果不其然，开进去后发现空余的营地甚多，我们也不想多花时间挑选，就近选了靠在路边的营地。

我们是多年的老营员了，把帐篷往地上一铺，四角用榔头钉好，再把挑杆穿过帐篷撑起，很快就搭起了帐篷，然后便点火烧上煤气炉煮点简单的饭菜。一会儿锅里冒出了热气，我也就闲下来四处张望。就这么眨眼的工夫我们周围的营地全都满了。

车辆还在不断地开进来，但剩下的位子显然不多了，好些车辆在营地里兜着圈子找位子。这是营地开放的第一天，这么快就满了。其他人是几点出门的呢，我不得而知，不过我们知道和我们一起排队的车辆里有从洛杉矶开来的车，车主昨晚大概也没有睡多少觉。看着周围露营的人大多数都是年轻的面孔，不由得有些好笑，为什么我们还要和年轻人一样继续露营？

对于露营，我的感觉很复杂。年轻时是为了体验露营而露营，现在则是为了住宿。帐篷看起来浪漫，却不是每人都喜欢住的。准确地说，大多数人都不喜欢住帐篷，因为没有旅馆舒服。有人嫌脏，有人怕冷，大多数露营地洗澡不方便。我们住帐篷当然不是因为它住着舒服，而是为了方便野外活动。露营地常常设在离景点很近的地方，住在那里清晨和傍晚都不会浪费，时间上利用得更好。像优山美地这种地方，夏季游客爆满，订旅馆极不容易，住帐篷便是一个很好的选择。说实话，露营有时也觉得很烦，在野外生活真的是吃苦，极端疲乏之时也怀疑自己还能坚持多久。但奇怪的是偏偏这样的生活有一些让我想念的东西，其中包括吃苦。在讨厌吃苦的同时又想念吃苦，很奇怪的矛盾心理。想念吃苦大概是因为平时的生活太循规蹈矩了，也可以说单调，没有什么变化，只有到了野外，在每天为生活奔波的"艰辛"里似乎能得到一种满足，一种"我还行"的得意。吃苦几天后睡到自己床上让我体会到幸福原来是这么简单。这种幸福感没有经历吃苦是感受不到的。露营的简单生活方式常常让我感到人类其实不必生活得那么铺张，那么奢侈，简单生活是对我们的生态环境最好的保护。

除此之外，也喜欢露营时那种回归自然的感觉，它能唤起我熟悉的记忆，唤起我心灵深处童年生活的回忆。日暮时分，游人晚归，露营地里家家户户开始烧饭，篝火四起，颇有些"鸡栖于埘，日之夕矣，羊牛下来"的古朴意味。一时间炊烟飘荡，更闻儿童嬉闹，人与人之间变得很近，这在现代社会里是难得的。在山林里跋涉一天后，晚上能吃到简单的家常饭菜是莫大的享受。如果住旅馆，只能吃西餐，且进餐的时间受限制，影响我们在山林里徒步观景。另外，露营的低廉花费更是一大优越。如此种种原因使我们能够在稍感艰辛的露营生活中找到乐趣。究竟我们还能坚持多久的露营，我不知道。有一点我是清楚的，如果让我天天这样吃苦，我肯定不会愿意。所以我追求的"吃苦"也只是追求生活的佐料而已。

饭很快就做好了，吃过后收拾好杂物，我们就忙着开车出去。山坡上盛开着淡紫色的花朵，非常美丽，我渐渐地兴奋了起来。这时大概是早上十点钟左右，露营地基本上都满了。对面仍有不少车辆络绎不绝地开进露营地，先生得意地对着它们大叫："来晚啰！"

那天傍晚，我们在冰川观景点的山坡上等待落日，意外地发现手机居然还有信号。一般来说在荒野里手机都没有信号，怎么在这山顶上有信号？喜出望外，赶紧给国内的老人进行每日的例行通话。电话接通后，我对老妈说："妈，我在山顶上给你请安。"老妈一听是我，马上急切地问道："你们抢到了露营地没有？"

写于二〇一一年

优山美地公园（2）：当晚霞飘动的时候

　　这是第五次来到优山美地国家公园，对它的喜爱逐次增长。前两次是很多年前的事情了，当时对山水的阅历不多，觉得也没太特别，以为天下的山水都该如此。多走一些地方后，发现自己对它的欣赏竟像听戏品酒，越品越出味。尤其是优山美地山谷（Yosemite Valley），怎么看怎么美。而且它的美是全方位的，无论从哪个角度看去都美得让人感动。

　　优山美地的山谷由冰川切割而成，谷底是大片的草地，夏风吹过，草浪起伏，四周群峰环绕。这些石峰光秃秃地泛着亮光，有型有性格，上面的道道刻痕透着坚毅，充满了阳刚之美。最有名的半穹顶（Half Dome）曾经成就了世界著名摄影家安塞尔·亚当斯（Ansel Adams），让他在 1927 年一拍成名。而另一著名山峰 El Capitan 则是攀岩者的乐园。

夕阳西下时的半穹顶

　　落日熔金，当晚霞飘动的时候，优山美地的山峰壮美而绚丽。看日落首推冰川观景点（Glacier Point），那里居高临下，只需作少许步行即可到达观赏的地点，大多数游客都能去。当太阳渐渐西斜时，冰川观景点早早就有不少人席地而坐，等待日落。西沉的红日像化妆师，用阳光作画笔，在群山上滑动涂抹，绘出绝美的画图。最初金色的光线射到半穹顶的平面，将半穹顶抹上金色的妆容。渐渐地半穹顶上的颜色越来越浑厚，很快变红，成为这落日群山图上的一笔重彩。当太阳完全下沉后，满天飘着红色的彩霞。整个过程中我的镜头、我的双眼、我的心跳都追随夕阳，游走在群山之巅。

安塞尔·亚当斯于 **1940** 年拍摄的杰佛瑞松树　　彻底倒塌了的杰佛瑞松树（作者摄）

　　还有一处观日落的好去处是哨岗（Sentinel Dome），也在冰川观景点的山上。这是一处由花岗岩构成的圆顶山包，形如放哨的山头。去那里需要走 2.2 英里的山路。那天傍晚去那里的时候我已很累了，因为白天登山走了 8 英里陡峭的山路。当我鼓着劲登上哨顶后回头一望，顿时振奋，不敢相信自己的眼睛。Sentinel Dome 顶上是三百六十度景观，四周群山玉立，壮观之极。哨岗顶上游人不多，夕照时分，一切都非常祥和。远山远树在夕辉里变换着颜色，近处的游人则悠闲地享受着这个美丽的时刻。一位姑娘坐在高高的岩石上入神地捧读一本书，宛若一幅优美的油画，很想知道什么书这么吸引她。哨壁上坐着一位女士，对着奇险的悬崖，不知在发什么呆，真怕她出什么意外。我战战兢兢地走到山石的边缘，远远地对着这位女士举起镜头喀嚓喀嚓闪了好几下，心里直说："思想可以飞跃，身体一定要淡定啊！"还有几位朋友在这里欣然打开香槟酒庆贺他们中的一对伴侣的周年纪念日。他们是此处的常客，常在这里观赏日落月升。

　　顶上有一段干枯的树木，枝干扭曲，布满了纹路，极有沧桑感。镜头下可以看见它被夕阳染成了强烈的红色。不断有人试图坐在枯木上拍照。这时饮香槟酒的那几位游客就大声嚷嚷道："请别坐在上面，那曾经是一棵非常有名的杰佛瑞松树（Jeffrey Pine）。"

　　山不在高，有仙则名，这棵枯死了的杰佛瑞松树的确不同凡响，它曾经是优山美地的标志之一。Sentinel Dome 也因有它而出名。这棵松树活着的时候孤独地站立在哨岗顶的岩石上，与远处的半穹顶遥遥相望。它姿态优美，一身诗意，在摄影大师的镜头下成了经典之作。1867 年著名摄影家

Carleton E. Watkins 第一个为这棵杰佛瑞松树摄影，后来著名摄影家安塞尔·亚当斯的摄影让这棵树闻名天下，更让无数的摄影家和摄影爱好者接踵而来，一试身手。可惜这棵树死于 1977 年加州特大干旱时期，死后的枯树也于 2003 年倒地，现在就剩一段残木孤零零地躺在山顶上，让人几多感伤。谁说草木无情？有生命就有辉煌，有悲哀，伤心岂独美人迟暮将军白头？就是山间一花一草也是有情之物，值得讴歌与悲悼。故作《长相思》——题杰佛瑞松树：

> 杰佛松，形似弓，
> 诗意千千对半穹，
> 独吟明月中。
> 曲已终，昨如风，
> 残木依然旧时松，
> 情归夕照红。

写于二○一一年

优山美地公园（3）：飞瀑的诱惑

　　优山美地除了有让人叹为观止的高山峻岭，更有众多的飞瀑溪流，有人把它形容为加州瀑布的麦加。去冬雪大，融化的水多，今年的水便罕见地好，比往年增加了百分之八十，夏季本是水量减小的季节，可今夏的瀑布异常生猛，如春水泛滥。

　　最容易观赏的瀑布在优山美地山谷里，无须走多少山路即可领略瀑布的风采。这包括优山美地瀑布的下瀑布（Lower Fall）和新娘面纱（Brid-alveil Fall）瀑布。新娘面纱瀑布总是水雾弥漫，似新娘面纱遮住了瀑布的容颜。今年的水好大，离瀑布很远处就能感受到水雾，新娘的面纱越发难以掀开了。

　　值得一提的罕景是公园里的两个火瀑布，一个是人工的，一个是天然的。人工的火瀑布曾是优山美地旅游亮点，历时了近一百年。当时每晚9点整公园管理人员便在瀑布顶上的岩石边上点火，再将烧红了的炭火推下瀑布，让瀑布看上去像是着火了，造成人工奇观。这项活动于 1968 年停止。

　　天然火瀑布名叫马尾瀑布（Horsetail Fall），只有在 2 月下旬的两周内才可能有机会看到。在那两周内的下午，如果你运气好，当落日照到瀑布时，角度和光线都合适之时便能在瀑布上映射出红色和橙色。随着日光移动，好似火焰沿着瀑布下滑。每年二月，黄昏之际总有不少专业摄影人员和摄影发烧友恭候在瀑布前等待那传说中的美丽。

　　言归正传，真正让我值得记录的是我们徒步观赏两个飞瀑的小道。

（一）薄雾小道（Mist Trail）——致命的诱惑

　　优山美地的众多徒步小道里，最受欢迎的是薄雾小道。这条路沿着山间溪流 Merced River，经过春分瀑布（Vernal Fall），然后到达内华达瀑布（Nevada Fall）。这是一条非常漂亮的徒步小道，可以说是公园里我们走过的最漂亮的小道。

薄雾小道从 Happy Isles 开始。靠近春分瀑布时是很陡的石梯紧靠着瀑布。瀑布水花溅起，空中弥漫着薄雾细雨，小道因此而得名"薄雾"。在小道上从下往上望，瀑布自天而降，十分壮观。今年的水特别大，水雾之中现出一弯完整的彩虹，太美了。我带着满腹欣喜，从彩虹的脚边穿过了彩虹。登上瀑布顶端时，全身都被水珠打湿了。

自天而降的春分瀑布（Vernal Fall）

漂亮的薄雾小道充满诱惑，这诱惑竟然可以是致命的。小道在春分瀑布这一段路甚险，今年 7 月下旬，就在我们之后的第三天，瀑布的急流卷走了三位二十多岁的年轻人。他们没有意识到飞瀑的暴烈，为了照相违规跨过了安全栏杆。其中一人先被浪花打进水里，另一人伸手去拉，也掉进瀑布里，第三人企图救他们，自己也被冲进了水里。在场的目击者说他看见其中一位掉进水里后那绝望的眼神。飞瀑的诱惑真是致命的。

内华达瀑布

从缪尔小道看内华达瀑布

大多数人走到春分瀑布就得打道下山了。如果继续攀登，再往上走 1.6 英里就可以看到第二个瀑布——内华达瀑布。

这是我第一次攀登内华达瀑布，上两次我登上春分瀑布就筋疲力尽了。继续走又要攀登陡峭的石梯，比较艰苦。但回报也是巨大的，可以近距离地观赏内华达瀑布和瀑布上游的河流。

如果走薄雾小道上山，可以沿原路下山，来回共 5.5 英里。也可以沿约翰·缪尔小道（John Muir Trail）下山，一共是 6.8 英里。我毫不犹豫地选择了缪尔小道。这条小道是我一直想走的。对缪尔的景仰让我怀着朝圣般的心理，想象自己是沿着当年缪尔走过的路途下山。横看成岭侧成峰，这条缪尔小道看山的角度又不一样。山上的岩石清晰无比，蓝天下浑圆的石峰傲然屹立，石峰旁则是内华达瀑布，让人看不够，拍不够。我见青山多妩媚，不知青山见我可如是？

（二）优山美地上瀑布小道——自豪之举

我们这趟优山美地之行最得意之举是沿着上瀑布小道登上了优山美地瀑布的顶端。

优山美地徒步的最高境界（终极徒步）是攀登半穹顶（Half Dome），可惜我体力不够又还恐高，登半穹顶今生无望。

我们这次徒步的终极目标就是优山美地上瀑布小道（Upper Yosemite Falls Trail）。优山美地瀑布是北美最高，世界第六高的瀑布，落差 2425 英尺。分上中下三个瀑布。优山美地瀑布是公园的标志，沿优山美地上瀑布小道从谷底登上顶再去观看瀑布的上游来回约 8 英里。路途虽不算太远，但属于高难度的徒步小道。从谷底到顶端净增高约 2700 英尺，相当于爬了两个纽约帝国大厦，且山路崎岖陡峭，路况艰难，几乎都是碎石块铺就。非常有挑战性。当然，所谓挑战这也只是对我这种能耐的人而言，对真正的野外背包客算不上什么。

优山美地瀑布

另一个角度拍到的优山美地瀑布

这之前我们已经连续两天"高强度"徒步，每天爬 10 英里山路，很累，所以并没有期望在第三天能从优山美地上瀑布小道登上顶，但还是决定去攀登，能走多少算多少。

优山美地上瀑布小道

这条道比薄雾小道枯燥，山路上全是碎石块。上山难，下山亦不易，下山时每走一步仍然必须看着脚下，一点也不能掉以轻心。走了一半路程终于能看见瀑布了。

在山顶不能直接看到瀑布，必须要去一个观景点才能看到瀑布的上游出口。去观景点的小道是岩石边上凿出来的，好一个险字了得。我战战兢兢，走了一段，也算玩了下心跳。遇到对面来的游客，告诉我恐高就别往前去，只好止步，在悬崖边上慌慌张张地对着瀑布口拍了张照片便算完事。

虽然不能靠近瀑布口，却可以去看瀑布上游的溪流 Yosemite Creek。河里清流如许，石板清凉，不少人在那里泡脚纳凉，勾起了我们想亲近水的欲望，于是我们也学其他人把双脚放进清清的流水中，感受最原始、最天然的快乐。

"沧浪之水清兮，可以濯吾缨。沧浪之水浊兮，可以濯吾足。"

写于二〇一一年

优山美地公园（4）：相约在冬季

等待了一个冬天，终于在立春后等来了两天的雨水，这在山里，意味着两天的飘雪……

上班时突然接到了期待中的电话，先生欣喜地告诉我，朋友老谢夫妇已经订好旅馆，明天一起去优山美地公园。朋友夫妇曾经在明尼苏达住过很多年，有雪地开车的经验，又都是摄影高手，这个冬天，我们相约去优山美地踏雪，可惜天不作美，始终没有给我们机会，一直等到了现在，冬去春来。

忙乱了一晚上，作了些外出的准备，第二天很早就出发。那是雨后的第二个晴天，天很蓝，很蓝，没有一丝云彩，郊外是一路的花海，淡淡的粉红，绚烂无比。仔细一查看，树上有些头年结成尚未收获的果仁，原来这些花是杏花，不是水果杏，而是杏仁（almond）。这一片又一片的花海，让我们一下子就沉醉了，立即怀疑在这样的春天里，我们怎么能够在优山美地里寻找冬天？

果然，优山美地山谷（Yosemite Valley）里几乎没有雪，不但没有枝头盛开的朵朵雪花，连林中的残雪都罕有，有些失望。看来短短两天的飞雪不足以覆盖谷底。不过我们很快就发现尽管没有雪，冬天依然驻扎在这里的一草一木里，冬的气息就在我们的一呼一吸里，就在举手投足之间，就在这空寂、豪宕和苍凉的视野里。

我们不停地摄影，冬日的美丽一一在镜头下展现，原来无雪的冬景也可以这么让人着迷！优山美地的灵魂是山石与水，春天是水的舞台，冰雪消融，水韵天成，公园无处不飞流。冬季则是枯枝和山石的盛宴，水落石出，河底奇石凸显，一一展风骨，是为无水之美。叶落枝疏，那曾经被肥厚的绿叶遮住的山石通通袒露了出来，道不尽的荒凉之美。放眼而去，谷里那片曾经苍翠的草原如今一片枯黄，落尽树叶的枯枝更是历尽劫波，万

冬天的优山美地瀑布（Yosemite Falls）

般繁华俱已成空，给人几许惆怅，几分悲凉，几多感叹。优山美地真是四时不同景啊！

夜晚，月明星稀，我们踏着半轮月色去访问优山美地瀑布。月光柔柔地照在瀑布上，诡异神秘，似梦如幻。如果是月圆之夜，如果水量很大，如果时间凑巧，如果运气甚好，如果……在这里可以看到最奇妙的景色：月虹。月虹是月光照在瀑布的水花上展现出来的彩虹。可惜我们没能赶上这么多的"如果"，也就无缘见到传说中的美丽。但是能在这样的明月夜，远眺月华流瀑，聆听自然之声，已经很知足了！

第二日，告知朋友我们月夜访瀑布的故事，友人顿足而叹，他们那晚早早地歇息了，没有和我们同去。当先生第三次回味起月下瀑布的美丽时，朋友终于抗议了，让他休得再提此事。朋友夫妇去过优山美地多次，尽管错过了月夜赏景，这次是他们最满意的摄影之旅。以他们的艺术眼光观之，冬天是更美的季节。离开公园时，朋友十分肯定地说，以后还要在冬天来这里，而且一定要挑选一个有雪的冬天。

写于二〇一二年